★ **1946-1950**
国共生死决战全纪录

晨 光 ◎ 著

合围碾庄圩

长城出版社

图书在版编目（CIP）数据

合围碾庄圩/晨光著. – 北京：长城出版社，2011.4
（国共生死决战全纪录丛书）
ISBN 978-7-5483-0072-4
Ⅰ.①合… Ⅱ.①晨… Ⅲ.①淮海战役（1948～1949）– 史料 Ⅳ.① E297.4

中国版本图书馆CIP数据核字（2011）第058829号

责任编辑/徐　华　萧　笛

合围碾庄圩

著　　者/晨　光
图　　片/解放军画报社授权出版　gettyimages 授权出版
　　　　　资深档案专家王铭石先生供稿
出　　版/长城出版社
地　　址/北京甘家口三里河路40号
邮　　编/100037
电　　话/（010）66817982　66817587
开　　本/720×1000mm　1/16
字　　数/240千字
印　　张/18印张
印　　刷/北京龙跃印务有限公司
版　　次/2011年4月第1版
印　　次/2014年3月第2次印刷

标准书号/ISBN 978-7-5483-0072-4/E·1003
定　　价/49.80元

★合围碾庄圩 ○战事档案

解读国共生死大较量的历史
重温先辈们激情燃烧的岁月

战事档案

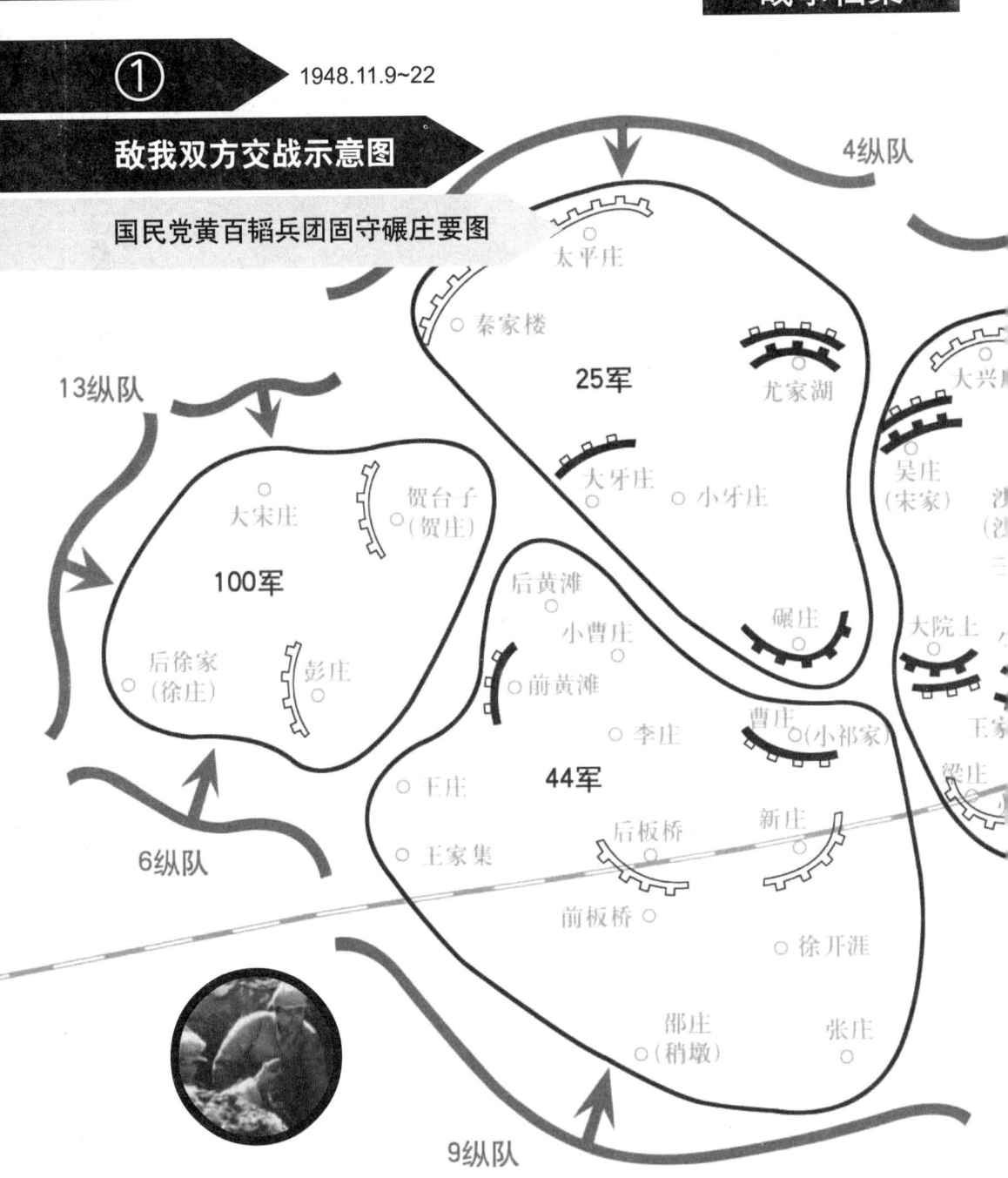

① 敌我双方交战示意图
1948.11.9~22

国民党黄百韬兵团固守碾庄要图

- 4纵队
- 13纵队
- 6纵队
- 9纵队

25军区域：太平庄、秦家楼、尤家湖、大牙庄、小牙庄

100军区域：大宋庄、贺台子（贺庄）、后徐家（徐庄）、彭庄

44军区域：后黄滩、小曹庄、前黄滩、李庄、王庄、王家集、后板桥、前板桥、新庄、徐开洭、邵庄（稍墩）、张庄、曹庄（小祁家）

大兴庄、吴庄（宋家）、碾庄、大院上、王家、梁庄

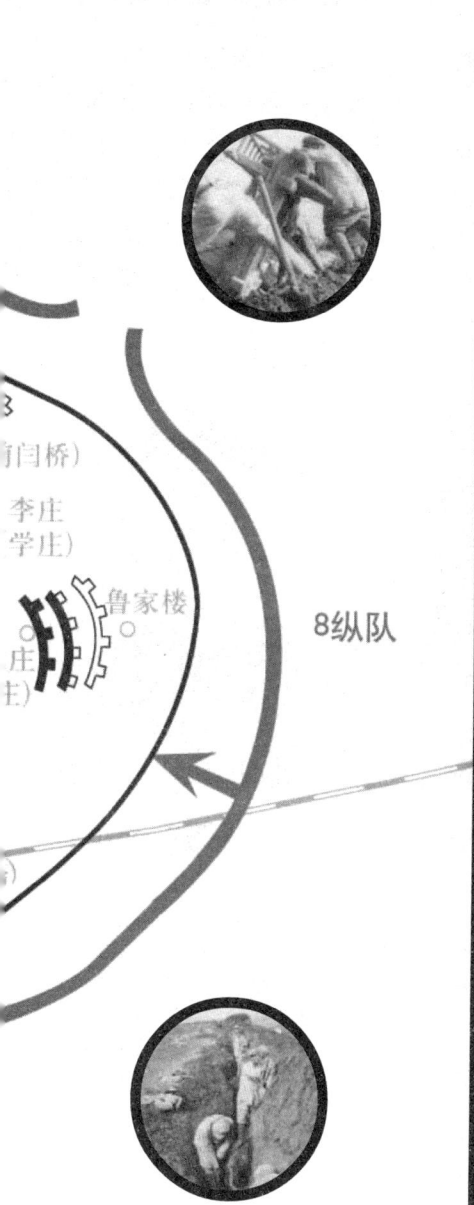

② 作战时间

1948 年 11 月 6 日~22 日

③ 作战地点

江苏徐州陇海路以北、运河以西的碾庄圩地区

④ 敌我双方参战兵力

我军：
华东野战军 4 个纵队及归苏北兵团指挥的 3 个纵队（含中原野战军 11 纵队）共 7 个纵队附特种兵纵队主力。

敌军：
国民党第 7 兵团所属第 63 军、第 25 军、第 64 军、第 100 军、第 49 军共计 5 个军总兵力约 12 万人。

⑤ 作战结果及意义

我军全歼国民党黄百韬第 7 兵团，击毙兵团司令官黄百韬。其间，国民党第三"绥靖"区副司令官张克侠、何基沣率部 3 个半师起义，在国民党军内引起极大震动。此役为我军在淮海战役中的第一个大胜仗，打乱了蒋介石在徐州的战略部署，为淮海战役全胜创造了非常有利的态势。

图 例

- 国民党军集结地域
- 国民党军11月14日阻击阵地
- 国民党军11月18日阻击阵地
- 国民党军11月21日－22日阻击阵地
- 解放军进攻方向

战事档案

⑥ 我军主要指挥官

华东野战军司令员兼政治委员陈毅，中原野战军司令员刘伯承、政治委员邓小平，华东野战军代司令员兼代政治委员粟裕，华东野战军副政治委员谭震林，华东野战军参谋长陈士榘，中原野战军参谋长李达，山东兵团副司令员王建安。

★ 陈 毅

四川乐至人。1919年赴法勤工俭学。1921年回国。1927年参加了南昌起义，任第11军25师73团政治指导员。土地革命战争时期，任工农革命军第1师党代表，红军第4军12师党代表、师长，红4军军委书记、军政部主任，红6军、红3军政治委员，红22军军长等职。领导了南方三年游击战争。抗日战争时期，历任新四军第1支队司令员，江南指挥部、苏北指挥部指挥，新四军代军长。解放战争时期，任新四军军长兼山东军区司令员，华东军区司令员，华东野战军司令员兼政治委员，第三野战军司令员兼政治委员。1955年被授予元帅军衔。

★ 刘伯承

四川开县人。1912年考入重庆军政府将校学堂。北伐战争时期，任国民革命军四川各路总指挥、暂编第15军军长。1927年参加领导南昌起义，任中共前敌委员会参谋团参谋长。后留学苏联。1930年回国。土地革命战争时期，任中共中央长江局军委书记，中央革命军事委员会总参谋长兼中央纵队司令员，中央红军先遣队司令员，中革军委总参谋长，中央援西军司令员等职。参加了长征。抗日战争时期，任八路军129师师长。解放战争时期，任晋冀鲁豫军区司令员，中原军区司令员，第二野战军司令员等职。1955年被授予元帅军衔。

★ 邓小平

四川广安人。1920年赴法勤工俭学，1926年赴苏联中山大学学习，同年底奉命回国。1927年底至1928年夏，任中共中央秘书长。1929年10月底任中共广西前敌委员会书记，百色起义的主要领导人之一，亦是左右江革命根据地创始人之一。期间任红7军政治委员兼红8军政治委员。1933年调任红军总政治部秘书长。参加了长征。1934年再次出任中共中央秘书长。抗日战争时期，先后担任八路军政治部副主任，129师政委。解放战争时期，历任晋冀鲁豫军区政治委员，中共中央中原局第一书记，中原军区和中原野战军政治委员，第二野战军政治委员等职。

★★★★★

★ 谭震林

时任华东野战军副政治委员。

★ 陈士榘

时任华东野战军参谋长。1955年被授予上将军衔。

★ 粟 裕

湖南会同人。参加了南昌起义和湘南起义。土地革命战争时期,历任红4军参谋长,红一军团教导师政治委员,红11军参谋长,红七军团参谋长,红十军团参谋长,红军北上抗日先遣队参谋长,挺进师师长,闽浙军区司令员。坚持了南方三年游击战争。抗日战争时期,任新四军第2支队副司令员,新四军第1师师长兼政治委员,苏中军区、苏浙军区司令员兼政治委员。解放战争时期,任华中军区副司令员,华中野战军司令员,华东野战军副司令员、代司令员、代政治委员,第三野战军副司令员。1955年被授予大将军衔。

★ 李 达

时任中原野战军参谋长。1955年被授予上将军衔。

★ 王建安

时任华东野战军山东兵团副司令员。1956年被授予上将军衔。

⑦ 敌军主要指挥官

国民党徐州"剿总"总司令刘峙、副总司令杜聿明，第7兵团司令官黄百韬。

★ 刘 峙

★ 杜聿明

★ 黄百韬

江西吉安人。国民党二级陆军上将。保定陆军军官学校毕业。参加过北伐和东征，是中原大战中的"常胜将军"。曾指挥所部连克山东枣庄、滕县（滕州）、兖州，并参与攻占济南。抗日战争爆发后，历任第一战区第2集团军总司令、第一战区副总司令、第五战区总司令等职。解放战争时期，任徐州"剿总"总司令，后因在中原作战不利，被蒋介石打入"冷宫"，任国民政府战略顾问委员会委员。

陕西米脂人。国民党陆军中将。1924年入黄埔军校。毕业后历任军校教导团副排长，武汉分校学兵团连长，中央陆军军官学校中队长，教导第2师营长、团长，第17军第25师旅长、副师长等职，曾参加北伐战争、长城抗战。1937年5月，首任装甲兵团团长。8月率部参加淞沪会战。1938年7月任第200师师长。翌年11月任第5军军长，率部参加桂南会战，获昆仑关大捷。1942年3月任中国远征军第一路副司令长官，率部参加滇缅作战。1945年10月任东北保安司令长官，指挥所部进攻东北解放区。1948年8月任徐州"剿总"副总司令，率部参加淮海战役。

原籍广东，生于天津。国民党陆军上将（死后为国民党追赠）。早年投军北洋军阀，后投靠奉系军阀张宗昌，历任营长、参谋、团长、旅长等职。1928年，随张宗昌部第6军军长徐源泉投靠蒋介石，升任师长。抗战时期，任第三战区司令长官部参谋长，第25军军长等职。1948年8月，任国民党军第7兵团司令官。1948年11月，在淮战役中被解放军击毙。

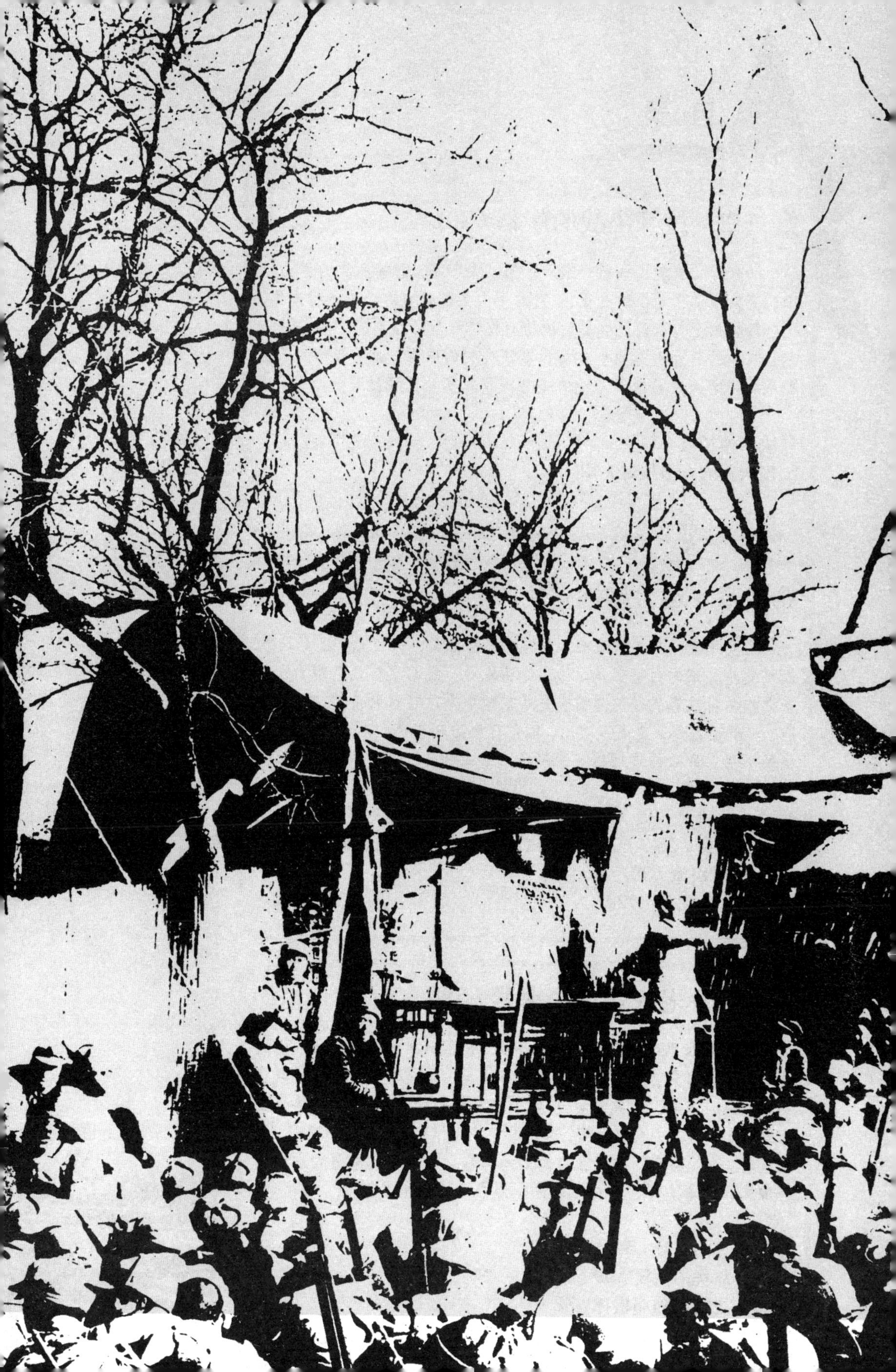

目 录

第一章 > 拉开决战的序幕 / 2

1948年，解放战争已经进入了第三个年头，国共两党的兵力对比已经发生了根本性的变化。在河北平山县西柏坡这个小小村落里，一个从根本上打倒国民党反动统治的战略计划已经形成。与此同时，不甘失败的蒋介石集团也在检讨军事失利的原因，调整战略。一场关系到中国人民前途和命运的战略决战的序幕已经拉开。

1. 决策西柏坡 / 3
2. 国民党的军事检讨 / 12

第二章 > 运筹帷幄 / 24

两大阵营，上到统帅部，下到战区指挥员，把目光一齐聚向了徐州这块历来的兵家必争之地。处在战局一线的粟裕洞若观火，率先提出举行淮海战役的建议。毛泽东和中央军委审时度势，棋局在胸，36小时之内就定下了决心。蒋介石集团却各怀心思，举棋不定，犹疑不决，最后被迫摆出在徐州决战的架势……

1. 粟裕的建议 / 25
2. 一段插曲 / 33
3. 36小时决策 / 38
4. 热锅上的蚂蚁 / 42

第三章 > 老虎钳已经夹紧 / 58

华东野战军厉兵秣马，紧张备战；中原野战军捷报频传，相继解放郑州、开封。西柏坡和淮海前线之间，电波频频，作战预案在不断修订、充实。中央指示："整个战役统一受陈邓指挥。"蒋介石为避免东北失败的悲剧重演，匆忙调整徐州作战部署。徐州四周，战云笼罩。不管蒋介石打什么样的如意算盘，人民解放军两大主力已经像张开的老虎钳，伸向了以徐州为中心的铁十字架。

1. 不平凡的电波 / 59
2. 逐步靠拢的两翼 / 69
3. 整个战役由陈邓指挥 / 72

第四章 > 揪住黄百韬 / 84

　　1948年11月6日，淮海战役正式开始。华东野战军主力一部向南疾进，一部向北疾进，造成威逼徐州的声势；主要突击集团从陇海路东段实施中间突破，直扑黄百韬兵团驻守的新安镇、阿湖地区。何基沣、张克侠率部举行战场起义，徐州东北门户洞开。黄百韬兵团仓皇西撤，混乱不堪。华野各纵队展开了声势浩大的追击。国民党军一路损兵折将，暂停西撤，被我军合围于以碾庄圩为中心的狭小地域内。

1. 飞兵直逼徐州 / 85
2. 黄百韬的西撤之路 / 88
3. 运河起义 / 91
4. 追上黄百韬 / 96
5. 时间就是胜利 / 101

第五章 > 缩紧包围圈 / 112

　　黄百韬兵团被围，蒋介石和刘峙都慌了手脚。情况不明，束手无策，南京、徐州乱作一团，上下各怀鬼胎，对如何抽调部队解黄百韬之围莫衷一是，匆忙部署，似是而非。杜聿明一头雾水，怀着"上刑场"的心情，稀里糊涂地被投入徐州战场。窑湾一战，第63军主力被全部歼灭。被围困在碾庄圩的黄百韬只能眼睁睁地看着他的部队被一个个地吃掉。

1. 杜聿明"上刑场" / 113
2. 南京乱弹 / 116
3. 杜聿明的两个"方案" / 118
4. 窑湾激战 / 122

目 录

第六章 > 对垒与胶着 / 138

被围的黄百韬决定固守待援。蒋介石又是写信又是发电报，为黄百韬打气加油。黄百韬心存侥幸，困兽犹斗。敌我双方呈对垒与胶着状态。一场砸烂硬核桃、虎口拔牙的战斗开始了。然而，初战并不顺手，我军伤亡增大。粟裕审时度势，决定调整战术，采取"先打弱敌，后打强敌，攻其首脑，乱其部署"的战法……

1. 黄百韬困守碾庄圩 / 139
2. 列阵碾庄圩 / 142
3. "伤亡！我问的是伤亡！" / 150
4. 胶着的战场 / 155

第七章 > 揪其尾截其腰 / 164

白崇禧企图阻止中原野战军东进，刘伯承、陈毅将计就计，来个调虎离山。黄维、张淦集团如同两头蠢笨的牛，被中原野战军牵着鼻子，苦苦跋涉于豫西山区的崇山峻岭之中。蒋介石企图"南北对进，打通徐蚌"；陈毅、邓小平巧布兵阵，形成关门打狗之势。蒋介石急令黄维东进，加入徐州作战；我军顽强阻击……

1. 拖住白崇禧 / 165
2. 首战张公店 / 170
3. 截断徐蚌线 / 176
4. 黄维陷入泥潭 / 184

第八章 > 待援、打援 / 194

碾庄圩告急，徐州自然吃紧。如梦方醒的蒋介石试图不惜一切代价救出黄百韬。邱清泉、李弥兵团气势汹汹，向东推进；宋时轮以一夫当关，万夫莫开之势，挡住了去路，恶仗不断。杜聿明的上中下三策，犹如废话。潘塘一战，我军虚晃一枪，以退为攻，刘峙乘机大做文章，所谓"大捷"，终成镜花水月。

1. 冤家路窄曹八集 / 195
2. 徐东阻击战 / 201
3. 杜聿明的上中下三策 / 211
4. 镜花水月的"潘塘大捷" / 213

第九章 > 先打弱敌 / 222

　　总前委统筹指挥，军委授权临机处置。黄百韬苟延残喘，所谓突围，已成画饼。仗越打越精。敌第100军、第44军先后被歼，第25军和第64军伤亡过半。聂凤智和皮定均暗暗较劲，争先恐后。越是接近摊牌的时候，越是紧张的时刻。看来，黄百韬的日子真的是不多了。

1. 成立总前委 / 223
2. 鱼死网破之争 / 226
3. 不是比赛胜似比赛 / 233

第十章 > 强攻碾庄圩 / 244

　　1948年11月19日晚，总攻碾庄圩的战斗开始了。大炮轰鸣，大地颤抖，烟尘滚滚，杀声阵阵。这是血与火的厮杀，是刺刀见红的时刻。面对面，硬碰硬，目光直逼目光！25军被歼！64军被歼！顽抗到底的黄百韬突围未成，中弹毙命。只有他在临死前说过的"三不解"，为他的灭亡写下了小小的注脚。

1. 重拳出击 / 245
2. 打乱敌人的阵脚 / 252
3. 黄百韬要跑 / 254
4. 黄百韬的最后败亡 / 261
5. 黄百韬其人 / 267

第一章

拉开决战的序幕

∧ 河北省平山县西柏坡村。

1948年，解放战争已经进入了第三个年头，国共两党的兵力对比已经发生了根本性的变化。在河北平山县西柏坡这个小小村落里，一个从根本上打倒国民党反动统治的战略计划已经形成。与此同时，不甘失败的蒋介石集团也在检讨军事失利的原因，调整战略。一场关系到中国人民前途和命运的战略决战的序幕已经拉开。

1. 决策西柏坡

1948年的秋天，在中国革命斗争的历史上，注定是一个值得大书特书的季节。就是在这个季节，我人民解放军发起了辽沈、淮海、平津三大战役，开始了推翻国民党反动统治的战略反攻，人民的胜利指日可待。

大战的气息愈来愈浓，两大阵营的首脑开始了紧张的战略谋划。

早在这年3月21日，毛泽东、周恩来、任弼时率领转战陕北的中央机关，从陕北杨家沟出发，东渡黄河，结束了历时一年的艰苦转战，开始了新的征程。5月26日，到达位于太行山腹地的河北省平山县西柏坡村，到现在已经三个多月了。

9月的西柏坡，暑热还没有完全退去，绿的树木和金黄的庄稼交相辉映，滹沱河水在村前奔腾流过，阵阵微风拂来，给人带来丝丝清凉。

就是在这个平常的小山村，注定要演绎中国革命历史上最威武雄壮的活剧，这个小村庄也因此注定成为中国革命史上可以同井冈山、延安等红色圣地相比美的地方。因为，这里是以毛泽东为首的中共中央机关和中国人民解放军总部所在地，这里，是指挥百万雄师夺取全国胜利的指挥中枢。

这是一个再普通不过的农家小院，两间正房、两间西房、两间小南房，一条鹅卵石铺成的甬道连接着院门和正房。中国共产党和中国人民解放军的最高统帅毛泽东就住在这里。两间正房，中间的大约16平方米，是他的卧室，摆放着一张双人木板床、一个小沙发、一个茶几、一个小衣柜。相通的房间略大一些，是他的办公室，摆着仅一套沙发、一个圆桌、一个茶几、一张藤椅而已，只是挂满了大地图的墙壁显得格外醒目。这里的一切都是那样的简洁、利落、平凡。

一个从根本上打倒国民党反动统治的战略决策即将在这里形成。

9月7日，毛泽东、刘少奇、周恩来、朱德、任弼时和中央、总部的负责同志，正

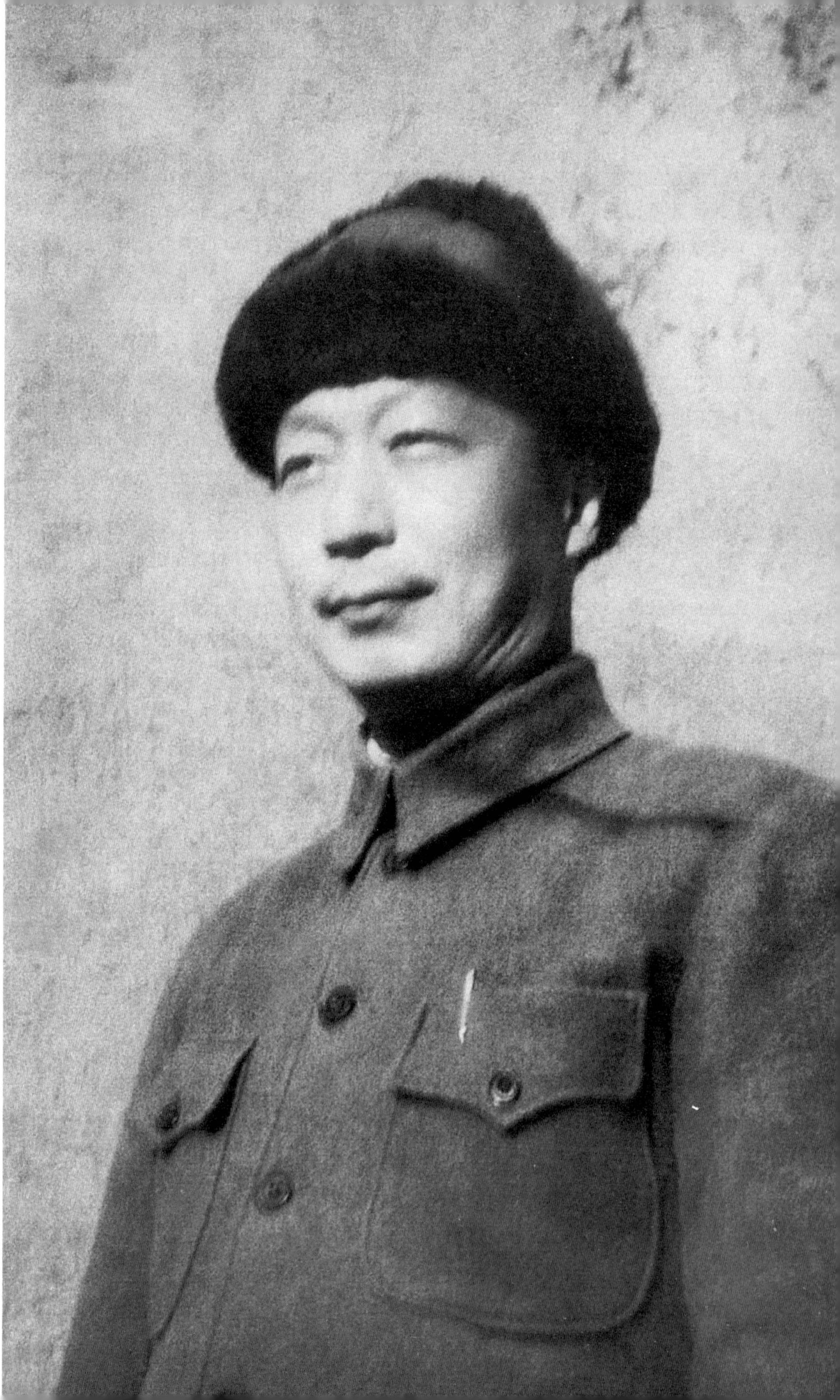

> 临汾战役期间,晋冀鲁豫野战军副司令员徐向前在前线指挥作战。

< 1947年,时任晋察冀军区司令员兼政治委员的聂荣臻。

兴致勃勃地迎接着从各个战场风尘仆仆赶来开会的各路英豪。

他们中有大名鼎鼎的贺龙贺胡子。毛泽东东渡黄河后,曾在他所领导的晋绥军区司令部所在地山西兴县蔡家崖小住过。有晋察冀军区司令员聂荣臻。毛泽东离开陕北到西柏坡的旅途中,曾在他的司令部所在的城南庄住过一段时间。想到在城南庄被敌机轰炸,他仍然有点后怕,毛泽东同他彻夜畅谈的情景仍然历历在目。有华北军区第1兵团司令员徐向前。是他,在不久前指挥了临汾战役,硬是啃下了晋南孤城临汾,在攻克临汾的战斗中,涌现出了"临汾旅"这样的在中国人民解放军中大名鼎鼎的钢铁部队。不久,他又指挥了晋中战役,歼灭阎匪军10万余人。有中原军区政治委员邓小平。是他,和

临汾战役 ▲

解放战争期间,晋冀鲁豫野战军部队对坚守山西临汾城的国民党军部队进行的攻坚作战。1948年3月7日,晋冀鲁豫野战军部队在副司令员徐向前的率领下,以坑道爆破为主要手段,向凭借坚固城垣和完备设防工程的国民党军发起进攻,于5月17日攻克临汾城。此役共歼国民党军2.5万余人。第8纵队第23旅被华北第1兵团领导机关授予"光荣的临汾旅"称号。

聂荣臻 ▲

四川江津人。土地革命战争时期,任中共广东省委军委书记,中国工农红军总政治部副主任,红一军团政治委员,中央红军先遣队政治委员。抗日战争时期,任八路军115师副师长、政治委员,晋察冀军区司令员兼政治委员,中共中央晋察冀分局书记。解放战争时期,任华北军区司令员,中共中央华北局第二书记,平津卫戍区司令员,中国人民革命军事委员会副总参谋长等职。

∧ 河北省平山县西柏坡。1948年9月，毛泽东在此主持召开了中央政治局扩大会议。

▷ 1948年毛泽东在河北省平山县西柏坡。

刘伯承一道，指挥刘邓大军千里跃进大别山，挺进中原，拉开了战略进攻的序幕。

尽管因为一路风尘，他们略显疲惫，但是个个喜形于色，笑脸盈盈。连续为准备会议殚精竭虑的毛泽东此时虽然显得有点憔悴，但是，却掩盖不住他的豪情和自信。这使担心他身体的将领们多少有点释然。

9月8日下午3时，中共中央政治局会议、也就是历史上有名的九月会议在西柏坡中央机关小食堂正式开幕了。这是中共中央撤离延安后的第一次政治局会议，也是抗日战争胜利后到会人数最多的一次中央会议。出席会议的有中央政治局委员7人、中央委员10人、候补中央委员4人、重要工作人员10人。

在此之前，已经开了11天的预备会议。

刘少奇以惯常的沉着镇静宣布大会开幕。

毛泽东首先做报告。他在分析了国际国内形势后，明确指出："我们的战略方针是打倒国民党，战略任务是军队向前进，生产长一寸，加强纪律性，由游击战争过渡到

九月会议

1948年9月8日至13日，中共中央在西柏坡召开了政治局扩大会议，史称"九月会议"。九月会议是抗日战争胜利之后召开的一次规模较大的重要的中央会议，也是自1947年3月中央撤离延安后的第一次政治局会议。毛泽东主持了会议并在会上作了关于国际形势、战略任务、经济统一以及加强党的组织纪律性等问题的报告。会议指出：准备在1949年召集中国一切民主党派、人民团体和无党派人士的代表们开会，成立中华人民共和国临时政府。

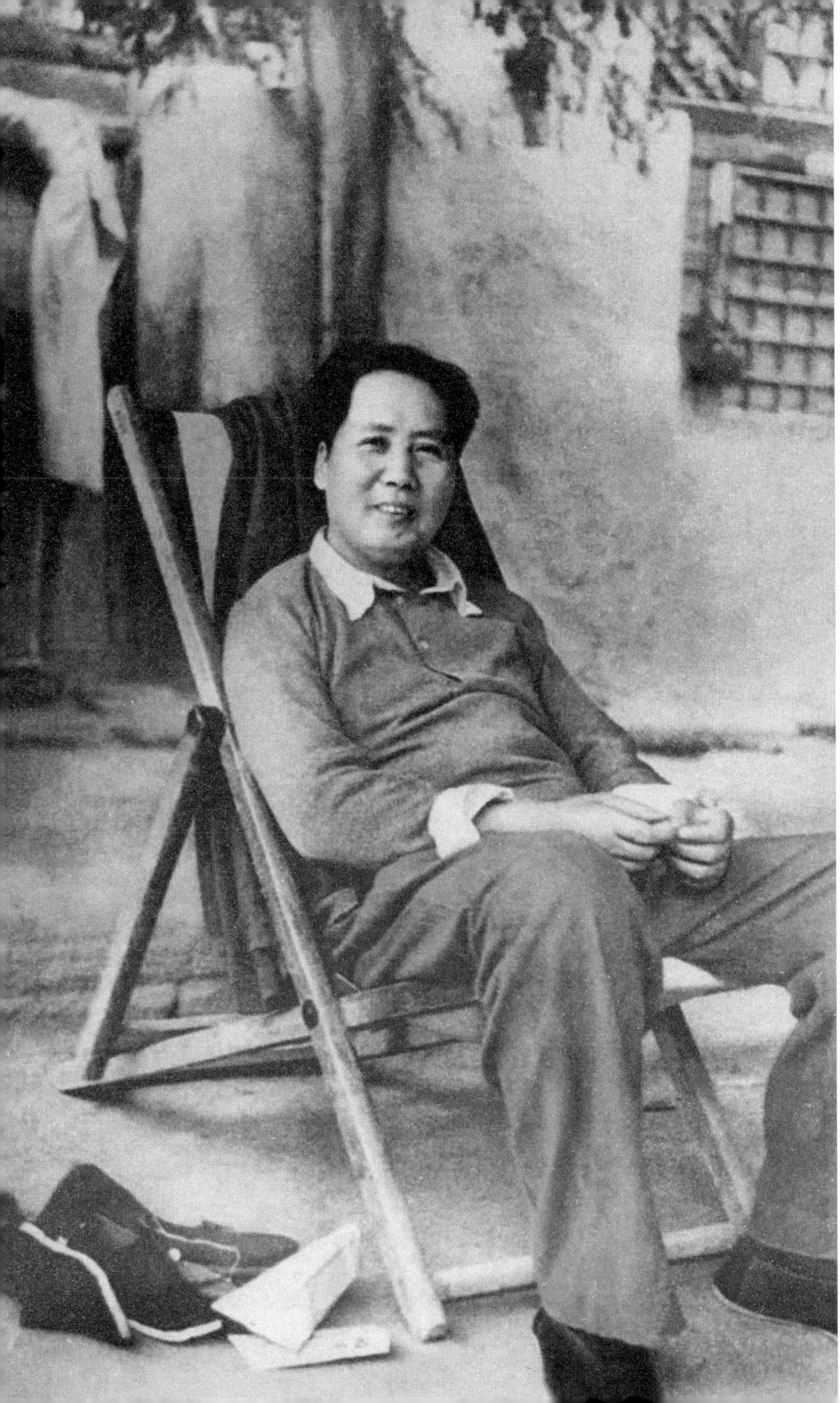

∨ 1948年，在晋冀鲁豫野战军新式整军运动期间，邓小平在作动员报告。

正规战争，建军500万，歼敌正规军500个旅，5年左右根本上打倒国民党。"

战争进入了第三年，形势已经十分明朗，我党对国民党斗争的通盘计划已经成熟。与会者的情绪激动起来了。

这决不是空穴来风。解放战争已经打了整整两年了。战争第一年，我军执行中央军委积极防御、内线歼敌的战略方针，挫败了敌军的全面进攻和重点进攻。战争第二年，中央军委提出内线作战和外线进攻相结合的战略方针；1947年七八月间，刘伯承、邓小平率领的中原野战军千里跃进大别山，会同向豫皖苏挺进的陈（毅）粟（裕）大军和向豫西挺进的陈（赓）谢（富治）兵团，完成了战略展开，以品字形展开于江、淮、河、汉之间，创建了拥有3,000万人口的新的中原解放区。与此同时，我军在东北、西北、华北、山东各战场上，取得了战略反攻的巨大胜利，使整个战争形势发生了根本转折。经过两年的浴血奋战，我军共歼灭敌军264万人。敌军总兵力已经由战争初期的430万人，下降到365万人（包含补充数），其中用于第一线的正规军只有174万人，分布在东北、华北、华东、中原、西北5个战场的若干大中城市，战略上处于被动挨打的境地。我军总兵力由120余万人增加到280万人，其中野战部队有51个步兵纵队149万人，还有相当数量的炮兵、工兵和少量的装甲兵。解放区面积已占全国总面积的1/4，人口占全国人口的1/3以上。东北已经有98%的地区获得解放，华北解放区已经连成一片，华东、西北解放区的失地基本收复，中原解放区日趋巩固。

对毛泽东提出的战略决策，与会者展开了热烈的讨论。

周恩来在13日的会议上就军事问题作了专题长篇发言。他说，消灭国民党军队从1946年7月算，大概要用5年左右的时间是根据两年来的经验，谨慎的估计，很有实现的可能。如果给蒋介石的打击很严重，加上财政经济崩溃，内部倾轧，蒋介石可能垮得早些，胜利会来得更快，我们也应有此准备。当然，也有可能遇到曲折，时间就长一些。我们要估计到这些，不要因胜利太快而没有准备，也不要因胜利推迟而不耐心。当然，今天主要还是争取5年胜利。

他详细地报告了第三年军事计划的要点。他说：要"把战争继续引向国民党统治区"，使战争负担加之于敌。"应准备若干次带决定性的大的会战。""今后仍力争在运动中消灭敌人，但攻坚战则可

△ 解放战争时期，时任中共中央书记处书记的任弼时。

任弼时

　　湖南湘阴（今属汨罗）人。土地革命战争时期，任红六军团军政委员会主席，中国工农红军第二方面军政治委员，红军前敌总指挥部政治委员，中央革命军事委员会委员等职。抗日战争时期，任中共中央军委总政治部主任，中共驻共产国际代表团代表，中共中央秘书长，中共中央书记处书记等。解放战争时期，兼任中央直属支队司令员，青年团中央名誉主席。

能增加。""攻坚与野战互相结合，攻坚敌必增援，造成野战的机会。"他说，在第三年的作战计划中，全国的重心在中原，北线的重心在北宁线，各战场上的战役协同增加了，战争的计划性更增加了。

刘少奇在发言中说："毛主席的报告，对今后战争前途的估计，大约5年左右从根本上打倒国民党，歼敌500个旅。这种估计是稳健的、谨慎的、实际的估计，不是冒险的估计，有过去两年做根据。过去这两年是敌强我弱，敌优我劣；现在虽然在军队数目上，我们还比较少，但把各方面的优劣总算起来，特别是我军士气旺盛，是国民党万万比不上的；总的算起来，现在已是大体平，并过渡到超过它。现敌已处于被动，我已取得主动了。"

邓小平在发言中说，军事胜利是决定性环节，可以在党内、在人民面前宣布毛主席的估计和计划，以丰富、鼓舞人民群众。他指出，真正带决战性的攻坚战这一关还没有过。

任弼时在发言时讲到，两年来人民解放战争的成绩，更加坚定了胜利的信心。如不犯大错，则5年左右胜利大概无问题。所谓不犯大错，意即毛泽东提出军队向前进及生产长一寸，如果向后退和落一寸，则大成问题。

针对会议提出的为了实现5年胜利，要在主要将领中树立起带决战性的攻坚战和一次消灭敌人两三个大兵团的大会战的思想，朱德发言认为，将来我军同国民党军战略决战性的大会战，有最大的可能是在徐州进行。他说，两年来我们的部队大有进步，虽然战斗力大大提高了，但仍不能满足于现状。要经常整训，要不断提高部队的技术装备，加强人员和物资补充，搞好军工生产，统一兵站运输，统一医疗卫生工作，使部队能继续作战。

根据建设500万人民解放军，从1946年7月算起，用大约5年左右的时间，从根本上打倒国民党反动统治的总任务，会议规定全军每年歼敌正规军100个旅（师）左右，5年歼敌约500个旅（师）左右，并指出，这是解决一切问题的关键。会议针对敌军仍在长江以北这一情况，决定我军第三年仍然全部在长江以北和华北、东北地区作战，以歼灭国民党部署在上述地区的占其现有全部军事力量365万人中70%的第一线部队。

根据会议决定，中央军委发出指示，要求我军在第三年争取歼敌115个旅，分配华东野战军歼敌40个旅左右，并攻占济南和苏北、豫东、皖北若干城市；中原野战军歼敌14个旅左右，并攻占鄂、豫、皖3省若干城市。

在会议期间，毛泽东和各战略区的主要领导都做了个别谈话。和邓小平谈话时，毛泽东注视着他说："我们每年见一次面，每次见面都有很大变化。明年我们再见面时，应该有个根本性的变化。"

邓小平说："毛主席、党中央高瞻远瞩。我回去和伯承同志研究一下，我们应该发挥更大的作用。主席给我们的任务，我想一定能够完成。"

周恩来说："你们的位置太重要了，要靠你们去消灭国民党蒋介石的命根子，消灭他的主力部队，还要去抄蒋介石的老窝呢。"

邓小平点头回答："希望这一天能早点到来。"

会上会下，大会小会，时间在慢慢推移，大家在领会中央精神的同时，已经开始谋划下一步的行动了。原定3天的会议开了6天，意犹未尽哪！

会议一结束，各战区指挥员就急匆匆奔赴战场了。

中国革命进入了全面决战的关键时刻！

2. 国民党的军事检讨

真是无巧不成书，就在中共中央九月会议召开的前一个月，在有"火炉"之称的南京城，国民党统帅部召开了军事检讨会议。

8月3日上午9时，120多名国民党高级将领和高级幕僚陆续到达国民党国防部礼堂。他们是各地区"剿总"总司令，各兵团司令，国防部厅、署长，还有几个重要军长。他们中有国防部长何应钦、参谋总长顾祝同、武汉"剿总"司令白崇禧、东北"剿总"副司令杜聿明、第12兵团司令官黄维、第7兵团司令官黄百韬，还有徐州"剿总"司令刘峙的代表李树正，等等。

参加会议的还有一个特殊人物，就是蒋介石的二儿子蒋纬国，此时他只是装甲兵司令部的上校参谋长。他负有特殊使命，那就是，观察会场气氛，记录每个人的发言，随时向蒋介石本人汇报。

别看他们个个军装笔挺，手套雪白，保养得不错，今天却一扫过去那种神气，有点灰溜溜的。

闷热的空气更加沉闷。

蒋介石当然是最后一个走进会场的，他环视了一下周围，鼻子里哼哼了两声，坐下，双手摆摆，示意大家坐下后，便开始了题为"改造官兵心理，加强精神武装"的冗长讲话。

他无可奈何地承认："就整个局势而言，则我们无可讳言的是处处受制、着着失败！到今天不仅使得全国人民的心理动摇，军队将领信心丧失，士气低落，而且中外人士对我们的国家讥刺侮蔑，令人难以忍受。"

但是，蒋介石决不想承认自己的失败，他话头一转，给与会者注入一剂强心针，那就是"起死回生"。

接着，他分析了军事失败的原因，他说：

∧ 1948年时的蒋介石。

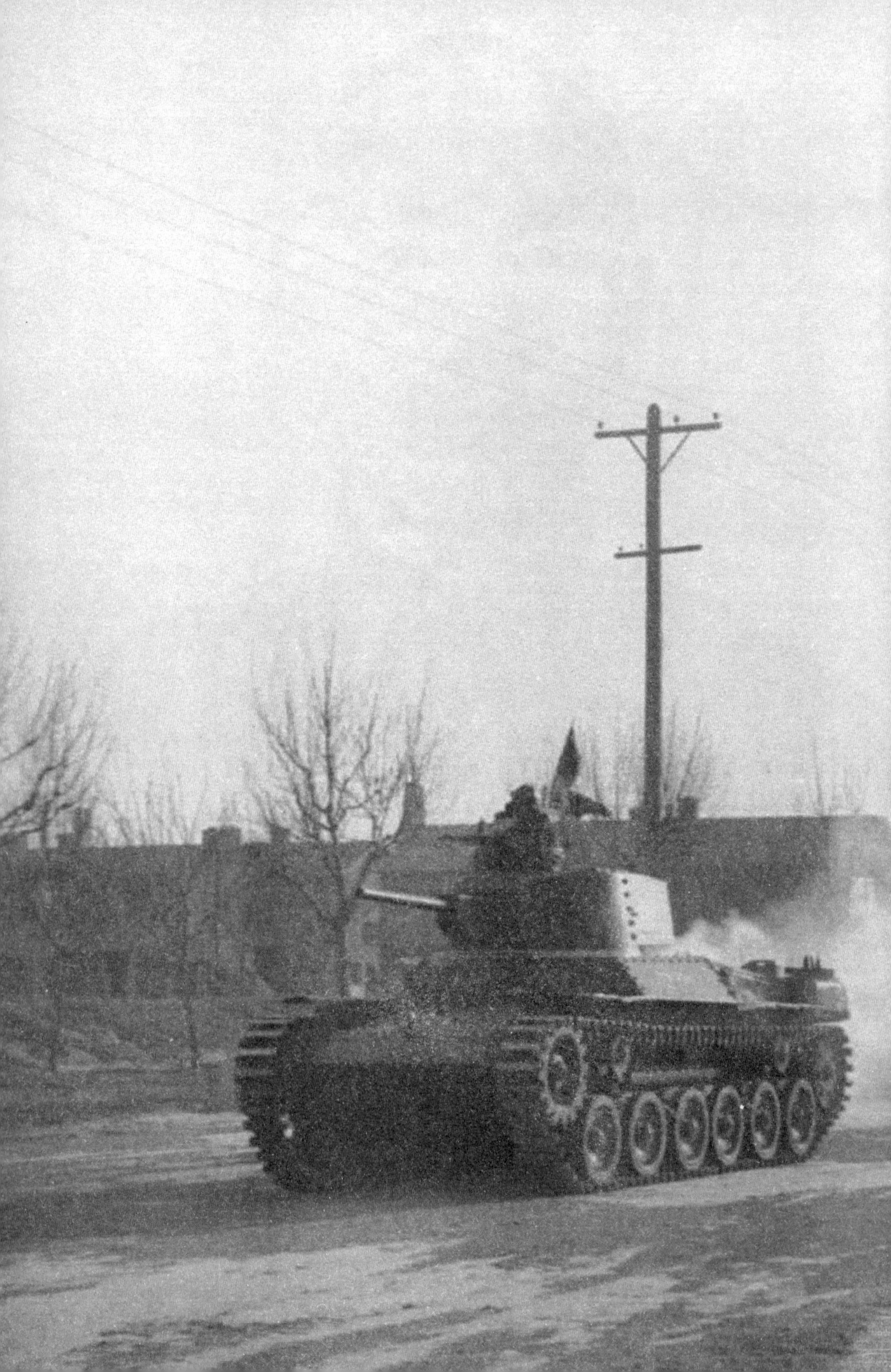

制海权

一国或交战一方的海军,在一定时间内对一定海区的控制权。根据控制海洋区域的目的、范围和持续时间,制海权可分为战略制海权、战役制海权和战术制海权。制海权不是绝对的,在优势一方取得总的制海权的情况下,劣势一方也可能在一定时间内对局部海区取得制海权。在现代条件下,夺取和保持制海权还包括夺取该海域上空的制空权,并需综合使用海军各种作战兵力兵器和多种作战样式才能达到。

"我们在军事力量上本来大过共匪数十倍,制空权、制海权完全掌握在政府手中,论形势较过去在江西剿共时还要有利。但由于在接收时许多高级军官大发接收财,奢侈荒淫,沉溺于酒色之中,弄得将骄兵逸,纪律败坏,军无斗志。可以说,我们的失败,就是失败于接收。"

他接着说:

"因为我们一般高级将领自己的精神堕落,生活腐化,以致部队情感隔阂,士气消沉,战力消失。"

面对这样的现象,蒋介石能拿出什么好办法来呢?他实在拿不出什么好办法了。他的药方无非是改造精神、改革生活、明廉知耻那一套老生常谈。

讲话者底气不足,听者也只有从心里摇头的份儿了。

蒋介石说:"回顾以往的失败,我本人应负主要责任,但是,国军将领萎靡不振,没有克敌制胜的旺盛精神,以致任何战略战术都失去作用,都不生效力,也是一个原因。本来抗战胜利后,我个人的事业就可告一段落,但是,我担心你们搞不赢共产党,不是共产党的对手,会没有饭吃,才被迫带领大家干,谁知我军许多将领很不争气,使我非常失望。但是,我既已负起责任,就一定要奋斗到底,望大家不要辜负我之期望,发愤图强,努力奋斗。"

会议接下来的内容是对1948年上半年几个较大战役的失败进行检讨。

会议第三天,国防部长何应钦作了全盘军事形势的报告,公开了两年来作战消耗的数字。

何应钦说,两年的作战中,兵员的死伤、被俘、失踪总数为300多万人;步枪100万枝、轻重机枪7万挺、山炮野炮重炮1,000多门、迫击炮小炮1.5万多门,还有战车、装甲车、汽车以及大批通讯器材和大量弹药。

装甲车

安装有装甲防护的各种车辆的统称。按用途可分为装甲战斗车辆和装甲辅助车辆;按行走结构可分为履带式装甲车辆和轮式装甲车辆。装甲战斗车辆有:坦克、步兵战车、装甲人员输送车、装甲侦察车、装甲指挥车等。装甲辅助车辆有:装甲抢救车、装甲架桥车、装甲修理工程车、装甲扫雷车、装甲救护车等。

< 辽沈战役期间,我军战车部队乘胜向沈阳开进。

国民党第一战区司令蒋鼎文

浙江诸暨人。国民党二级陆军上将。曾任国民党军第1军第1师师长，第9师师长，第2军军长，第四军团总指挥，赣粤闽湘鄂"剿共"军东路总司令，驻闽"绥靖"公署主任等职。抗战时期，任西安行营主任，陕西省主席兼国民党陕西省党部主任，第十战区司令长官，委员长西安办公厅主任，第一战区司令长官兼冀察战区司令等职。1948年任"总统府"战略顾问，1949年去台湾。

∨ 1948年，时任国民党国防部长的何应钦（中）在一次集会上发表讲话。

这信息不啻一声惊雷，把这些不可一世的将军们震惊了。糟糕！糟糕透顶了！他们一个个心里暗自叹气。老头子呀老头子，你平时给我们打气时讲的和这些数字相比，也太离谱了哇。难怪共产党叫您"运输大队长"，此言不虚啊！

会议的气氛不仅是沉闷，而且有点如丧考妣的味道。

蒋介石看在眼里，急在心头，8月4日，他又亲自登台为将军们打气：

"我自黄埔建军20多年以来，经过许多艰难险阻，总是抱着大无畏的精神和百折不回的决心，坚持奋斗，终能化险为夷，渡过种种难关。自对共匪作战两年来，军事上遭受了挫折，这是不容讳言的事实。但今天最重要的是我们大家同心同德，共济时艰，抱定'有敌无我'、'有我无敌'的决心，激励士气，来挽救危机争取胜利，而不是要互相埋怨，互相倾轧。尤其我们这些高级负责人，更应坚定信心，处在危疑震撼之际，更宜力持镇静，绝不可有丝毫的悲观失败的情绪和论调，以致影响士气，影响全面。"

看来，蒋介石不是没有自知之明，他对自己的部下也是心知肚明的。不过，说起来容易，做起来可就不容易了。就说中原吧，国民党军队分别由徐州"剿总"刘峙和华中"剿总"白崇禧分别掌握，相互协作很差。在国民党军队中，刘峙是以昏庸糊涂著名的，被大家讥讽为"福将"，根本担当不了重任。早在1948年6月，蒋介石撤销其"陆军总司令徐州司令部"时，国民党内部就有让白崇禧统一指挥中原各军的动议。可蒋介石、陈诚、顾祝同等根本就不放心白崇禧这个号称"小诸葛"的李宗仁手下的得力干将，就另设徐州"剿总"，任命刘峙为总司令，目的是分白崇禧的兵权。为此，国民党内部议论纷纷，说："徐州是南京的大门，应派一员虎将把守。不派一虎，也应派一狗看门，今派一只猪，眼看大门会守不住。"当时任国防部第三厅厅长的郭汝瑰，把这笑话说给顾祝同听。顾祝同说："徐州剿总的人选，我们考虑过两个人，刘经扶（即刘峙）和蒋铭三（即蒋鼎文）。蒋铭三日嫖夜赌，不理事，比较起来还是刘经扶好些。"

这是插曲，为往后的淮海战役中国民党徐州"剿总"覆灭埋下了小小的伏线，按下不表。

我们还是回到会场。蒋介石的话音刚落，将领们就纷纷发言，申述本单位处境如何困难，要求增加部队，要求新成立部队番号，要武器、要新兵、要军粮、要器材、要车辆、要弹药。

8月7日是会议的最后一天，顾祝同提出一个新的战略："为巩固长江以南地区，防止共军渡江起见，将现在长江以北、黄河以南地区的部队，编组成为几个较强大的机动兵团，将原有的小兵团概行归并。这几个兵团应位置于徐蚌地区、信阳地区、襄樊地区，其主要任务是防止共军渡江，并相机打击共军，在长江以南地区迅速编练第二线兵团。"同日，国防部将上述军事战略概括为："军事上在东北求稳定，在华北求巩固，在西北阻匪扩展，在华东、华中则加强进剿，一面阻匪南进，一面打匪主力。"

会后，蒋介石还和夫人宋美龄宴请了参加会议的人员，散发了题为《为什么要剿共？》的宣传品。可谓用心良苦。不过，蒋介石心中究竟也没有多少底气。也就是在会议开始那天，他在讲话的最后郑重地警告他的将军和幕僚们："现在共匪势力日益强大，匪势日益猖獗，大家如果再不觉悟，再不努力，到明年这个时候能不能在这里开会都成问题。万一共产党控制了中国，则吾辈将死无葬身之地。"

蒋介石的确有很好的预感，从这次会议到南京回到人民手中，时间也就是8个月的时间。这是后话。

现实是，仅仅一个月后，中国人民解放军就连续发起了辽沈战役、淮海战役、平津战役三大战役，国民党的重点防御计划几乎可以说是胎死腹中了。

> 20世纪40年代的蒋介石与宋美龄。

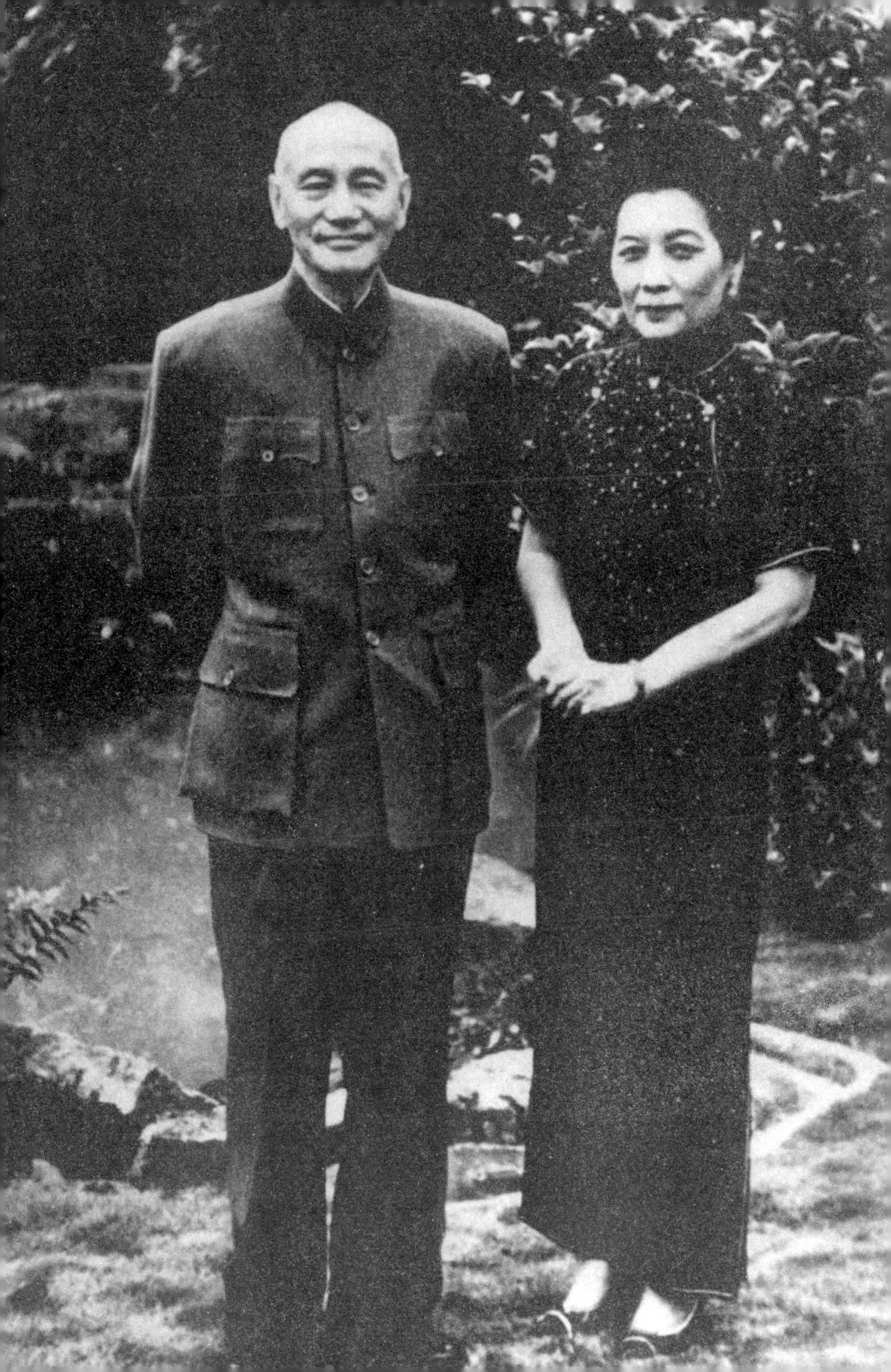

战争宽银幕

❶我军某部向敌阵地展开攻击。

★★★★★

❷ 解放军某部向敌阵地冲击。
❸ 我军强攻分队迅疾登上城头，准备攻击敌人。
❹ 占领敌前沿阵地的我军向纵深发展。
❺ 激战中的我军某部战士。

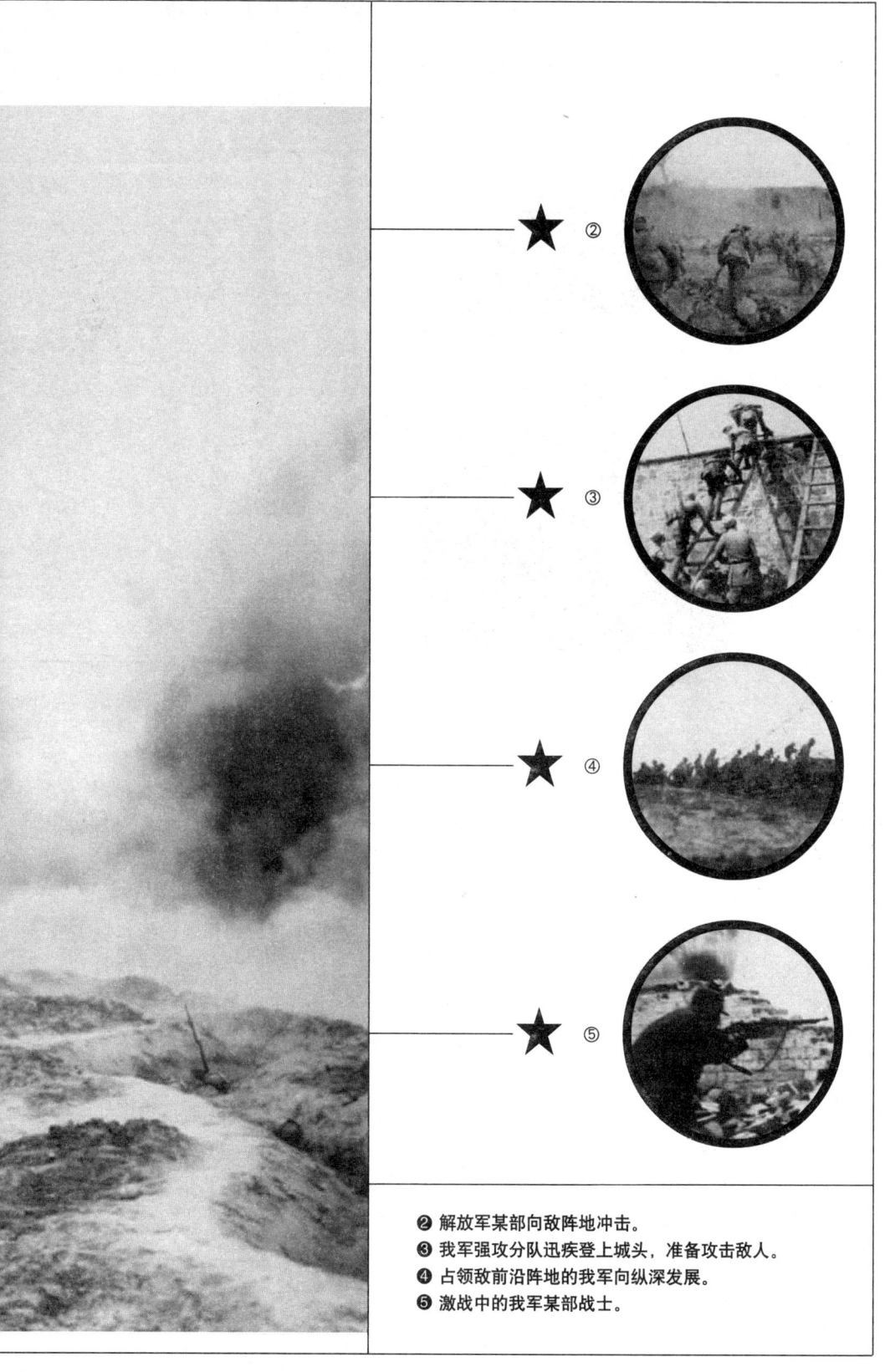

[亲历者的回忆]

李 达
（时任中原野战军参谋长）

1948年9月召开的中共中央政治局会议，根据过去两年我军的作战成绩和整个敌我形势，规定了人民解放军第3年仍然在长江以北和华北、东北地区歼敌的任务。

中央军委要求全军应歼灭国民党正规军115个旅左右，其中规定中原野战军歼敌14个旅左右，并攻占鄂豫皖3省若干城市；指示全国战场发起秋季攻势，中野协同华野作战，歼灭中原敌人，解放全中原；尔后协同各兄弟野战军，继续把战争引向国民党统治区之深远后方。

——摘自：李达《回忆淮海战役中的中原野战军》

黄 维
(时任国民党军第12兵团司令)

……随着解放军之转入战略进攻，把战争推向国民党统治区，国民党军在继续遭受失败的情况下，被迫放弃全面防御而采取重点防御，企图集中兵力固守战略要点，使解放军啃不动，以苟延残喘。

1948年8月，国民党政府国防部在南京召开军事会议，关于重点防御的部署，曾有所研讨；关于确保华中曾有所规划和准备。

其决定的措施之一，是就现有部队加以调整编配，组成若干兵团，以准备即将来临的防御战。

——摘自：黄维《第12兵团被歼纪要》

第二章

运筹帷幄

∧ 1948年,时任华东野战军代司令员兼代政治委员的粟裕。

两大阵营，上到统帅部，下到战区指挥员，把目光一齐聚向了徐州这块历来的兵家必争之地。处在战局一线的粟裕洞若观火，率先提出举行淮海战役的建议。毛泽东和中央军委审时度势，棋局在胸，36小时之内就定下了决心。蒋介石集团却各怀心思，举棋不定，犹疑不决，最后被迫摆出在徐州决战的架势。大战还没有开始，战役的进程和结果却已见端倪。

1. 粟裕的建议

1948年9月24日凌晨7时，一封由华东野战军代司令员兼代政治委员粟裕签署的电报同时飞向了远在河北平山县西柏坡的党中央所在地和华东局、中原局。

电报是从位于宁阳大柏集的华野前线指挥部发出的。

此时，济南战役虽然仍然在进行，但是大局已定，王耀武已是瓮中之鳖，逃脱不了全军覆灭的命运。

胜利在即，但是，处在战争中心的指战挥员们的脑子却没有一刻的松懈。歼敌10.4万多人的战绩可谓辉煌。不过，高明的指挥员就像高明的棋手一样，他们的目光不会仅仅停留在一城一池的胜利中，他们的目光早已经看了三步、五步甚至十步。

很长时间以来，粟裕在指挥打仗的同时，陷入了深深的思索之中，在作战地图前一站就是几个小时。

他考虑的不仅仅是华东战场的战局，他把华东战局同全国战局作了通盘考虑。

其实，粟裕的思考从豫东战役前后就开始了。

早在1947年第四季度，我三支大军已经在中原成品字形，完成了战略展开。但蒋介石在中原还能集中较大的机动兵力。敌人利用优越的运输条件，又常临机变动建制，采取避实击虚的战法，以集中或分散对付我军。我军分散时则集中进犯，我兵力集中时则后缩，敌我兵力相当时则纠缠。一段时间里敌我形成拉锯状态。

为了改变中原战局，发展战略进攻，粟裕反复考虑了我军的作战方针，认为，面对敌人的新情况，我军必须把歼灭战发展到更大规模。如果我军不能集中更大兵力，打更大规模的歼灭战，战机就很难寻找。看来，三支大军各自对付当面敌人均显不足。从华野外线兵团的兵力来看，彻底歼灭敌人一路的力量是够的，但必须邻区协助打援或箝制。

> 1948年6月20日,豫东战役期间我军占领位于开封的国民党河南全省保安司令部。

基于上述考虑,1948年1月22日,粟裕就向军委建议,三支大军采取忽集忽分的作战方针,以集中更大兵力,寻歼敌人重兵集团,兼顾开辟新区工作。4月18日,粟裕向中央建议,华野1、4、6纵队暂不渡江,会同3、8、10等纵队,并在中原野战军配合下,集中于黄淮地区打大歼灭战。

豫东战役,取得了歼敌9万多人的战绩,极大地鼓舞了粟裕,证明了他打大歼灭战的想法是符合实际的。看来,随着敌我力量的消长,我军歼灭战不断向更大规模发展是个客观规律。而且这种大歼灭战发展下去,势必成为同敌人的战略决战。

他的思绪还在继续深入。是啊,打大歼灭战是鼓舞人心的。但是,必须选择时机,还要考虑战场条件和后勤供应条件。

对于战场和后勤供应条件,粟裕认为,在长江以北决战比在长江以南决战要有利的多。而在长江以北决战,又以在徐蚌地区最为有利。因为这块地方不仅地形宽阔,通道多,适宜于大兵团运动,而且大部分地区是老解放区和半老解放区,群众条件好;背靠山东和冀鲁豫老根据地,地处华东和中原的接合部,距离华北也不远,能得到各方面的人力、物力支援。还可以利用蒋桂之间的矛盾,集中兵力打蒋系的徐州集团。如兵出中原,我军将处于白崇禧的武汉集团和刘峙的徐州集团的挤压中,桂系可能参战。

9月12日,东北野战军发起辽沈战役。9月16日发起的济南战役已经接近尾声。那么,华野下一步应该向何处出动呢?

粟裕的思绪回到了眼前他所处的位置,他的目光再一次盯住了淮海这片土地。

冀鲁豫根据地

冀鲁豫根据地亦称"冀鲁豫边区"。1940年4月,由鲁西、泰(山)西、(微山)湖西和直南等小块根据地扩大组成。这是中国共产党在河北、山东、河南三省边界地区建立的坚持敌后游击战争的战略基地。冀鲁豫抗日根据地的建立对抗日根据地的巩固和发展、抗战的胜利发挥了重大作用。

河南全省保安司令部

济南解放后，山东除青岛外，全境解放，华北和山东解放区即将连成一片，国民党军徐州、郑州、济南三足鼎立的防御阵势濒于瓦解，徐州刘峙集团已经处于中原和华东野战军的夹击之中。

徐州，位于津浦、陇海两大铁路干线的交通枢纽，战略地位十分重要，是历代兵家必争之地。当年，汉高祖刘邦就起家就是从这里开始的。熟悉中国历史的人都能随口吟诵"大风起兮云飞扬"那豪气冲天的千古名句。解放战争初期，它是国民党军进攻华东、中原解放区的重要军事基地。如今，它又成为蒋介石赖以屏障南京、上海，阻滞我军南下渡江的战略要地。

对于粟裕来说，这块土地他再熟悉不过了，敌我双方的态势也早已烂熟于心了，不过，他还是久久地盯着地图，目光一寸一寸地移动着。以徐州为中心的津浦路和陇海路上，敌军可以说是重兵云集，形成一个铁十字架态势。

管文蔚

　　江苏丹阳人。土地革命战争时期，任中共丹阳县委书记，常州县委书记，无锡中心县委书记等职。抗日战争时期，任新四军挺进纵队司令员，苏中行政公署主任等职。解放战争时期，任华中野战军第7纵队司令员，华东野战军第11纵队司令员，华中指挥部指挥，苏南军区司令员，苏南公署主任等职。

< 1938年冬，时任新四军第1支队司令员的陈毅（左四）到挺进纵队视察时与司令员管文蔚（左五）等合影。

陈丕显

　　福建长汀人。土地革命战争时期，任少共长汀县南阳县委儿童局书记，共青团中央分局委员，共青团闽赣边太宁地区中心县委书记，共青团赣南省委书记等职。抗日战争时期，任中共中央东南分局青年部部长，青年工作委员会书记，中共苏中区委员会书记等职。解放战争时期，任中共中央华中分局委员，华中指挥部政治委员，中共华中工委书记，苏北兵团政治委员，苏北军区政治委员。

　　不是冤家不聚头啊！此时的我军，正形成了华东野战军由北向南、中原野战军由西向东的夹击之势，老虎钳已经张开，正对着这个铁十字架。毕竟是兵家必争之地啊，看来有一仗好打。粟裕的嘴角泛出了别人不易察觉的微笑。

　　其实，咬住徐州之敌，粟裕早有这个想法。早在8月23日，报中央军委并管文蔚、陈丕显、韦国清、吉洛（姬鹏飞）的电报中即曾设想："两个月以后，我们即可举全力沿运河及津浦南下，以一个兵团攻占两淮及高、宝，则苏北局势即可大大开展。"在部署济南战役时，华野就曾部署了强大的打援兵力于徐州、济宁之间，准备歼击徐州北援的邱清泉或黄百韬兵团一部。

　　现在，济南马上就要解放，刘峙和他的手下邱清泉、黄百韬都按兵不动，没有敢贸然来援助王耀武，算他们暂时还不那么笨，但是，狐狸尾巴总是要抓住的。向南寻敌，送上门去，打更大的仗！一个完整的方案终于酝酿成熟了。

> 1947年，粟裕（右）与陈赓在前线指挥作战。

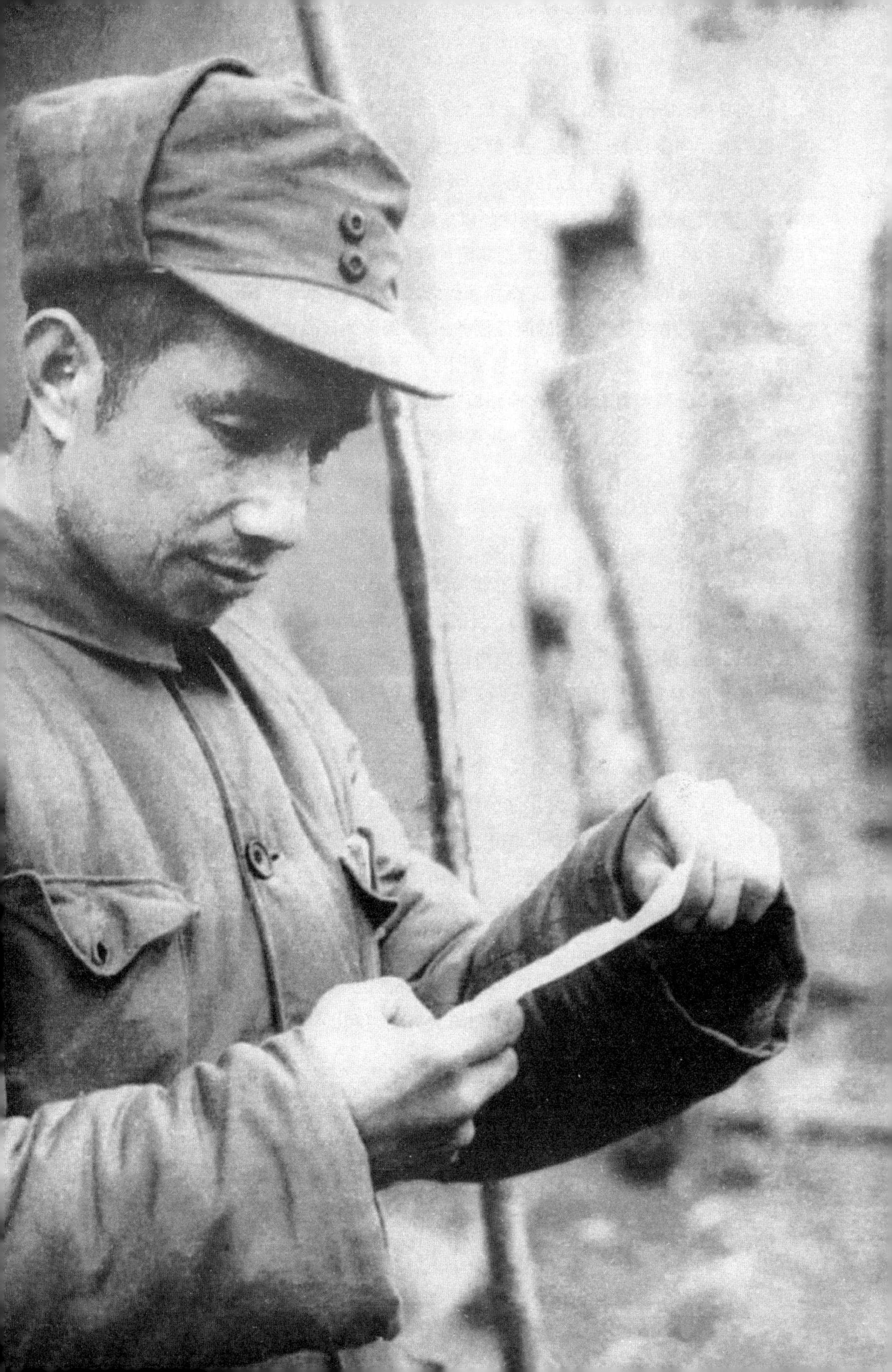

侦察获得的情报也证实，徐州之敌不会北援王耀武的判断是正确的。

粟裕立即同参谋长陈士榘、副参谋长张震等进行研究。

粟裕说："根据济南战役后的态势，我们现在就应该研究下一仗在哪里打、怎样打的问题。我的想法是，一、经徐州以东地区南下，在海州、连云港、两淮地区作战。其目的是削弱、孤立徐州刘峙集团，调敌出援，创造战机；打通苏北和山东的联系，取得新的'粮仓'，以支持和准备更大规模的作战；亦便于尔后从苏中南渡长江，完成党中央交给我们的渡江任务。二、经徐州以西返中原地区，配合中原野战军逐次歼敌，将敌人打至江边各点固守，为我军渡江创造条件。"

陈士榘、张震等都倾向于出徐州以东地区。

指挥部所有人员都激动不已，指挥部的灯光彻夜未熄。

军委并报华东局、中原局：

……

1.为更好的改善中原战局，孤立津浦线，并迫使敌人退守（至少要加强）江边及津浦沿线，以减少其机动兵力，与便于我恢复江边工作，为将来渡江创造有利条件，以便于尔后华野全军进入陇海路以南作战，能得到交通运输供应的方便，和争取华中人力、物力对战争的支持，建议即进行淮海战役，该战役可分为两个阶段。

第一阶段以苏北兵团（须加强一个纵队）攻占两淮，并乘胜收复宝应、高邮，而以全军主力位于宿迁至运河车站沿线两岸，以歼灭可能来援之敌。如敌不援或被阻，而改经浦口、长江自扬州北援，则我于两淮作战结束前后，即进行战役第二步，以三个纵队攻占海州、连云港，结束淮海战役，尔后全军转入休整。

2.只进行海州作战，仅以攻占海州、新浦、连云港等地为目的，并以主力控制于新安镇、运河车站南北及峄枣线，以备战姿态进行休整。此案对部队休整（只有攻城部队须稍事休整，至昨黄昏为止，攻城部队之6个纵队仅伤亡八千余人，昨晚及今晨伤亡尚不在内，依此伤亡并不算大）更便利，但亦增加今后攻占两淮的困难（敌可能增兵）。

3.全力向南求援敌之一部而歼灭之，但在济南攻克，敌人加强警惕，可能退缩，恐不易求战。

4.全军即进入休整，如此对部队有好处，但易失去适宜作战——"秋凉气候和济南失守后加于敌人之精神压力"。

电波在黎明的空中急速地传递着。

> 抗战时期，时任新四军政治部主任的邓子恢。

邓子恢

福建龙岩人。土地革命战争时期，任中共闽西特委书记，闽西苏维埃政府主席，闽西苏维埃政府经济部部长，中华苏维埃共和国中央执行委员等职。抗日战争时期，任新四军政治部主任，第4师政治委员，中共淮北区委员会书记等职。解放战争时期，任中共中央华中分局书记，中共中央华东局常委，中共中央中原局第三书记，中共中央华中局第三书记，第四野战军第二政治委员等职。

2. 一段插曲

此时的西柏坡，一派忙碌。同往常一样，从头天晚上8点左右开始，朱德、刘少奇、周恩来、任弼时就准时到了毛泽东的办公室，集体办公。粟裕的电报到达时，他们已经熬了整整一个通宵了。

毛泽东反复看了粟裕的电报，心里暗暗叫好。这个粟裕，就是棋高一着呢，走一步，想几步，步步相连，丝丝紧扣，不简单，不简单呢。他对其他领导人说："我看我这个老乡的设想有道理，既能解决当面敌人，又有利于今后渡江作战，是步好棋！粟裕这个人啊，就是气魄大，胆子大。"

毛泽东提到了粟裕的气魄和胆子，使在座的领导人们一同想到了前不久的城南庄会议。

早在年初，毛泽东、周恩来、彭德怀、陈毅等根据战争局势的发展研究确定：在南线我三路大军挺进中原后，为巩固和发展中原解放区，进一步将战争引向国民党统治区域，决定成立东南野战军，由陈毅任司令员兼政委，粟裕为副司令员，邓子恢为副政委。

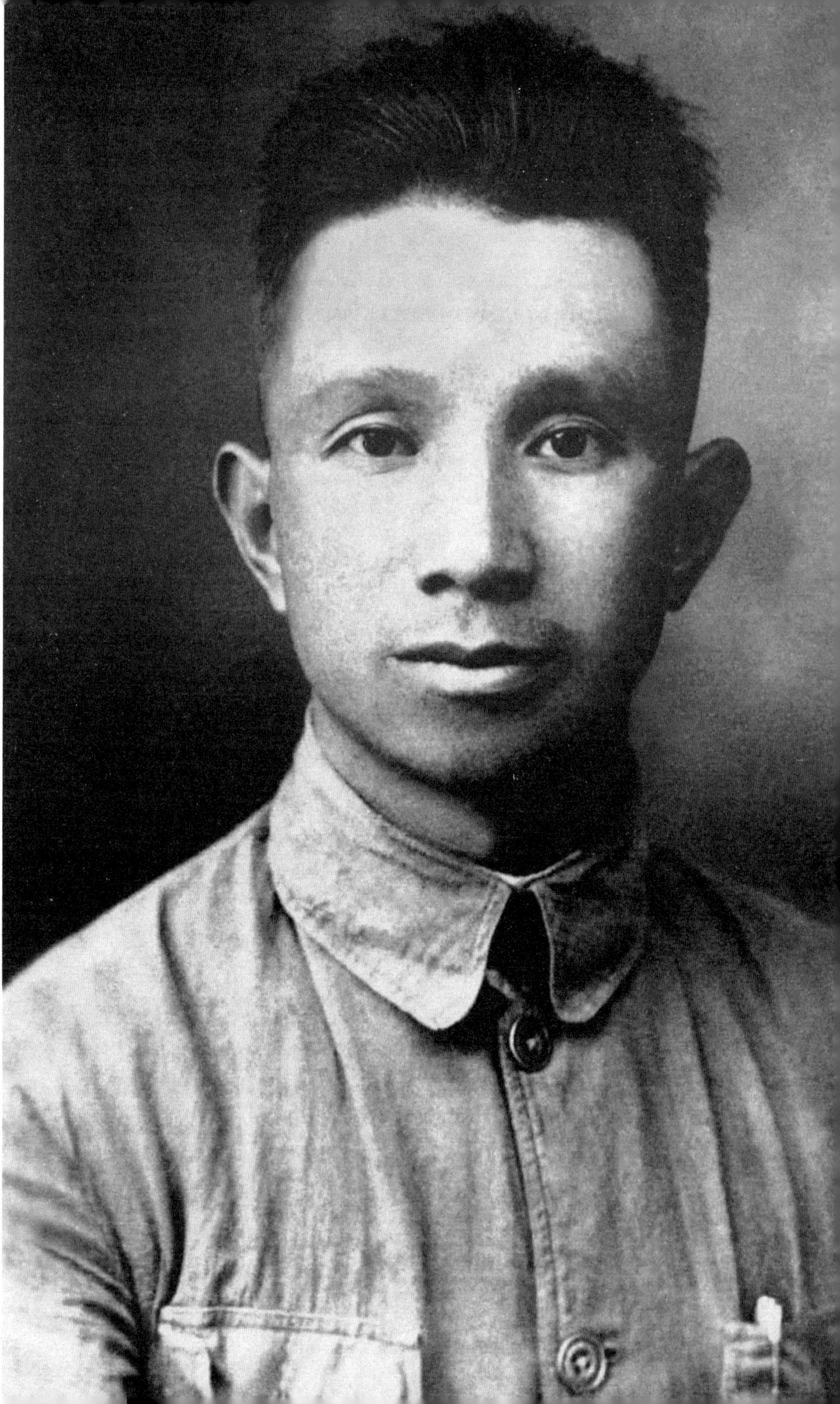

以华东野战军第1、4、6纵队组成东南野战军第1兵团,粟裕为司令员兼政委,叶飞为副司令员兼第一副政委,金明为第二副政委,张震为参谋长,钟期光为政治部主任,作为第1梯队南渡长江,开辟新的战略根据地。南进时间定在1948年的夏季或者秋季。先成立党的东南分局,由粟裕任书记,叶飞为第一副书记,金明为第二副书记。还准备以华东野战军第3、8、10纵队组成东南野战军第2兵团,作为第2梯队,拟于1949年二三月间渡江南进。毛泽东还亲笔写下了第1兵团领导干部的名单,交给陈毅。毛泽东用这样的形式下达命令是很罕见的,可见中央对南渡长江问题是下了极大决心的。

几乎是在中央作出上述决定的同时,1948年1月22日,粟裕向中央发出了《对今后作战建军之意见》的电报,电报的第一部分,着重谈了战略行动问题,粟裕在电报中说:

建议三军(刘邓、陈谢和我们)在今后一个时期,采取忽集忽分的作战方式,以求能较彻底地歼灭敌人一路(我们一军如不担负打援,兵力是够用的)。只要邻区能及时协同打援或钳制援敌迟进,歼敌一路是可能的。在此区歼灭战结束,敌向此区集中,则我又分散或转至临区,总以何区便于歼敌,即向何区集中。如此能有两三次歼灭战,则形势可能变化。

为慎重起见,粟裕在电文的最后加上了16个字:

管见所及,斗胆直陈。是否有当,尚盼裁示。

这就是有名的"子养电"。

< 20世纪40年代的粟裕。

金 明

山东益都人。土地革命战争时期,任共青团益(都)临(朐)寿(光)中心县委书记。抗日战争时期,任中共清河特委副书记,苏皖区委员会书记,淮海军区政治委员,苏北区委员会副书记,新四军3师10旅政治委员等职。解放战争时期,任中共胶东区委员会副书记,华东野战军1兵团第二副政治委员,中共湖南省委第二副书记,湖南军区副政治委员。

接到粟裕的电报后，中央进行了复议。结果，决策不变，中央没有采纳粟裕的建议。1月27日，毛泽东为中共中央起草电报，正式电告粟裕率领三个纵队渡江南进，执行宽大机动作战任务。

粟裕一边按照中央军委的指示，着手做好渡江南进的各项准备，一边把自己的思考和中央军委的决策进行了对照梳理。一连好几天，他都陷入了长久的思考之中。思考的结果，他还是认为分兵南进作战，不如集中兵力在中原打大歼灭战。

1月31日，一份长达2,000多字的电报飞向了陕北。

中央军委再次进行了研究，结果，南进的决策不变。只是，渡江的时机、地点、方法和中原战场的战法，采纳了粟裕的建议。

认准了的事情，决不会轻易改变，这就是粟裕。在长达几个月的准备时间里，粟裕仍在反复思考着。他的结论仍然是：集中兵力在中原黄淮地区打大歼灭战，更有利于迅速改变中原局势，发展战略进攻。

1948年4月18日，粟裕再次致电中央军委，陈述自己的建议。此前，他把自己的想法向陈毅、刘伯承、邓小平做了报告，征求他们的意见。李先念也支持他再次向军委建议。电报长达2,800字，分8个部分。

此时，中央军委的指挥班子已经到达了河北省阜平县城南庄。

这是明显的"抗命"啊！

毛泽东流露出了明显的不快和焦急。朱德、周恩来等中央领导人心里也很不安。这个粟裕，胆子也太大了，一而再，再而三地坚持自己的意见。干扰统帅部的决心，是要负责任的。他粟裕并不是不懂啊。

平静后的毛泽东认为，粟裕之所以这样，其中肯定有他的道理。发报，让粟裕速来中央，当面陈述！

5月，中央书记处扩大会议在城南庄召开了。急急赶到的粟裕还没有来得及消除旅途的劳顿，就将面对五大书记和中央其他领导审视的目光。三堂会审啊。他的压力可想而知。

粟裕第一次经历这样的场面，开始不免有点紧张，但是，他很快就平静下来了。

站在地图前的粟裕，把自己几个月以来的思考和盘托出。

他认为，从全局看，为了改变中原战局，协同全国其他各战场彻底打败蒋介石，中原和华东我军还要同国民党进行几次大的较量。从目前情况看，要打大规模的歼灭战，分兵渡江南进是做不到的，而在中原黄淮地区打大歼灭战的条件正在成熟。在中原战场上，华野有10个主力纵队，还有两广纵队、特种兵纵队和地方武装，加上刘邓、陈谢两支大军，只要统一指挥，集中兵力，是有力量打更大的歼灭战的。中原黄淮地区地势平坦，交通发达，虽然便于敌人互相支援，但是，也有利于我军机动作战。敌人虽然在中原地区集结重兵，但是重要点线防守的包袱背得很重，机动兵力相对减少，我军可用积极行动调动敌人，创造歼敌战机。更重要的是，中原新解放区已经有了初步基础，又背靠晋冀鲁豫老解放区，可以及时得到人力物力的支援，充分发挥人民战争的优势。这些都是我军在黄淮地区打大歼灭战的有利条件。

接着，粟裕详细分析了敌人可能采取的对策：

> 李宗仁为新桂系军主要代表人物之一。

桂系军 ————————————————▼

桂系军有旧桂系军和新桂系军之分。旧桂系军的主要首领是陆荣廷。陆在民国初被委任为广西都督，网罗旧军人、旧官僚，形成旧桂系军阀集团，并积极向外省扩张势力，反对孙中山返粤就任非常大总统。1921年6月，陆荣廷指挥桂军大举进攻广东，惨遭失败。以大容山为根据地的桂籍军人李宗仁、黄绍竑、白崇禧乘机起兵，取代旧桂军，形成新桂系军阀部队。

我三个纵队渡江南进的战略行动，可以调动江北部分敌军回防江南，但是调动不了敌人在中原战场的4个主力军。这4个军（整编师）战斗力比较强，是中原敌军骨干。其中第5军、第18军是蒋介石的嫡系部队，到江南水网地区作战难以发挥他们机械化装备的优势，蒋介石不会把他们调到江南跟我们打游击；第7军和第48师是桂系部队，蒋介石从政治上考虑，也不会"纵虎归山"，把他们调到江南。如果调不走敌人的主力军，我三个纵队又渡江南进，我军兵力势必分散，在中原战场势必难打大歼灭战。

粟裕一发而不可收，进一步阐述了他的想法：华野三个纵队渡江南进，到敌人深远后方执行宽大机动作战任务，无疑会给敌人以相当的震惊、威胁和牵制，但是估计难以实现预定的战略企图。

粟裕进一步预测了渡江南进可能会遇到的各种问题：我三个纵队和地方干部近10万人，在敌占区转战几个省，行程几千里甚至上万里，在无后方条件下连续作战，同敌人的围追堵截作斗争，兵员的补充、粮食弹药和其他物资的供应、伤病员的安置和治疗等方面都将遇到很大困难，预计将有五六万人的减员，剩下的部队就难以对敌人形成大的威胁。如果三个纵队留在中原,则可以充分发挥他们善于野战的长处,用减员五六万人的同样代价,可以歼敌三至五个军。

最后,粟裕作了结论:权衡两种方案的利弊得失,我认为集中兵力在黄淮地区打大歼灭战,更有利于迅速改变中原战局,进一步发展战略进攻。

粟裕讲完了。会场一时无语。

中央领导对其中的细节问题提出了问题,粟裕一一回答。

最后,书记处经过反复研究,决定:同意粟裕的建议,华野三个纵队暂缓渡江南进,留在中原黄淮地区作战。

会后,毛泽东向粟裕宣布了中央的又一个决定,成立中共中央中原局、中原军区、中原野战军,陈毅、邓子恢到中原局、中原军区工作,华野由粟裕负全部责任。

粟裕几乎是脱口而出:"华野离不开陈毅同志啊!"

他向毛泽东建议,陈毅人到中原工作,保留在华野的司令员兼政委的职务。中央采纳了粟裕的建议。任命:陈毅为中原军区和中原野战军第一副司令员,仍任华东野战军司令员兼政委。粟裕则为华东野战军代司令员兼代政委。

粟裕就以代职的身份,担当起了领导和指挥华东野战军的重任。

3. 36小时决策

接到粟裕的电报,中央并没有急于表态。这样大的仗,要好好谋划谋划才对啊。同时,他们也想听听刘伯承、陈毅、李达他们的意见。

不打无把握之仗,这是毛泽东历来用兵的基点。举行淮海战役,对于在中原黄淮地区歼敌是十分有利的。但是,中央领导更多考虑的是胜算的把握有多大。

> 1948年,粟裕抵达河北阜平县城南庄参加中央书记处扩大会议时与其他领导合影。左起:薄一波、蔡树藩、李先念、粟裕、彭真、朱德、陈毅、聂荣臻。

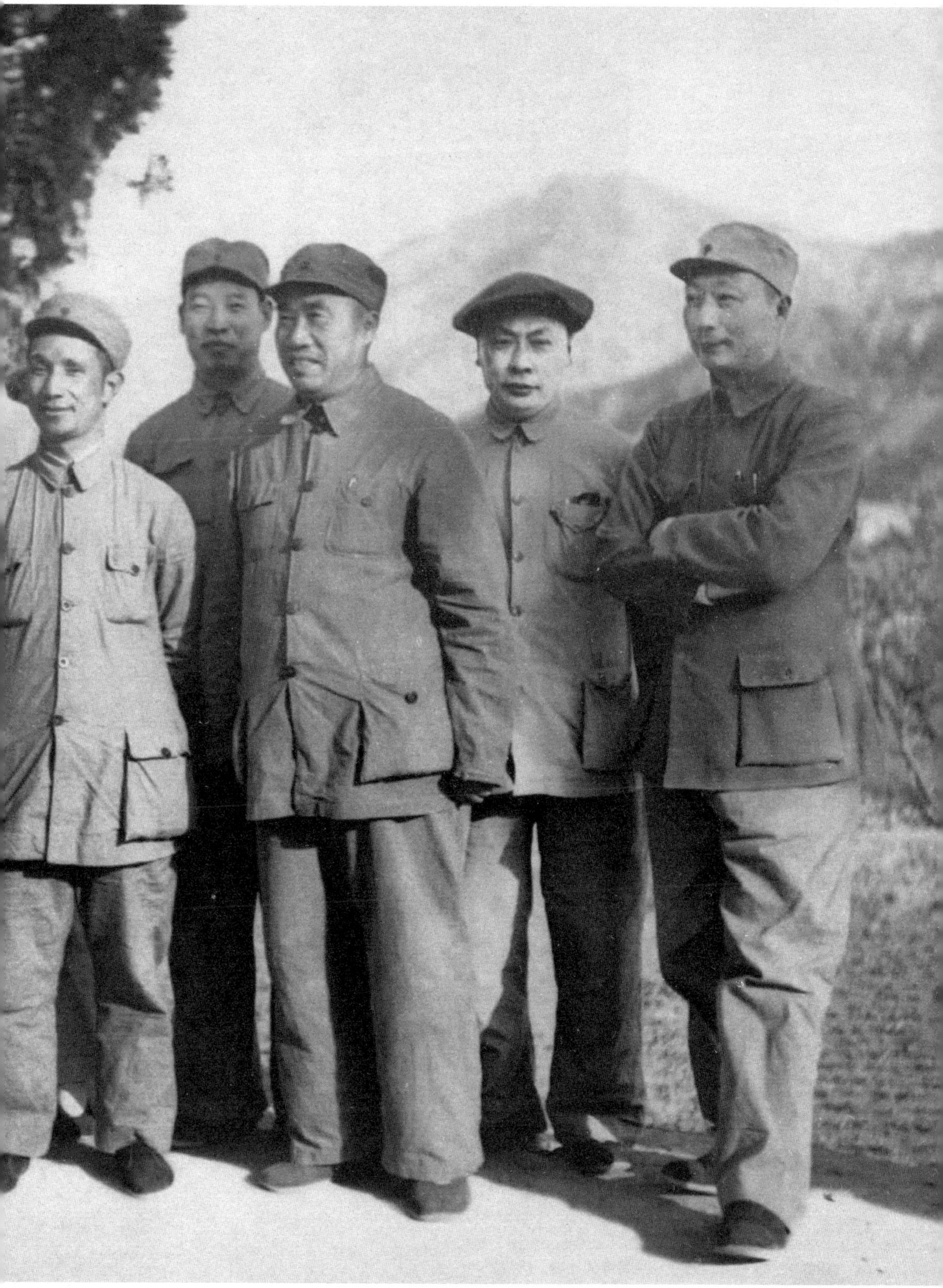

1948年，时任人民解放军总司令的朱德。

当时，国民党聚集在中原黄淮地区的兵力达80万人，而我军只有60万人。以60万对80万，明显是一锅夹生饭，这仗不好打。

军委副主席兼中国人民解放军总司令朱德也显得很慎重，他认为，电报是粟裕个人的建议，华野前委应该再认真讨论一下，拿出一个统一意见报军委。

军委副主席兼总参谋长周恩来说："济南战役刚刚结束，部队还是要休整一下。下一步作战不能太急了，首先是要认真做好准备。"

接到粟裕电报已经整整一天多后的9月25日上午9时，毛泽东起草电报，发给粟裕，要华野前委开一次可能到会的领导干部参加的会议，讨论下一步行动问题，把最后斟酌的意见报告军委。

远在河南宝丰中原野战军司令部的刘伯承、陈毅也同时收到了粟裕的电报。此时，邓小平参加中央会议还没有回来。刘伯承、陈毅经过认真商议，在25日中午复电粟裕并报军委：

济南攻克后，我们同意乘胜进行淮海战役，以第一方案攻两淮，并吸打援敌为最好。

下午4时左右，毛泽东又发电给粟裕，要他们把下一步作战地域的敌情详细报告中央。

西柏坡，又是一个繁忙的日子。

25日晚上7点钟，毛泽东为中央军委起草的第三封电报发向了华东

饶、粟并告许、谭、王、刘、陈、李：

我们认为举行淮海战役，甚为必要。目前不需要大休整，待淮海战役后再进行一次休整。淮海战役可于十月十号开始行动。你们应利用目前半月时间，使攻济部队获得短时休息，然后留一个纵队位于鲁西南起牵制作用，吴化文亦应移至鲁西南，其余全部南下，准备进行几个作战：

（一）估计不久邱兵团将退回商、砀地区，黄兵团将回至新安镇、运河车站地区，你们第一个作战，应以歼灭黄兵团于新安、运河之线为目标。

（二）歼灭两淮高宝地区之敌，为第二个作战。

（三）歼灭海州、连云港、灌云地区之敌，为第三个作战。

进行这三个作战是个大战役，打得好，你们可以歼敌十几个旅，

可以打通山东与苏北的联系，可以迫使敌人分散一部兵力去保卫长江，而利于你们下一步进行徐州、浦口线上之作战。因此，你们应在酉灰（10月10日）以前做好有关这一战役的充分准备，要开一次像上月曲阜会议那样的干部会，统一作战意志，调整内部关系。

军委

廿五日十九时

电报中的饶即饶漱石，时任华东军区政治委员；许即许世友，时任华东野战军山东兵团司令员；谭即谭震林，时任华东野战军副政治委员兼山东兵团政治委员；王即王建安，时任山东兵团副司令员；刘即刘伯承；陈即陈毅，李即李达。

军委从接到粟裕电报，到定下决心，只用了36个小时。

4. 热锅上的蚂蚁

正在我人民解放军有条不紊地进行战役谋划和准备的时候，蒋介石集团却陷入极大的混乱之中。

早在1948年春天，为了改变国民党军队连连失败的态势，杜聿明就向蒋介石提出，要集中强大的机动兵团，吸引解放军攻击某一据点久攻不下而受挫时，出动机动兵团与之决战；在国民党军队已经整补完成而对方尚未发动攻势之前，争取主动，发动攻势，寻求解放军之一部而加以歼灭。

这年下半年，蒋介石决定采用这一作战方针。在徐州战场，决定只守郑州、徐州、济南三大战略要点，徐州附近的其他城市都可以随时放弃，以集中一切可以集中的力量与解放军决战。将原郑州指挥所取消，改为"徐州剿总前进指挥部"。

根据这一作战方针，杜聿明拟制了一个"对山东共军攻击计划"，幻想集中徐州国民党主力部队，乘解放军中野、华野东西分离之际，歼灭华野的一部分，以振奋国民党军的士气。

杜聿明的计划拟制好后，刘峙和他的参谋长李树正原则上同意对解放军采取主动攻击，但是又觉得杜聿明使用的兵力过多，使总部控制的部队太少，又对冯治安守徐州不放心，怕徐州出意外。他们和杜聿明进行了激烈的争论。最后，刘峙勉强同意杜聿明的方案，并决定第13兵团守备徐州，调出冯治安的第三"绥靖"区部队参加攻击。

> 20世纪20年代的刘峙。淮海战役期间，出任国民党徐州"剿总"总司令。

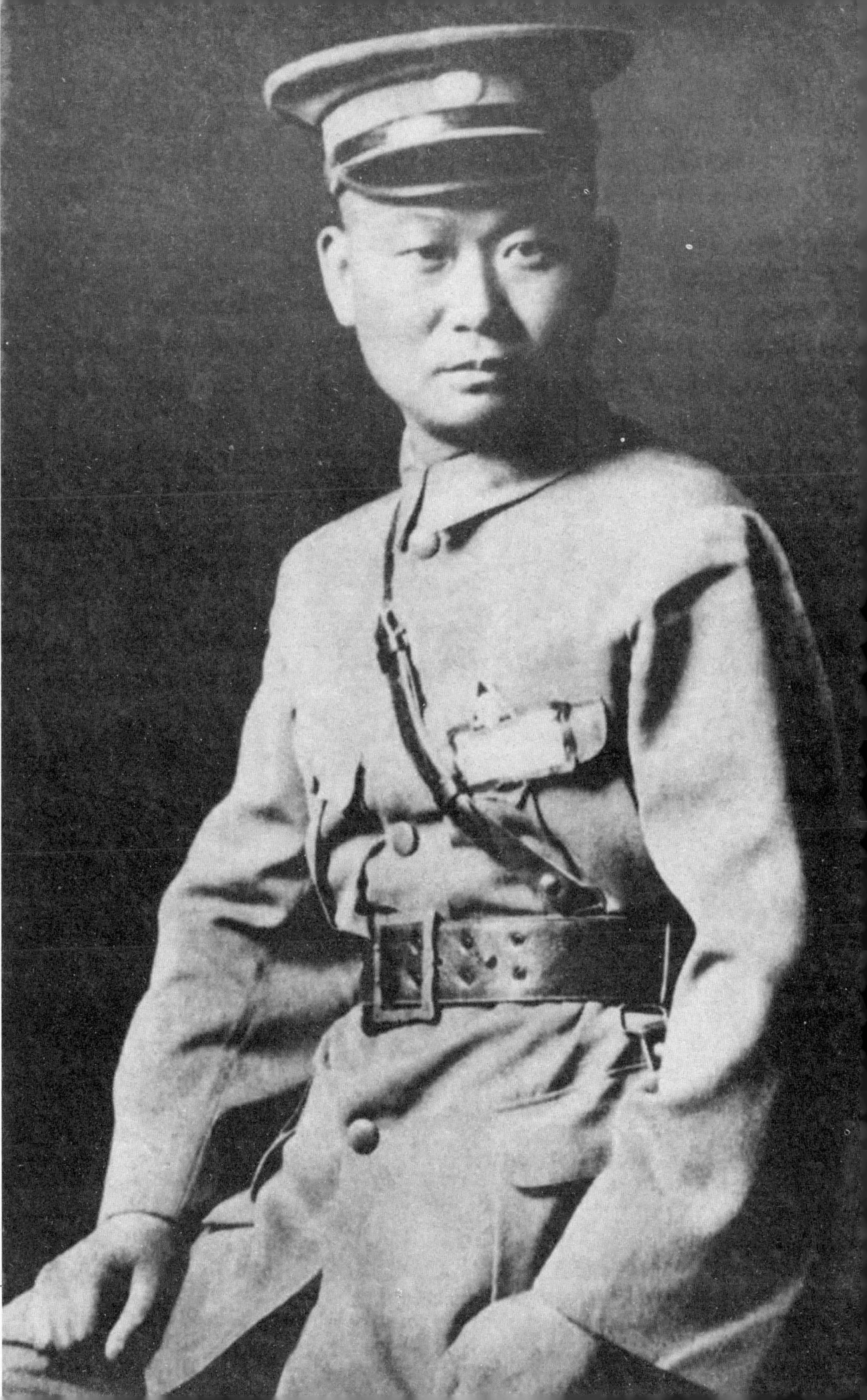

∧ 抗战胜利后，佩戴青天白日勋章的蒋介石脸上不无得意之色。

计划决定后，刘峙即命令第13兵团的一部分强迫接替冯治安部徐州的防务，立即引起了冯治安部的怀疑和不满。

1948年9月30日，杜聿明带着计划到南京，先找参谋总长顾祝同核定。顾祝同说："委员长不在南京，我不敢决定，你还是到北平去当面请示他好了。"

10月2日，杜聿明飞到北平。当天晚上，蒋介石在东城圆恩寺官邸接见了杜聿明。蒋介石听了杜聿明的报告后，没有马上表态，只是说："待研究以后再说。"

10月3日，蒋介石再次找杜聿明谈话。

蒋介石说："徐州的计划，可以照你的计划实施，你回去同顾总长商量着办。"

杜聿明说："我已经见过了顾总长，总长说请委员长批准后才可以实施。"

听到这，蒋介石也不好再说什么，当即在计划书上批了"此案可行，交顾总长核办"10个大字。

杜聿明于当天急急忙忙又飞到南京，第二天见到了顾祝同。

顾祝同看了蒋介石的批示，犹豫不敢决定，一再问杜聿明："你们发动攻击，有没有把握？"

杜聿明说："关键在于华中黄维能不能将刘伯承牵住。如果能牵制住的话，徐州方面打粟裕的纵队是有把握的。"

顾祝同还是不放心，又问："万一刘伯承窜过来又怎么办呢？"

不得已，杜聿明重复了计划中的指导要领，对顾祝同说："我们采取稳扎稳打的战法，即将主力集中，形成一个圆形态势，使敌人钻不了空子，吃不掉部队，一旦抓住敌人一部，即迅速放胆猛攻，将其包围消灭。万一敌人狡猾，主动先打撤退，我军也不为敌人所迷惑，改变原计划深入敌区，而是按照原定计划实行'钓鱼'战法，诱敌攻击顿挫时，再行包围消灭敌人。只有将敌人主力击破后，我军才可以继续北进，收复泰安、济南。万一这期间刘伯承部窜到徐州附近，我军即将粟裕部阻止于微山湖以东地区，先集中主力，协同黄维兵团击破刘伯承部后，再看情况击破粟裕部。"

杜聿明说得头头是道。顾祝同也觉得有道理，比较稳妥，就说："这样的稳扎稳打是可以的，等我同白健生（白崇禧）商量后再同你说。"

10月5日，顾祝同告诉杜聿明："白健生同意这样做，你回去照计划实行好了。"当日，杜聿明就返回徐州向刘峙汇报，当即决定将位于郑州的第16兵团孙元良部开往柳河附近集结。10月7日，杜聿明召集邱清泉、李弥、黄百韬等开会，商讨各种情况下的战法。经过研究，一致同意采取机动出击及守备徐州的战略战术，决定15日开始行动。

10月15日一大早，杜聿明正准备登车出发到前方指挥时，忽然接到蒋介石从南京发来的电报，叫杜不要执行这一计划，在飞机场等他一同到东北去。杜聿明只好随着蒋介石到北平去了。

辽沈战役的发起，打乱了国民党军的部署，蒋介石亲自批准的作战计划由此胎死腹中。

最近以来，蒋介石可以说是忙乱之极，心情也坏透之极。我人民解放军发起辽沈战役后，蒋介石就坐不住了，他亲飞北平，坐镇指挥，在北平与南京之间飞来飞去，好不辛劳。东北战事吃紧，华北也不轻松。屋漏偏遇连阴雨，济南又给生生地丢掉了。听到济南失守的消息后，蒋介石大为震惊，也大为光火，他一连骂了几声"娘希匹"，又骂王耀武笨蛋。这还不解气，他把桌子上的收音机狠狠地摔向地面，收音机摔得稀碎。此时的蒋介石，真正成了热锅上的蚂蚁，在屋子里走来走去，唉声叹气。

就在蒋介石在北平指挥东北廖耀湘集团作战时，在南京的国防部长何应钦、参谋总长顾祝同见形势不妙，蒋介石本人对全国性的战略也没有作出什么决策，坐不住了，他们于10月22日召集刘斐、萧毅肃、国防部第三厅厅长郭汝瑰等研究中原作战计划。

国民党政府国防部参谋次长萧毅肃

四川蓬安人。国民党陆军中将。云南讲武堂、陆军大学毕业。曾任国民党军第43军参谋长、副军长。1940年任国民党中央党政军联合秘书处秘书长。后任中国远征军司令长官部参谋长，中国陆军总司令部参谋长，1945年8月，受国民政府指派作为中国受降主官接受侵华日军的投降。1946年后任重庆行辕副主任兼参谋长，重庆警备司令，国防部参谋次长等职。1949年去台湾。

何应钦、顾祝同认为，东北败局已定，从全国的形势看，应诱导华北"剿总"主力保持于天津、塘沽地区进行持久战，以牵制东北解放军，使解放军不能增兵黄河以南，以便改变中原地区的不利形势。

何应钦提出，还是让白崇禧统一指挥中原各军。

何应钦根据我中原野战军主力向禹县移动的情报，判断我中原野战军即将进攻郑州，也可能配合华东野战军向徐州"剿总"的辖区进攻，主张徐州"剿总"放弃陇海线上的各大城市，集中兵力于徐州外围。华中"剿总"第12兵团4个军进出周家口附近，策应徐州"剿总"或华中"剿总"作战。

当日，方案完成，23日，郭汝瑰就飞往北平向蒋介石请示。

临行前，顾祝同再三向郭汝瑰说："要报告总统，白健生（白崇禧）统一指挥是暂时的，会战结束后，华中'剿总'和徐州'剿总'仍分区负责。"

> 曾任国民党军参谋总长的顾祝同。

V 1945年8月21日，时任国民政府军参谋长的萧毅肃（正对画面中坐者）在芷江日本洽降会场。

23日中午，蒋介石作出如下决定：

（一）徐州方面应取攻势防御，可放弃郑州、开封、兰封等城市……

（二）华中、徐州两总部由白崇禧统一指挥。

（三）……华中"剿总"必要时可以放弃南阳，以便第12兵团进出周家口。

（四）可令宋希濂任徐州"剿总"副总司令。

当郭汝瑰强调由白崇禧统一指挥只是暂时措施时，蒋介石摆摆手，说："不要暂时指挥，就叫他统一指挥下去好了。"

9月24日，何应钦以蒋介石的名义发出了"酉敬防挥电"，下达作战指示如下：

徐州方面：

（一）应对陈毅部取攻势防御，逐次消耗共军……，并巩固徐州附近地区而确保之。

（二）第7兵团（黄百韬）第13兵团（李弥）两兵团分别控制于阿湖、新安镇、八义集各地附近机动，截击南窜之共军，应援东海方面之战斗……

（三）第2兵团（邱清泉）应机动控制于砀山附近，依情况协同黄维兵团夹击进出黄泛区之刘伯承部。

（四）第16兵团（孙元良）于刘伯承部主力向黄泛区窜犯时，向宿县蒙城各地附近转移，尔后控制于蚌埠机动……

……

（六）第三绥区（冯治安部）应以主力控制于运河以西地区台枣支线，担任守备……

（七）第四绥区刘汝明部应以主力守备商丘，一部掩护陇海铁路东段之交通。

……

（十）徐州"剿总"应加强徐州、蚌埠、淮阴防御工事，务期坚固守备，以形成机动兵团之核心，并预作因陈毅部之南窜可能引起各种应战之准备。

华中方面：

（二）第12兵团（黄维）并指挥第2军、第15军，应索刘、陈（赓）等主力"进剿"，如刘伯承主力越平汉路东窜，即先机推进周家口附近，适时联系邱清泉兵团夹击而歼灭之。

10月29日，何应钦于国防部召开作战会议，提出"守江必守淮"的主张。但是，对守淮有两种方案。第一种方案，主张徐州"剿总"除以一两个军坚守徐州外，所有陇海路上的城市完全放弃，集中所有可以集中的兵力于徐州、蚌埠之间津浦铁路两侧，作攻势防

∧ 1947年，时任国民党徐州"剿总"总司令的刘峙（左）与华中"剿总"总司令白崇禧（右）。

徐州"剿匪"总司令部

1948年6月，蒋介石将陆军总司令部徐州指挥部改为徐州"剿匪"总司令部，刘峙任总司令，杜聿明等任副总司令，负责组织指挥华东战场的作战。在淮海战役中，国民党成立"剿总"前进指挥部，代替徐州"剿总"行使对战区部队的全权指挥权，杜聿明任主任（刘峙于11月29日接任）。战役第三阶段前进指挥部和所辖第2、第13兵团残部被人民解放军全歼，杜聿明等被俘。

御。无论解放军由平汉路、津浦路或取道苏北南下，均集中全力寻找解放军决战。为了配合徐州方面作战，华中"剿总"必须以黄维兵团向周家口进击。第二种方案是，退淮河南岸凭河川防御。研究结果，认为退守淮河，那么，以后就不便于向平汉路或苏北方面机动；且解放军打通陇海路后，对国民党军队更为不利。因此，会议采纳了第一种方案。当日，国防部电告徐州"剿总"，必要时可令刘汝明部放弃商丘。

10月30日，白崇禧由汉口到达南京，下午5时，国防部开会讨论中原作战问题。白崇禧满口答应出任统一指挥徐州和华中两"剿总"。但是，到了31日上午10时再次开会时，白崇禧却变卦了。

一夜之间，白崇禧就变卦了，令人匪夷所思。实际上，小诸葛白崇禧心里有自己的小九九。白崇禧是聪明人，他一看解放军拉开了决战的架势，国民党军队究竟有多少胜算，他没有底气，他又不是老蒋的人，老蒋能信任他吗？再说了，胜了是他老蒋指挥有力，败了就是他白崇禧指挥无方了。

蒋介石明知白崇禧是存心拆他的台，也奈何不了他什么。眼下最紧要的是，刘峙又是一个糊涂蛋，忠心是忠心，可到底是无能之辈，担不起重任啊！

10月31日，蒋介石由北平回到南京。根据国防部和参谋总部的判断，解放军华野、中野部队将有大动作，或者直接夺取徐州，或者攻取蚌埠，孤立徐州，进逼江淮。为了避免东北失败的悲剧重演，蒋介石决定于11月4日亲自到徐州调整徐州的部署。

出发前却遇到了麻烦。蒋介石的长子蒋经国10月初以督导员的身份在上海"打经济老虎"，不想却打到了孔祥熙的公子孔令侃的头上，蒋夫人宋美龄急忙飞到上海干预，行政院长翁文灏、财政部长王云五提出辞职。家事国事天下事，事事都要操心啊，何况，家事和国事是搅在一起的。蒋介石无奈，临时改由顾祝同代他前去。11月4日，顾祝同带上作战厅厅长郭汝瑰等人飞抵徐州。

11月5日上午，顾祝同召集徐州"剿总"司令部的高级军官，邱清泉、黄百韬、李弥、孙元良等兵团司令，还有可能离防到徐州的军长等，研究徐州方面的作战部署。

第2兵团司令邱清泉说，华东野战军的3、8、10、11纵队及两广纵队在鲁西，先头已经到达曹县、城武。

> 时任国民党华中"剿总"总司令的白崇禧。

第7兵团司令黄百韬说，在郯城以北地区发现解放军强大部队，可能要向本兵团进攻。

讨论来讨论去，一致的意见是：无论华东野战军主力何在，徐州"剿总"各兵团在陇海路上一线排列，态势不利，必须调整。于是，根据"守江必守淮"的方针，决定放弃次要城市，集中兵力于徐州、蚌埠间津浦路两侧地区，作攻势防御，以巩固长江而保卫南京、上海。会议同时决定，必要时，徐州"剿总"移蚌埠指挥，徐州以一两个军固守。

当天晚上，顾祝同返回南京。第二天，补发正式命令如下：

（一）徐州守备部队应切实加强工事坚固守备。

（二）第7兵团应确保运河西岸，与第一绥区、第三绥区密切联系，并在运河以西地区"清剿"。

（三）第2兵团以永城、砀山为中心集结，并在附近"清剿"。

（四）第13兵团应集结于灵璧、泗县地区并在附近"清剿"。

（五）第16兵团即以蒙城为中心，进行"清剿"，掩护津浦铁路之安全。

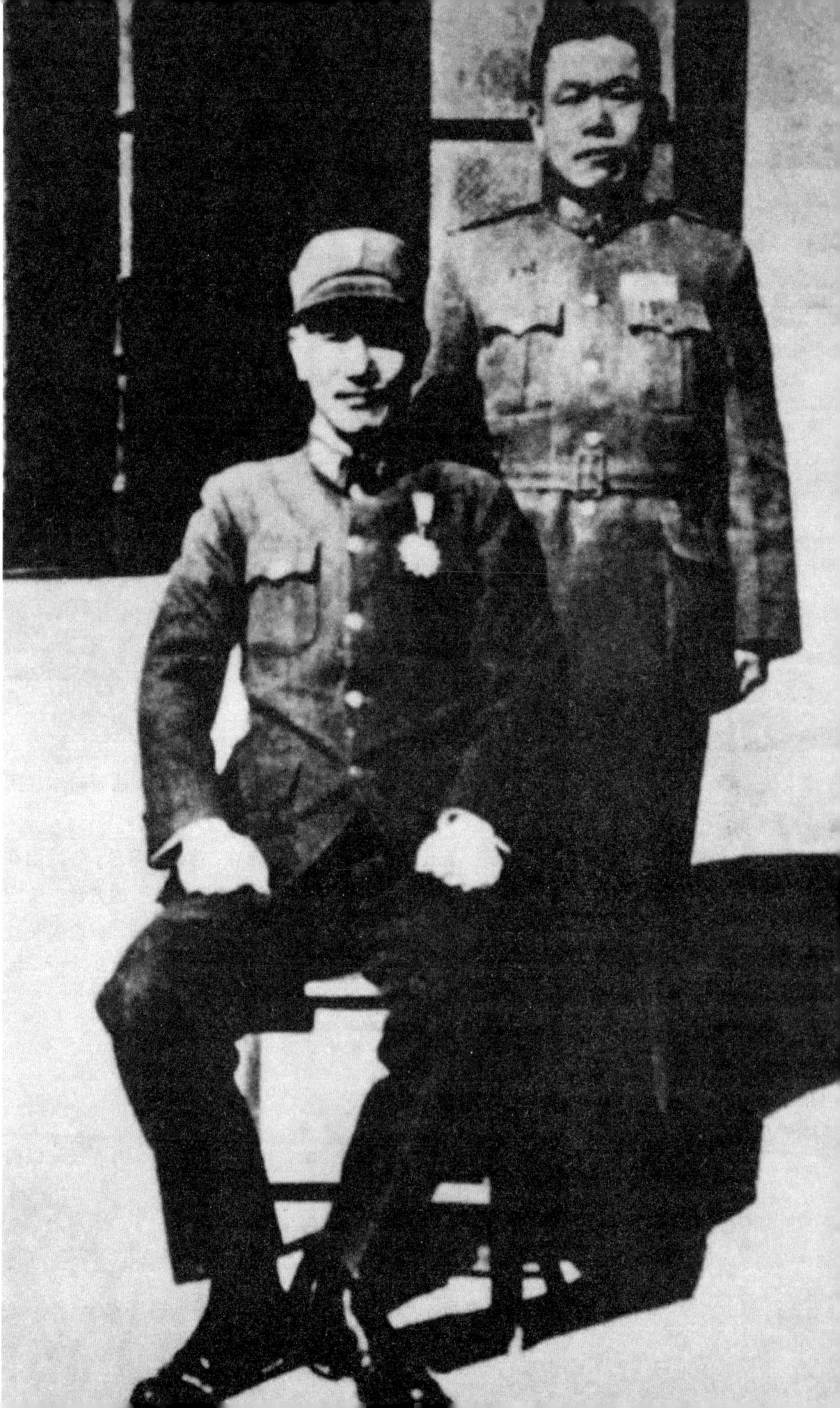

（六）第四绥区移驻淮关，以原第八绥区为改绥区的辖区，原第八绥区着即撤销。
（七）淮阴守备应由第4军担任……
（八）东海方面应行机动作战。

发出命令后，顾祝同又认为在东海的第九绥区以及第44军由海上撤退，有许多困难，于是命令这些部队兼程经新安镇向徐州撤退。第44军到达新安镇后，归第7兵团司令黄百韬指挥，一同渡过运河。第九绥区人员到徐州待命。

看来，蒋介石也摆出了在徐州会战的架势。

其实，这个决定是临时形成的，也是被迫形成的。

济南解放后，蒋介石曾经决心放弃徐州，他一再强调，徐州乃四战之地，易攻难守，且后方联络线过长，兵员粮弹补充困难，据徐州第一补给区司令说，徐州粮食只储备了21天，加上兵力运输迟缓，如果一旦联络线被截断，就会陷于重围。蒋介石还很迷信，西楚霸王项羽四面楚歌、垓下被围的历史就发生在徐州附近，他不能不有所忌讳。10月下旬，国防部长、参谋总长、陆海空联勤四个总司令在南京黄埔路蒋介石官邸向蒋介石汇报时，都强调徐州贮粮缺少、补给不便，大军持久作战不可能。考虑再三，蒋介石决定不守徐州，而是退守淮河来确保南京外围，企图在淮河附近挫败解放军主力。

放弃徐州退守淮河的计划，原定11月上旬转移完毕，但是蒋介石又犹疑了，担心徐州一撤退，影响人心。正当华野、中野根据军委指示积极做战前准备的时候，蒋介石却被他的情报机构蒙在了鼓里。11月1日，他还判断华野在鲁南休整，南下的速度较缓，中野东移也不快，两大野战军是否合拢，企图不明，此时，白崇禧也有从豫南方面采取攻势以牵制中野东调的企图。到了11月3日，国民党军队仍没有行动。这就出现了改变原来计划的结果。

蒋介石和顾祝同的如意算盘是：用少数兵力固守徐州，可以使解放军不能有效利用陇海铁路东西调动部队。主力控制于徐州、蚌埠之间，如果解放军向徐州进攻，或者沿平汉铁路或经苏北地区南下时，都可以集中5个兵团寻求决战，在解放军未能击破其主力以前，便可保持淮北，因此也守住了长江。

但是，毛泽东、粟裕、陈毅、刘伯承、邓小平他们却不会让他的如意算盘得以实现。到时候，他们想退也来不及了。

< 蒋介石与时任国民党军第2兵团司令的邱清泉合影。

战争宽银幕

❶在炮火掩护下,我军步兵向敌人冲锋。

❷ 我军冒着严寒向前线挺进。
❸ 我军向前挺进。
❹ 我军在大沙漠上行军。
❺ 陕北人民将大批粮食弹药运到前线。

[亲历者的回忆]

唐 亮
（时任华东野战军政治部主任）

  淮海战役，是在中国人民解放战争进入第三年，全国政治、军事、经济形势对我极为有利的情况下进行的。

  当时，解放区日益扩大，党的方针政策深入人心，土地改革基本完成，工农业生产有了恢复，翻身农民踊跃参军支前，到处生机勃勃。

  在军事上经过两年的浴血奋战，特别是1948年夏季、秋季攻势的胜利，使战场形势发生了根本变化。

  在南线，华东、中原野战军取得一连串胜利，豫东战役成为外线作战的一个转折点，特别是济南战役的胜利，打乱了国民党军的重点防御体系，迫其退守以徐州为中心，东至连云港、西到郑州、北至临城、南到蚌埠的陇海、津浦铁路十字架上，妄想与我们进行决战，以摆脱其被动挨打的困境。

  国民党由于军事上连遭惨败，士气低落，人心丧尽，统治集团内部矛盾加剧，经济萎缩，人民反蒋运动空前高涨，使国民党政府的反对统治已摇摇欲坠。

——摘自：唐亮《强有力的政治工作是夺取胜利的保证》

粟 裕
（时任华东野战军代司令员兼代政治委员）

……济南战役前8月23日我们请示中央军委调苏北兵团北上打援时，就提出"两个月以后，我们即可全力沿运河及津浦南下，以一个兵团攻占两淮及高邮、宝应，则苏北局势即可大大开展"。在济南战役过程中，敌援兵未来，歼灭整编第5军的设想未能达到，我又进一步考虑到攻取两淮及高宝时，也采用攻济打援的战法，以苏北兵团并加强一个纵队担任攻城任务，全军主力应置于宿迁至运河车站沿运河两岸，以歼灭可能自徐（州）海（州）来援之敌，如敌不来援或被阻，则第二步以三个纵队攻占海州、新浦、连云港。

9月24日清晨，济南城内巷战正烈之际，我将上述诸考虑向军委报告请示，并将下一步举行的战役定名为"淮海战役"。次日，在济南战役祝捷声中，接到军委复示："我们认为举行淮海战役，甚为必要"……

——摘自：《粟裕战争回忆录》

第三章

老虎钳已经夹紧

★★★★★ ∧济南战役中，我军13纵109团由西南面突破济南城垣，荣获"济南第二团"荣誉称号。

华东野战军厉兵秣马，紧张备战；中原野战军捷报频传，相继解放郑州、开封。西柏坡和淮海前线之间，电波频频，作战预案在不断修订、充实。中央指示："整个战役统一受陈邓指挥。"蒋介石为避免东北失败的悲剧重演，匆忙调整徐州作战部署。徐州四周，战云笼罩。不管蒋介石打什么样的如意算盘，人民解放军两大主力已经像张开的老虎钳，伸向了以徐州为中心的铁十字架。

1. 不平凡的电波

正当蒋介石、刘峙手忙脚乱、左右犹豫之际，华东、中原两大野战军在中央军委的指挥下，开始了紧张的战役准备。

1948年9月28日，中央军委发电给饶漱石、粟裕、谭震林，就作好战役准备提出了明确要求，电报指出：黄百韬兵团调回新安镇地区业已证实。淮海战役的第一个作战，并且是主要的作战，是钳制邱清泉的第2兵团和李弥的第13兵团，歼灭黄百韬的第7兵团。这一战役比济南战役和豫东战役的规模都要大。要求华野要有相当的时间使攻克济南的部队得到休整补充，对后勤有了充分准备后才能行动。战役打一到一个半月，战后休整一个月，因此需要准备两到两个半月的粮秣用品。电报特别提到，要对伤亡较大的9纵、13纵迅速给予补充，尤其是济南战役中担任攻坚的后来获得"济南第一团"和"济南第二团"荣誉称号的9纵25师73团和13纵39师109团，要求该两纵在战役第一阶段作预备队使用。

1948年10月1日，华东野战军指挥部移至历史名城曲阜。这些幼时曾读过《论语》的指挥员们，如今来到圣人孔子故里，住在孔府，心里不免有点小学生的虔诚，闲暇时候，他们来到孔林、孔庙，眼前古木参天，古碑、匾额琳琅满目，大家兴致勃勃，指指点点，连日激战的疲惫一扫而光。

遵照中共中央和中央军委的指示精神，10月5日至24日，华野在曲阜召开了有华野前委委员，各兵团、纵队师以上主要负责干部参加的前委扩大会议。会议的主要议题是传达中央政治局九月会议精神，以加强纪律性为中心内容，进行全面的思想教育和整顿。华东局书记、华东军区政委饶漱石主持会议并作了报告。粟裕代表华野前委，就贯彻落实中央关于"军队向前进，生产长一寸，加强纪律性，革命无不胜"的战略方针与任务作了中心发言。他结合部队建设的实际，对华野前委在思想、政治、政策、

< 钟期光，1955年被授予上将军衔。

> 莱芜战役打响前，我军某部正向莱芜挺进。

钟期光

湖南平江人。土地革命战争时期，任中共平江县区委书记，湘鄂边中心县委书记，红6军16师政治部主任等职。抗日战争时期，任新四军江南指挥部政治部副主任，苏北指挥部政治部主任，新四军第1师政治部主任，苏中军区、苏浙军区政治部副主任等职。解放战争时期，任华中军区政治部副主任，华中野战军政治部主任，华东军区、第三野战军政治部副主任等职。

领导方面的缺点进行了认真的对照检查。谭震林、陈士榘、唐亮、钟期光也都讲了话。

  与会同志畅所欲言，积极开展批评与自我批评，在充分肯定过去成绩的基础上，对某些无纪律无政府现象进行了严肃认真的检查。对解放战争以来的成绩，大家有目共睹，1946年的中原突围、苏中战役、宿北战役、鲁南战役，1947年的莱芜战役、孟良崮战役，1948年的洛阳战役、豫东战役直到刚刚结束的济南战役，我华东野战军越战越勇，较好地完成了作战任务，部队的数量也有了很大的发展，战斗力日益增强。

  同时，大家也看到，无纪律无政府状态还是相当严重的。有的对中央规定的报告制度执行不认真，事先不请示、事后不报告等等错误做法依然存在；有的领导同志缺乏

莱芜战役

1947年1月底，国民党军23个整编师，企图在沂蒙山区同华东野战军主力决战。华东野战军以2个纵队在临沂以南伴作决战态势，迷惑敌人；伪装主力西进与晋冀鲁豫野战军会合，以7个纵队向莱芜周围预定地区转移，以求歼李仙洲集团。国民党军北线部队受令迅速南下。2月20日至23日，华东野战军将南下之敌全部围歼于莱芜、口镇、不动村等地区。此役共歼敌5.6万余人，俘其第二"绥靖"区副司令李仙洲。

宿北战役

1946年12月，国民党徐州"绥靖"公署主任薛岳集中25个多旅，从东台、淮阴、宿迁和峄县分四路进攻苏北和鲁南地区，妄图控制苏北，消灭华东解放军主力。山东野战军和华中野战军以一部兵力牵制其他三路，集中3个纵队和2个师歼灭宿迁北犯之敌。至19日，将敌整编第69师全部歼灭，并击退向沭阳进犯之敌。此役共歼敌2.1万余人，使整个苏鲁战局趋于好转。

集中统一的整体观念，对缴获的物资不按统一规定执行；部分干部盲目骄傲自满，不尊重组织，不虚心学习，接收任务叫苦；执行供给制度不严，浪费民力物力，不爱惜公物等现象仍较严重……大家一边找问题，一边分析问题的危害和原因，一边研究改进措施。

认识一致了，团结协作精神增强了，思想和行动统一了，华野部队建设又向前迈进了一大步，全部队上下，都满怀对革命战争胜利前途的信心，期待着更大规模的歼灭战的到来。曲阜会议，可以说是即将到来的淮海战役的政治动员令，也为这场比以往更大规模的战略决战做好了各种准备。

会议期间，华野司令部召开了攻坚战术技术研究会议。如果说，前委扩大会议的特点是严肃认真的话，这个会议的特点就是生龙活虎了。参加会议的师团营指挥员、参谋人员、战斗英模代表、军械技术人员350多人济济一堂，围绕攻城与村落攻坚战术技术上的重点难点，民主讨论，各抒己见；图上演示，步步进逼；沙盘作业，栩栩如生；实兵演习，杀声阵阵；技术试验，细致严谨……

课目一：突破战斗——攻打子母堡、暗堡，破坏附防御，通过水壕，近迫及坑道作业，组织城门爆破，火力支援，突击连（营）的组织，登城动作，炮火摧开缺口，巩固和扩大突破口。

课目二：纵深街市战斗——组织街道战斗，如何打反击，如何实施反冲锋，如何在攻防结合的基础上加快战斗的发展，如何攻取敌人的核心据点。

课目三：步炮协同——跑群的组织，炮兵火力如何在前沿和纵深战斗中支援步兵，步炮之间的通信联络，炮兵的新技术战术……

课目四：防空、防炮，对空射击的战斗组织。

课目五：技术试验演练——火炮的抵近射击，抛射炸药包，迫击炮平射，各种爆破技术，自动火器对空射击……

与此同时，淮海战役的作战预案也在不断修订与充实之中。

10月9日。曲阜。华野前委作战室里烟气腾腾，作战会议正在紧张进行。粟裕、谭震林、陈士榘、唐亮、钟期光、张震等和各兵团、各纵队领导紧紧地盯着作战地图，研究淮海战役第一阶段的作战重心与部署。

会议根据黄百韬已经先于我军东调新安镇集结，认为，原来提

> 1948年10月，华东野战军副司令员粟裕在前委扩大会议上作战斗动员。

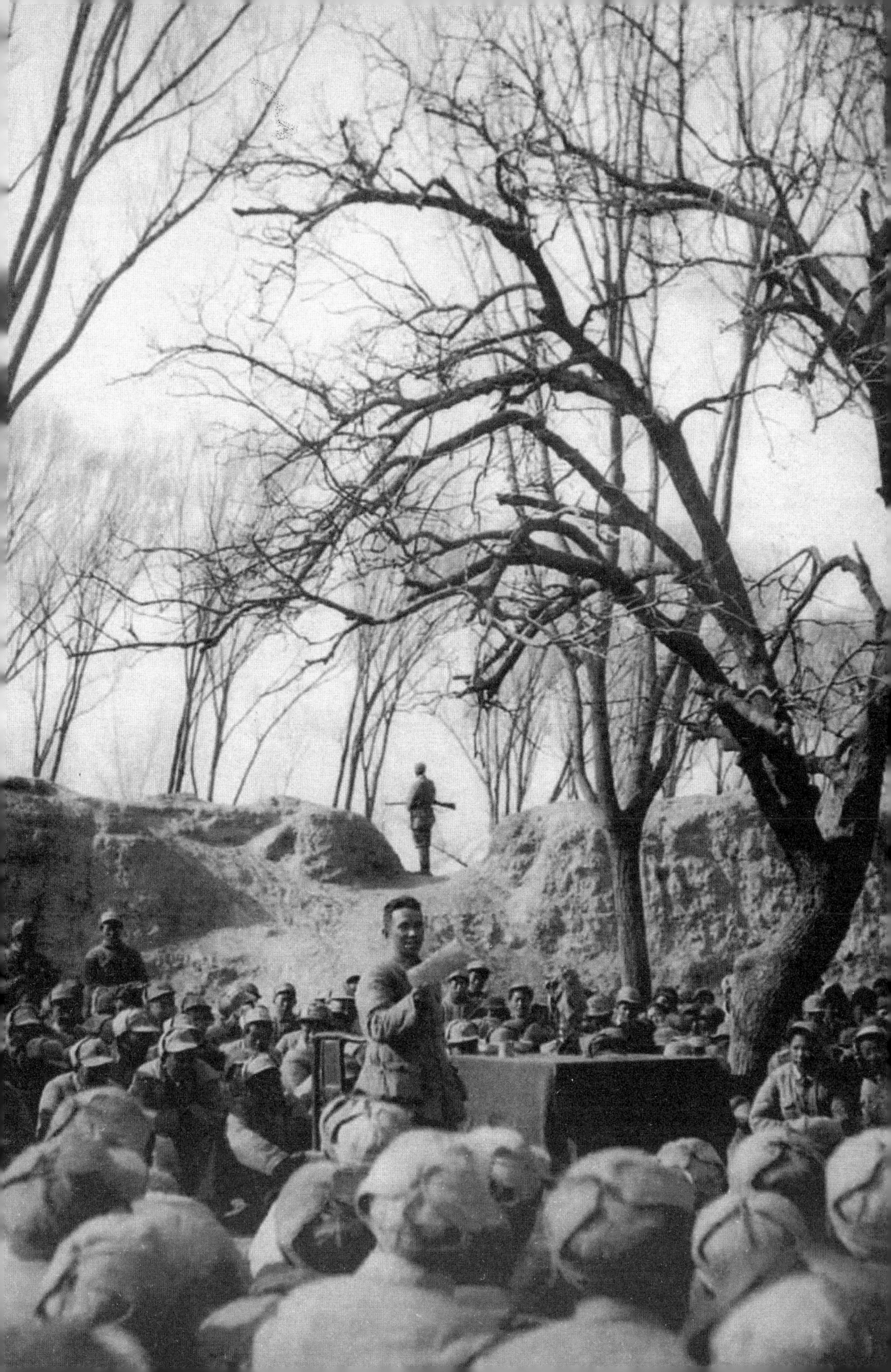

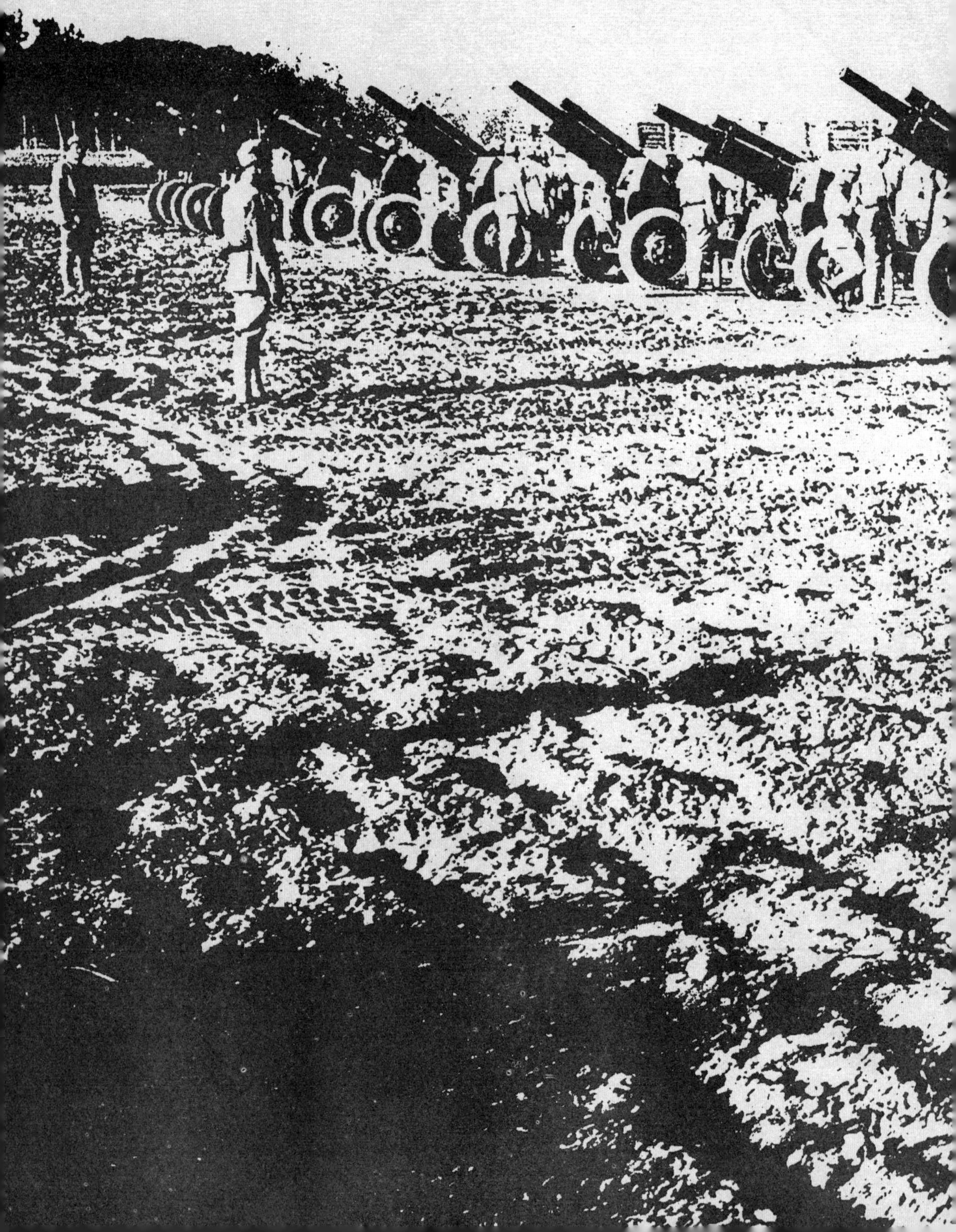

正在进行战前演练的我军炮兵。

议的夺取两淮为目标的方案已经难于实现，提出了可选择的两个方案：

其一：围城打援，以一部兵力攻打连云港、海州，调动黄百韬兵团东援，在运动中歼灭之。

其二：直接分割包围新安镇地区的黄百韬兵团，力求全歼，并以一半以上兵力打援。

大家倾向于第二方案。

具体部署是：

8纵、3纵袭占运河车站，歼灭守敌，控制运河、邳县、官湖地区，阻击沿铁路东援的敌人。

9、10、13纵为总预备队，位于兰陵西南东南地区，威胁运河，使徐州的敌人迟疑不敢东援。

以上5个纵队统一归东兵团谭震林、王建安指挥。

苏北兵团（2纵、12纵）在滨海地区补充棉衣后，在战斗发起同时南下，进至新安镇以南地区，以一部控制宿迁向睢宁攻势佯动，阻敌东援。

鲁中南纵队截断包围郯城之敌，相机攻击歼灭。

1、4、6、7、11等5个纵队和特种兵纵队日榴野炮团，担任分割围歼7兵团主力于新安镇、瓦窑、红花埠地区。

两广纵队接替路北防务，威迫与监视临城、韩庄段敌人。

前委在第一步移到临沂以南、郯城以西指挥。

如情况没有大的变化，拟于10月25日前后发起战斗。

10月12日，将会议情况及作战方案上报了中央军委。

就在报告发出的当晚，毛泽东为中央军委起草的《关于淮海战役的作战方针》的电报发至了华野。电报明确规定：

本战役第一阶段的重心是集中兵力歼灭黄（黄百韬）兵团，完成中间突破，占领新安镇、运河车站、曹八集、峄县、枣庄、临城、韩庄、沭阳、邳县、郯城、台儿庄、临沂等地。

第二阶段，以大约五个纵队，攻歼海州、新浦、连云港、灌云地区之敌，并占领各城。

第三阶段，可设想两淮方面。

针对刘峙集团主力集结于徐州周围地区，随时可能增援的情况，电报着重指出：为达成歼灭黄百韬兵团、完成中间突破的目的，"应以两个纵队歼灭敌一个师的办法，共以6个至7个纵队，分割歼灭敌25师、63师、64师。以5至6个纵队，担任阻援及打援。以1至2个纵队，歼灭临（临沂）、韩（韩庄）地区李弥部一个旅，并力求占领临、韩，从北面威胁徐州，使邱（邱清泉）李（李弥）两兵团不敢以全力东援。以一个纵队，加地方兵团，位于鲁西南，侧击徐（徐州）商（商丘）段，以牵制邱兵团一部（孙元良三个师现将东进，望刘陈邓即速部署攻击郑徐线牵制孙兵团）。以1个至2个纵队，活动于宿迁、睢宁、灵璧地区，以牵制李兵团。以上部署，即是说明要用一半以上的兵力，牵制及阻击及歼敌一部以对付邱李两兵团，才能达成歼灭黄兵团三个师之目的。

10月12日晚、13日中午饶漱石、粟裕、谭震林连续致电中央军委并中原局、华东局，报告了淮海战役部署的修整意见，同意中央军委的部署。

10月14日，中央军委对华东野战军12日上报的方案作了复示，强调担任打援任务的部队，应放在援敌的侧面，即位于徐州的北面、西北面、南面，造成围攻徐州的态势，使徐州之敌"第一个感觉是我军似乎有意夺取徐州，而不能确切断定我军并非夺取徐州，而是歼灭黄兵团。等到我军对黄兵团围歼紧急而决定增援时，又发现如不解除南北两侧威胁，则很难赴援。这样就给我军以必要的时间歼灭黄兵团。"

同时，中央军委还决定，中原野战军主力在淮海战役发起前即进击郑州、开封，钳制孙元良的第16兵团，以配合华东野战军作战。

当夜，华东野战军召前委召开了第二次作战会议，根据军委的指示，进一步完善了作战部署，并决定于10月31日全军进至临沂、邹县一带集结，11月5日开始攻击。16日，华东野战军将调整部署的情况报告中央军委。17日，军委复电，完全同意。

此时，国民党军为加强徐州以东及新安镇的防务，将原属第九"绥靖"区的第100军调归黄百韬的第7兵团指挥。

针对这一情况，10月20日，华东野战军前委召开了第三次作战会议，对作战计划再次作了调整：把围歼黄百韬兵团（8个旅）的兵力由5个纵队增加到8个纵队，即苏北兵团全部（2纵、12纵、11纵、中原野战军11纵），1纵、6纵、9纵、鲁中南纵队等7个步兵纵队共20个旅，加上特种兵纵队；袭占运河车站及炮车车站敌第9军的兵力由1个纵队增加到两个纵队，即4纵、8纵；为隐蔽主力行动的企图，出鲁西南的3纵、广纵提前南开，向商丘、砀山佯攻，其余主力25日以后并行开进。

21日，电告中央军委。

22日，军委复电：

∨ 时任华中野战军政治委员的谭震林在中高级干部会议上作形势报告。

完全同意你们马午（10月21日）电部署，请即照此执行。

同时指出：

3纵、广纵及鲁西南两个旅，应于30日以前进至商（商丘）砀（砀山）线以北地区，距敌大约50公里左右，摆成一字形阵线，断绝行人来往，不要向商砀线攻击，使敌早日觉察我在该方不过是佯攻部署，要在东面微日（5日）发起战斗之同时（或者早一天即支日）才向商砀线及丰县之敌举行控制性攻击，否则可能不起大的作用。

1948年10月23日，华东野战军代司令兼代政委粟裕、副政委谭震林、参谋长陈士榘、副参谋长张震发布了淮海战役预备命令。规定各部于11月3日集结完毕，11月5日发起战斗。

国民党第40军

国民党中央军旁系部队。军长庞炳勋、马法五（1943年5月庞叛国投敌后继任）。由原西北军系国民军第3军一部（庞炳勋部）编成。该军在邯郸战役中被人民解放军歼灭，战区副司令兼军长马法五被俘。战后重建第40军，军长李仙洲。在安新战役中，其第43师被人民解放军全歼于安阳地区，军部率第106、第264师被迫在新乡地区接受人民解放军改编。

2. 逐步靠拢的两翼

正当华野为淮海战役的准备同军委电报频繁往来，各项准备工作扎实进行的时候，中原野战军也是捷报频传。

原来，国民党统帅部决定缩短徐州"剿总"防线后，于10月6日将孙元良的第16兵团全部东调，原来的防区由第十二"绥靖"区第40军接替。这样，在中原的国民党军就只有3个机动兵团了。问题是，就这3个机动兵团，也拢不成拳头。黄维的第12兵团和宋希濂的第14兵团是国民党中央军，蒋介石可以随意调动，而华中"剿总"司令白崇禧却难于指挥。张淦的第3兵团是桂系部队，白崇禧当然可以随意调动，但是，蒋介石指挥起来就不那么灵光了。蒋介石及其统帅部的意图是，宋希濂兵团担负阻止人民解放军渡江南下或西进入川的任务，而黄维兵团则随时准备调动，参加徐州作战。

根据中央军委10月11日关于中原野战军攻击郑徐线,配合华东野战军进行淮海战役的指示,中原野战军前委决定:由刘伯承、李达指挥第2、第6纵队和军区部队,继续在豫西牵制黄维、张淦两个兵团;由陈毅、邓小平指挥第1、第3、第4、第9纵队在华北军区第14纵队的配合下,于10月18日晚发起郑州战役。

郑州是中原地区的重镇,扼守平汉、陇海两大铁路的交汇处,是国民党军中原防御体系的一个重要链环,战略地位十分重要。中原野战军的部署是,以第1、第3纵队组成东兵团,由东北至南面实施突击;以第4、第9纵队组成西兵团,由北面、西北面实施突击;以豫皖苏军区部队在郑州、开封间的中牟切断陇海铁路,阻止郑州守军东撤;以豫西军区部队直插黄河铁桥以南,阻止郑州守军北撤;以华北军区第14纵队和豫北地方部队,牵制国民党军南下增援和截击郑州守军北撤,并协同豫西军区部队保护黄河铁桥。

10月19日,郑州战役开始。21日夜,我中原野战军包围了郑州。兵临城下,威势凛凛,郑州守军第十二"绥靖"区第40军第106师、第99军第268师共1万多人,在22日拂晓弃城北逃。我中原野战军第9纵队在华北军区第14纵队等部队的配合下,阻截追击,将国民党军1.1万多人歼灭在郑州以北地区,解放了郑州。

郑州解放,平汉、陇海两大铁路的枢纽为我人民解放军所掌握。

郑州解放的当天,中央军委要求陈毅、邓小平所属部队"以主力于邱李两兵团大量东援之际,举行徐蚌会战,相机攻取宿县、蚌埠,坚决彻底干净全部地破坏津浦路,使敌交通断绝,陷刘峙全军于孤立地位。"

10月24日,国民党第四"绥靖"区部队放弃开封,东撤蚌埠地区,中原野战军主力没有费一枪一弹,解放了开封。

开封解放后,中原野战军决定,主力直出永城、亳州、涡阳地区。10月30日,中央军委指示陈毅、邓小平,所属部队进至萧县地区,对徐州宿县、徐州砀山两线相机行动。我华东野战军和中原野战军两支大军,就像老虎钳的两翼,逐步靠拢,从北、西两侧直逼黄淮大地。

当时的中原野战军参谋长李达在后来总结淮海战役经验时说:"从打郑州开始,淮

> 李达,1955年被授予上将军衔。

李 达

陕西眉县人。土地革命战争时期,任红五军团连长,湘赣边独立1师参谋长、第3团团长,红17师参谋长兼13团团长,红六军团、红二军团、红二方面军、援西军参谋长。抗日战争时期,任八路军129师参谋处处长、参谋长,太行军区司令员,晋冀鲁豫军区参谋长。解放战争时期,任中原军区参谋长,第二野战军参谋长兼特种兵纵队司令员等职。

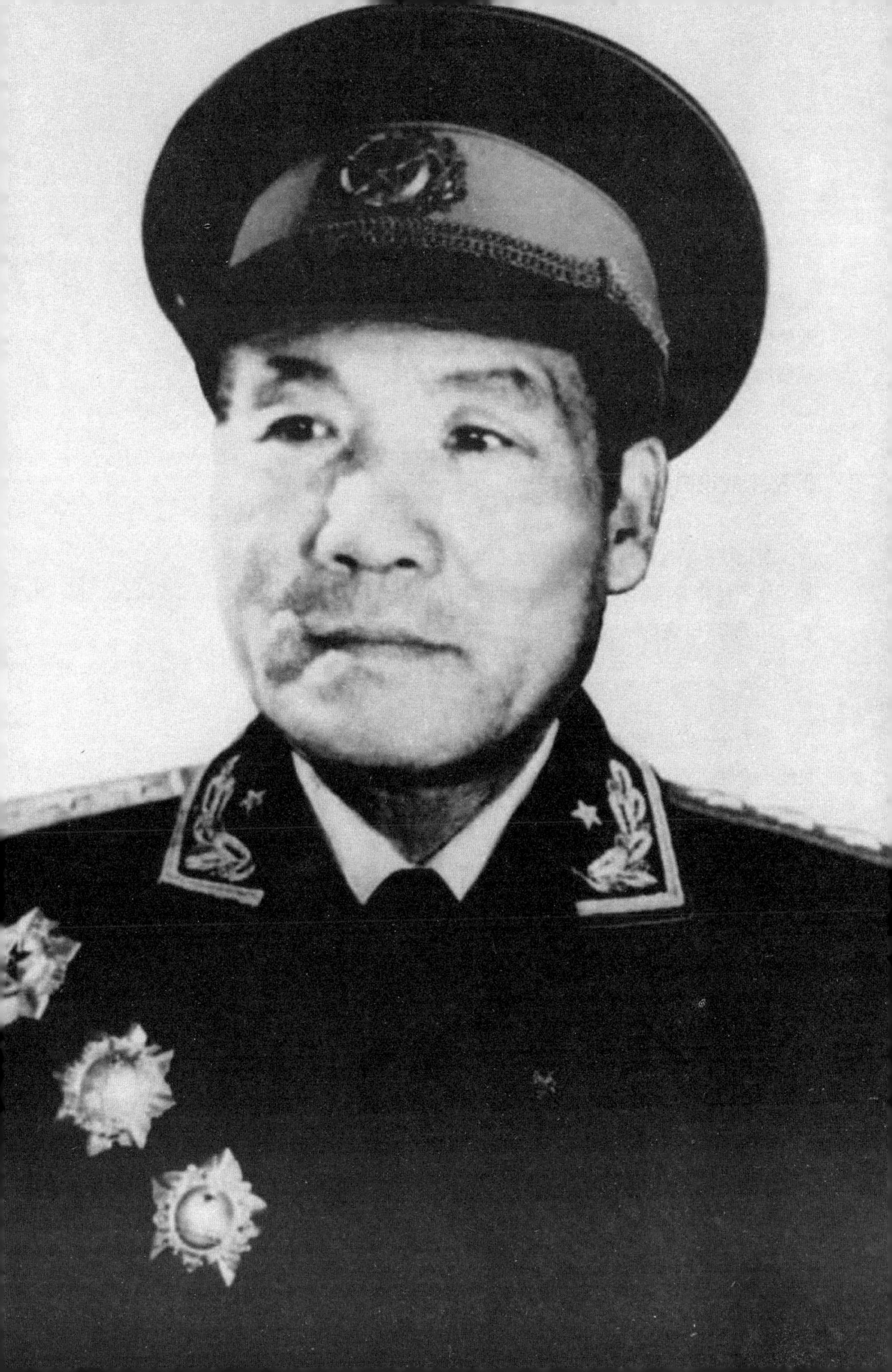

海战役即成为华野、中野两支大军共同执行的任务了。正如邓小平政委引用毛泽东主席说过的一句话，两个野战军联合在一起，就不是增加了一倍的力量，而是增加了好几倍的力量。"

3. 整个战役由陈邓指挥

西柏坡。毛泽东等中央领导的心里并不轻松。他们考虑最多的是：能不能将黄百韬兵团干净利落地围歼。

10月27日晚8时，毛泽东致电华东野战军领导，同时告陈毅、邓小平：

你们在研究部署时除根据当前情况外，还要估计到情况的某些可能的变化。要设想敌可能变化的几种情况，其中应包括一种比较严重的情况，要准备在这种情况下有对付的办法。

在电报中，毛泽东指出了6种可能发生的情况提醒粟裕他们注意。

一是黄百韬兵团在华野部队接近他时，可能由现在的比较分散配置利于分割围歼的状态，改变为比较收缩比较靠拢难于分割围歼的状态。

二是黄百韬8个师被围歼后，可能有几个师因为集结在一起难于最后歼灭。

三是李弥兵团的两个军靠在一起，可能使我们无法控制运河，如我从台儿庄向宿羊山方向之部队动作不力，那么，8、9两军可能全部加入运河车站及其以东和黄百韬靠得很近，可能妨碍全歼黄百韬。

四是如果我军不能吸引邱清泉的一个军来对付我们，如果我军不能吸引邱清泉的一部留在丰县、砀山地区，那么，邱清泉的部队就有可能以一个军或超过一个军的兵力进至大许家、八义集（即曹八集）、碾庄之线，连接李弥，使李弥能够增援黄百韬。

五是陈毅、邓小平的行动对敌人不可能起到致命的作用。华野的计划应该放在自己直接有效地钳制邱清泉上面，才是最可靠的。

六是济南战役后可能发生轻敌心理，如不克服，可能影响此次作战。

千里之外的中央领导，对战场形势了然于胸，不仅对战略大格局有清晰的认识，对战役的具体组织考虑及其周到细致。接到电报，粟裕他们更感到身上担子的分量。他们立即和谭震林、王建安等研究，最后确定了作战部署：

运河以西兵力部署及任务区分：

以第3纵队、两广纵队、冀鲁豫军区两个独立旅，出击鱼台，攻占丰县、敬安镇，前锋逼近徐州西北部，另以一部佯攻砀山，牵制邱清泉兵团一部；

以第7、第10纵队攻占临城、韩庄、贾汪，控制利国驿后，迫近徐州东北；

以第13纵队一部包围台儿庄，其主力控制于宿羊山及其以南，并以有力一部进迫曹八集一线，威胁李弥兵团左侧背。

如第7、第10纵队得手后，即以第7纵队从贾汪逼近徐州，正面阻敌，第10纵队东移协同第13纵队对运河西的李弥部作战。

另以苏北兵团第11纵队沿运河西岸猫窠向河西越墩一线攻击，江淮军区两个独立旅向赴墩、碾庄圩一线攻击，造成南北聚歼李弥兵团、攻略徐州之姿态，以利于运河东作战。

以上各部于7日晚发起战斗。

运河东兵力部署及作战步骤：

运东作战以歼灭黄百韬兵团为主，战斗分两步进行。第一步必须开辟战场，布置阻援阵地，分割黄百韬兵团，使其不能集中或靠近李弥兵团，或东突破海州，这样就便于第二步全歼该兵团。为了达到这样的目的，以第8纵队攻占炮车，第4纵队攻占运河车站，得手后这两个纵队即担任正面阻援。如果运河西各部队攻击得手能牵制李弥兵团时，则依情况发展抽第4或第8纵队于第2步会攻新安镇。

第一步，以第1、第6、鲁中南纵队歼灭瓦窑第63军；以第9纵队监视新安镇之敌；第2纵队暂控制于新安镇东南地区，必要时令该纵队会攻第63军；以中原第11纵

队、苏北第12纵队位于阿湖附近,分割第25军与其兵团部及第64军、第100军之间的联系。

第二步,以第1、第2、第6、第9、中原军区第11、鲁中南等6个纵队,分割围歼新安镇及阿湖之敌;第4、第8两个纵队,一个正面阻敌,一个包围第64军;特种兵纵队配属运河东各纵队作战,山东兵团炮兵团以一个营配属第8纵队,其余配属第7、第13纵队作战。

如我军南下,黄百韬兵团仍集结于新安镇近郊时,即以第1、第6、鲁中南纵队及第2、第9纵队会攻新安镇。但还可以实施战场分割、包围、攻击。我军应力求隐匿突然奔

∧ 开封军民游行庆祝解放。

▽ 淮海战役总前委成员合影。左起：粟裕、邓小平、刘伯承、陈毅、谭震林。邓小平为总前委书记。

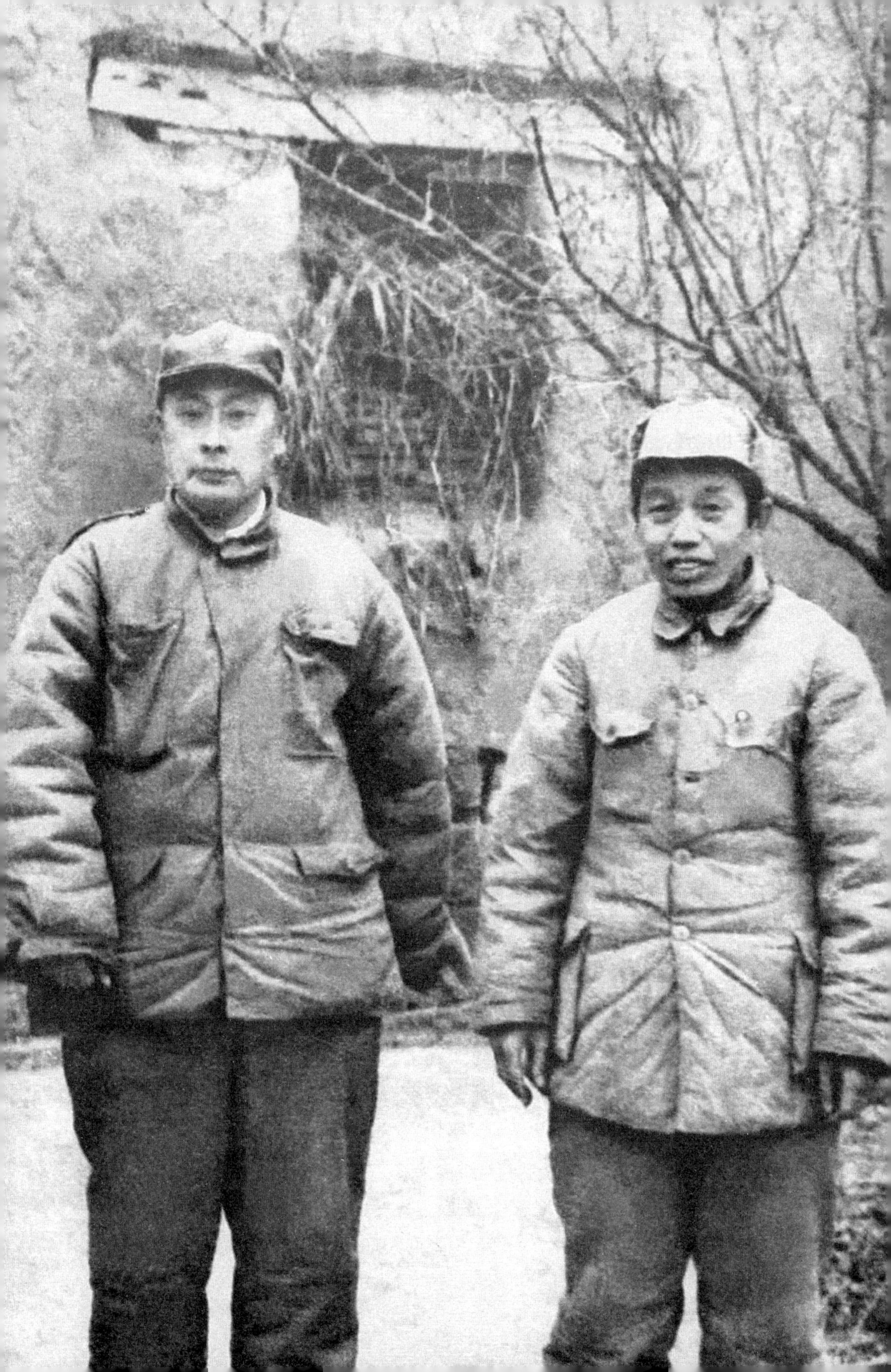

袭，使敌人不能收缩兵力避战。运河东各纵队统一于8日晚发起战斗。

10月30日凌晨，中央军委复电饶漱石、粟裕、谭震林，指出：

计划与部署甚好，请即照此施行。只有一点，分为虞（7日）齐（8日）两晚发起作战，是否有使黄兵团闻声警觉，于齐日（8日）白天你们尚未接近该敌时迅即收缩集结之虞，似不如同时于虞晚或齐晚各处一齐动作，使各处之敌同时受挫，同时认为自己处于危险境地，互相不能照顾。

等到两三天后查明我军主攻方向时，我军已经迫近他们面前，已经无法互相增援，尤其使黄百韬兵团完全丧失了收缩集结的必要时间。因此，向黄百韬、李弥、邱清泉3个兵团在同一个晚上发起攻击极为重要。

次日凌晨，粟裕向中央军委并陈毅、邓小平、华东局、中原局报告：

淮海战役，当遵命于齐晚同时发起战斗，此次战役规模很大，请陈军长、邓政委统一指挥。

中央军委11月1日复示：

整个战役统一受陈邓指挥。

11月2日，陈毅、邓小平复电中央军委：

本次作战我们当负责指挥，惟因通讯工具太弱，故请军委对粟（裕）谭（震林）方面多直接指挥。

一个强有力的领导，业已形成，两支大军，已经形成了握紧的拳头。

就在这时，传来了辽沈战役胜利结束的消息。辽沈战役，我东北野战军歼敌47万多人，东北全境解放，敌我力量发生了根本的变化。辽沈战役的胜利，极大的鼓舞了华野、中野两大野战军同国民党军在南线决战的信心和决心。

∧ 一身戎装的蒋介石。他曾妄图通过徐蚌会战守住长江防线。

战争宽银幕

❶ 我军一部正向前线进军。

❷ 我军某部向前线进军。
❸ 战斗中我军缴获了大量战利品。
❹ 我军突击队冒着炮火攻打敌城。
❺ 我军某部进军长江沿岸。

[亲历者的回忆]

李 达
（时任中原野战军参谋长）

中央军委和毛泽东主席对解放郑州极为关注，连电嘉勉："占领郑州甚慰。"

"济南、锦州、长春解放之后，郑州又告解放，陇海、平汉两大铁路的枢纽为我掌握，对于整个战局极为有利。特此祝贺。"

开封收复后，中央军委指出："中原三大名城，洛阳、郑州、开封均入人民解放军掌握，对于今后战局，极为有利。"

——摘自：李达《回忆淮海战役中的中原野战军》

聂凤智
(时任华东野战军第9纵队司令员)

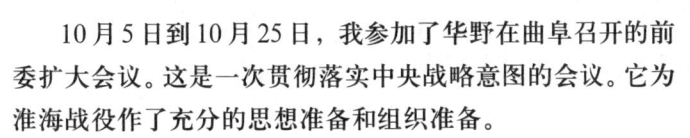

10月5日到10月25日,我参加了华野在曲阜召开的前委扩大会议。这是一次贯彻落实中央战略意图的会议。它为淮海战役作了充分的思想准备和组织准备。

会议开始,重新学习了毛泽东关于"军队向前进,生产长一寸,加强纪律性,革命无不胜"的指示,传达了9月中央政治局会议的决议。在认清形势和党的方针任务、提高思想认识的基础上,野战军、兵团、纵队三级党委和主要负责同志,自上而下进行了认真的自我检查。在肯定成绩的前提下,发扬民主,开展批评和自我批评。对存在的错误、缺点,特别是对一些无纪律无政府现象,进行了严肃的、指名道姓的批评,对与会同志教育极深。在部队中贯彻会议精神,统一意志和行动,对于保证淮海战役的胜利,加快解放战争的进程,有深远意义。

——摘自:聂凤智《记华野9纵参加淮海战役始末》

第四章

揪住黄百韬

△ 华东野战军部队日夜兼程开赴淮海前线。

1948年11月6日，淮海战役正式开始。华东野战军主力一部向南疾进，一部向北疾进，造成威逼徐州的声势；主要突击集团从陇海路东段实施中间突破，直扑黄百韬兵团驻守的新安镇、阿湖地区。何基沣、张克侠率部举行战场起义，徐州东北门户洞开。黄百韬兵团仓皇西撤，混乱不堪。华野各纵队展开了声势浩大的追击。国民党军一路损兵折将，暂停西撤，被我军合围于以碾庄圩为中心的狭小地域内。

1. 飞兵直逼徐州

蒋介石调整部署的命令还没有来得及传达到部队，我人民解放军的多路纵队已经飞兵南下，向徐州逼进了。

11月5日前，华东野战军各部隐蔽进入单县、邹县、滕县、费县、向城、赣榆一线。中原野战军所属部队也从陇海路西段向徐州逼近。

6日晚，在陇海路东段北侧150公里的宽广地区的国民党阵地上，华野的13个纵队同时开始了攻击。

苏北兵团3个纵队由徐州东南向西北攻击。

11月6日夜，鲁中南纵队司令员钱钧率领部队离开临沂南的纵队司令部驻地李庄，直指鲁南小镇郯城。

对于郯城，钱钧再熟悉不过了。它虽然是一个不起眼的小县城，地理位置却十分重要，它与江苏北部的邳县和海州相邻，北50公里，南距陇海路东段的重镇新安镇也就25公里，是山东和华中两大解放区南北交通的孔道。此次战役，这里就是我华野主力南下作战的通道和预定的支前供应基地。如今，鲁中南地区的地头蛇王洪九的保安旅就盘踞在这里。

钱　钧 ──────────────────────────────▲──

河南光山人。土地革命战争时期，任红四方面军第10师28团营长、营政治委员，红四军警卫团政治委员，第33团团长，第11师参谋长。抗日战争时期，任八路军山东纵队第4支队团长，第12支队副司令员，沂山支队司令员，鲁中军区第3军分区司令员兼警备第3旅旅长。解放战争时期，任山东军区第9师师长，鲁中军区副司令员，鲁中南军区司令员，胶东军区副司令员。

< 胡大荣，1955年被授予少将军衔。

胡大荣

湖北黄梅人。土地革命战争时期，任红四方面军第30军通信队队长，红军大学步兵学校队长。抗日战争时期，任八路军115师343旅686团参谋、副营长、营长，115师军政干校校长，后方司令部司令员，抗大一分校1团团长、鲁南军区第3军分区司令员。解放战争时期，任鲁南军区第3军分区司令员兼警备第9旅旅长，华东野战军鲁中南纵队师长，第三野战军35军副军长。

在曲阜会议期间，粟裕就向钱钧交代："你们部队对鲁南比较熟悉，对王洪九部队也比较熟悉。战役发起，你们先把郯城的王洪九部队打掉，为野战军主力打开通道，开辟战场。"

不是冤家不聚头啊！说到王洪九，鲁中南人民对他恨之入骨，钱钧和他也打了近十年的交道，交手也有几十仗。10月10日，他带着4,000多残兵败将，从临沂逃往郯城，又把鲁中南各县的保安大队都带到郯城及其近郊，成为黄百韬兵团向北警戒的前哨阵地。

战斗前的紧张被夜幕掩盖着。粟裕电令钱钧：限6日当夜打下郯城，保障野战军主力迅速达成战役展开。

钱钧命令主攻师师长胡大荣：加速前进！

9时，外围战打响。胡大荣率领140团、141团冲在最前面。敌人根本摸不清我军数量，开始还像模像样地抵抗，当他们看到到处是向南开进的解放军时，傻了，也慌了，纷纷退却，缩到了城里。

攻城开始了。主攻团139团1营为突击营迅速接近东门，担任城地门爆破手的战士冲上一波，倒下了，又一波，也倒下了。1营主力迅速转移到南门，7日凌晨2时，突击连1连战士爬上了城墙，与敌人展开了肉搏战，20多名战士在肉搏中牺牲。东

∧ 华东野战军特种兵纵队的坦克部队，乘火车沿津浦路南下参加淮海战役。

门打开，开始巷战，战斗异常激烈，一个据点、一所房子，都要反复争夺。战斗一直打到天亮，共歼敌3,000多人。王洪九带着少数几个人，趁乱溜出了城。到7日下午1点多，王洪九光着脑袋，上身只穿着一件白单褂，下身穿灰制服裤子，一只脚有鞋，一只脚无鞋，满脸泥巴地逃到了黄百韬的兵团部。

6纵主力渡过沂河，向马头镇地区之敌发起攻击，占领马头镇。

苏北军区第6分区部队逼近新浦、海州。

1纵、6纵、9纵、鲁中南纵队和特种兵纵队，以排山倒海之势，分路南下，直扑新安镇。

担任阻援和截击任务的4纵、8纵和特种兵纵队一部，直指邳县，准备截断黄百韬的退路。

苏北兵团2纵、12纵和中野11纵，果断越过陇海路，准备对黄兵团实施迂回包围。

原来活动于宿迁、睢宁的11纵和江淮军区部队，分路沿运河北上，前锋直指运河车站。

谭震林、王建安指挥的山东兵团第7纵、10纵、13纵，由临城、枣庄一线发起攻击，相继攻占峄县、临城、韩庄、万年闸等地，并包围了台儿庄，从东北方向逼近徐州。第三"绥靖"区所部立即退守韩庄、台儿庄、运河沿一线。6日黄昏，第10纵队直逼冯治安部第77军前沿阵地，前锋由新闸子强渡运河。第7纵队攻占万年闸，歼敌500余人，3个团渡过运河。第13纵队以一部包围台儿庄，主力由台儿庄以西强渡运河。

3纵、两广纵队和冀鲁豫军区两个独立旅，接收中野统一指挥，由西北方向迫近徐州，并配合中野1纵在砀山以西的张公店地区，一举歼灭国民党第55军181师。

陈毅、邓小平率中野主力进入永城地区，从西南方向威胁徐州。

2. 黄百韬的西撤之路

各处告急，在徐州的刘峙坐不住了。黄百韬也急得像热锅上的蚂蚁。

就在此前，海州是固守还是放弃，还在举棋不定之中。蒋介石主张，青岛、海州两个战略要点要同时固守。海州李延年兵力不足，另抽调部队增防。11月2日上午，刘峙电告李延年，调第100军周志道部兼程来海州，要李延年做固守的措施，预先为第100军安排驻地。4日下午，刘峙就变卦了，他电告李延年："周志道部另有任务，不能东调。"此时，第100军已经出发了，又在中途折回新安镇。李延年一听，大发其火，发牢骚说："举棋不定，亡国之征。"

此时的第7兵团，共有5个军，12万人。兵团司令部和第63军驻新安镇（今江苏新沂市），第25军驻新安镇东7.5公里处的阿湖镇，第64军驻新安镇东5公里处的高流，第100军驻瓦窑，距离新安镇北约5公里；第44军原归第九"绥靖"区李延年指挥，于6日撤回新安镇后归第7兵团指挥。

11月4日的军事会议，决定第7兵团于11月5日从新安镇向徐州撤退，守备徐州东南及飞机场。后来，刘峙又下令，要他们等到第44军到达新安镇后再开始撤退。

刘峙为什么要黄百韬等第44军到新安镇后再撤退呢？他心里有鬼。原来，刘峙在海州经营着盐业生意，他不能扔下自己的大笔钱财。11月5日刚入夜，新浦盐店唐姓经理来找他的烟友李延年，对李延年说："老总（刘峙）来电要我随司令官一道回徐州。"李延年问他："你怎么知道我要回徐州？"唐经理说："不要海州了！"

李延年大发感慨："刘经扶看钱财比国家的事还大，真是岂有此

理！这样泄漏军事机密，不败何待！"

直到11月5日12时50分，李延年才接到刘峙的电报，令其6日撤退，放弃海州连云港地区。

李延年连夜召集有关人员宣布撤退计划，6日早晨6时，这支庞大的撤退队伍就仓促行动了。除了正规部队如第44军，还有各县党部、保安团队、党政机关人、学生、商民等等，臃肿不堪，拖泥带水，又缺衣少食，又是昼夜行军，不少人饿倒在路旁。

黄百韬再心急如焚，也只能耐着性子等啊。

11月5日下午，黄百韬从徐州回到新安镇，6日上午，他在兵团司令部召开了有各军军长、兵团司令部正副参谋长等人参加的军事会议，决定西撤的部署：

第100军在瓦窑占领阵地，掩护兵团主力西撤右侧背的安全，7日与第25军在陇海路北交互掩护撤退，渡过运河后占据碾庄圩西面的彭庄、贺台子等村庄。

第25军等第44军通过阿湖后随第44军西撤，在陇海铁路炮车以北占领阵地，与第100军交互掩护西撤，渡过运河后占据碾庄圩西北面的大小牙庄、尤家湖等村庄。

第64军通过运河后，以一部占领运河西岸，以一个营占领滩上阵地掩护兵团主力渡河，大部占据碾庄圩东面的大院上、小院上、东楼以及碾庄圩北面的小费庄、吴庄等村庄。

第44军渡过运河后占据碾庄圩车站以及铁路以南各村庄。

< 1948年6月，出任徐州"剿总"副总司令兼第九"绥靖"区司令的李延年。

第63军等兵团部撤走后即经窑湾渡过运河到碾庄圩南集结。

兵站除卡车运载的粮弹药品随部队行动外，其余粮弹被服用火车直接运徐州。

按第64军、兵团部、第44军的顺序沿陇海铁路西撤。

兵团部通过运河后位于碾庄圩，各部队从7日上午5点开始行动。

下午6时，黄百韬和参谋长魏翱刚举行了紧急军事会报会后，见到了总统府少将参军、战地视察官李以劻和第九"绥靖"区司令官李延年。黄百韬站在地图前，说："陈毅的部署是想打7兵团，现在兵团战略位置非常不利，在新安镇打则孤立无援，如侧敌西进，到不了徐州就会遇敌。且徐州工兵团迄今未来架设运河桥梁，我已命第63军从窑湾强渡，其余各军明早西行，转进太迟了。要掩护第44军从海州西撤，不能贻误戎机，否则全兵团将被围，陷全军于不利。国防部作战计划一再变更，处处被动，正是将帅无才，累死三军。这次会战如垮，什么都输光了，将来怎么办？国事千钧重，头颅一掷轻，个人生死是不足惜的。"

夜深了，心事重重的黄百韬却怎么也不能安下心来。11点，他去回防李以劻和李延年，忧心忡忡地说，局势不妙啊。楚汉争霸，决战地就是在徐州地区。弄不好，我们也会像项羽一样，落个自刎乌江的下场。

李以劻刚睡下，黄百韬又让卫士将他请出来，对李絮絮叨叨地说：据今夜在郯城红花埠附近抓获的共军的侦察员供称，陈毅主力十多个纵队均南下，先头已到郯城、邳县、费县地区集结，南下时分无数纵队急行，由此判断，敌人不让我兵团西撤集结，先打我兵团是肯定的了。大军作战，随时变卦，动摇军心，影响士气，难道他们不知道吗？兵团兵力十几万人，陈毅主力达30多万，如果集中来攻，李兵团必败。尤以西撤途中，侧面受敌，随地应战，立足未定，各个击破，最堪忧虑。请告刘老总（刘峙）注意，要其他兵团快点集结，迟了就会误大事。如我被围，希望别的兵团来救。古人说，胜则举杯相庆，败则出死力相救。我们是办不到的。这次战事与以前战役性质不同，是主力决战，关系存亡，请告老总，注意激励各级战场指挥官，否则同归于尽，谁也走不了。请你面报总统，我黄某受总统知遇之隆，生死早置之度外，绝不辜负总统期望。我临难是不苟免的，请记下来，一定转到呀！

也许是，人之将死，其言也善。黄百韬的话，为他从那天开始到22日毙命，画出了清晰的轮廓。

终于接到了刘峙正式撤退的命令，黄百韬便急匆匆地行动起来了。

第64军行动最快，在7日凌晨3点就开始行动了，到8日黎明全部通过运河。兵团部及直属队也于8日拂晓全部通过运河。第44军于8日中午也全部通过运河。第25军、第100军撤至运河东岸尚未渡河，于8日下午2时被解放军追上，展开激战，该军边打边撤，到8日黄昏也渡过了运河。

其实，渡河过程远不是这样轻描淡写的。

运河桥头，混乱无比。十几万部队，大批的马匹、车辆、火炮，堆积如山的物资，从海州、新浦逃来的乌合之众，就靠一座铁桥，什么时候能过得去啊！有人先下手为强了，千方百计抢先过河，有的甚至用机枪开道。秩序为之大乱，过河速度明显放慢了。前面是河，后面是追兵，枪声、杂乱的惨叫声、马叫声，混成一片，挤成一堆，相互践踏，踩死的、落水死的、被流弹击中的，不在少数。

面对眼前的混乱场面，黄百韬一点面部表情也没有。大军过河，仅仅依靠一座铁桥是远远不够的，他黄百韬不是不清楚。"剿总"答应工兵架桥，却遥遥无期。怨谁？不管是什么原因，必须恢复秩序，否则，后果更惨。他当即下令，调一个机枪连来，在桥头一字排开，谁要是胆敢破坏秩序，一律就地枪决。秩序终于恢复了。然而，速度还是不如人意啊。

3. 运河起义

黄百韬跑了。如果他的脚步足够快，完全有可能按计划退到徐州。可是，拨打算盘的主动权却在我军手中。

就在黄百韬的第7兵团惊惶失措地向西逃跑的时候，11月8日，第三"绥靖"区副司令长官何基沣和张克侠率领第三"绥靖"区一个军部、3个师和1个团，共2.3万余人，在徐州东北贾汪地区运河前线起义。

何基沣、张克侠的起义，无疑是打向蒋介石、刘峙的掏心拳，完全出乎他们的意料之外。南京、徐州惊恐异常。

在共产党来说，却完全是意料之中的事，因为，这次起义，就是共产党有计划有组织进行的。

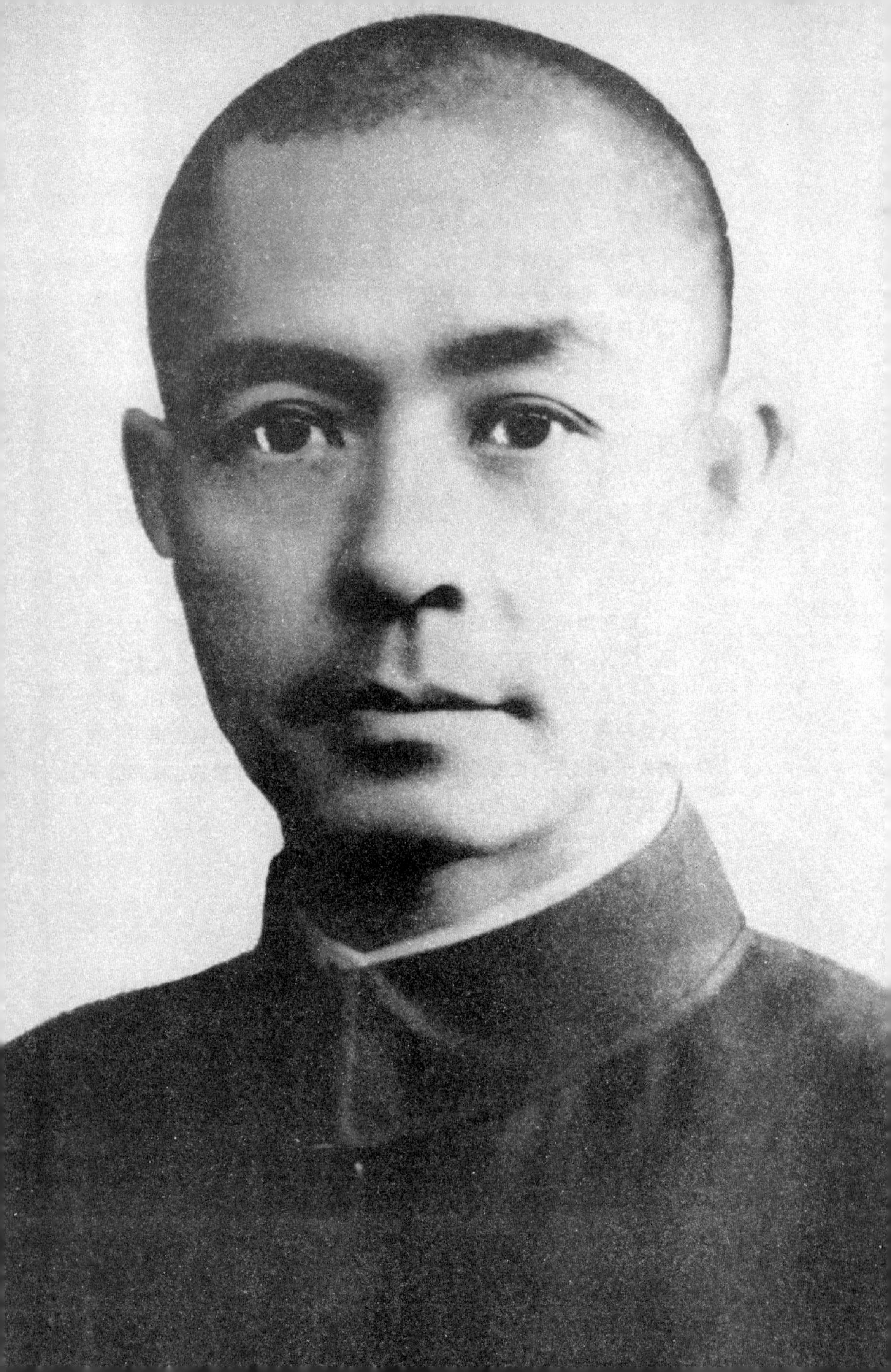

张自忠

山东临清人。国民党陆军中将加上将衔。曾任国民党第25师师长、开封警备司令、第11军副军长兼22师师长、张家口警备司令、天津市市长。抗日战争爆发后代理冀察政务委员会委员长及北平市市长、第59军军长、27军团团长、第33集团军总司令、第五战区右翼兵团总司令等职。

< 抗日名将张自忠。

第三"绥靖"区司令长官冯治安，下辖第59、第77军共4个师。部队的前身是冯玉祥的西北军一部分。著名的抗战将领张自忠将军就是该部前身第33集团军的总司令。蒋介石对于非嫡系部队，向来抱着歧视、排斥的态度，在使用上采取利用、消耗的政策，最终逐步予以分化瓦解。淮海战役前，冯治安兼任徐州城防司令，部队驻扎在徐州。蒋介石感到不可靠，就将其调防临城、枣庄、贾汪地区。

第三"绥靖"区内部存在着种种矛盾，一部分人即使对蒋介石排斥、歧视的做法心怀不满，但处于利益的考虑，还是准备死心塌地地为蒋介石效力，一部分人在何基沣、张克侠等人的影响下，逐步认识到蒋介石集团的反动本质和必然灭亡的命运，希望早日走上光明大道。

何基沣、张克侠都是我党的秘密老党员。张克侠1927年入莫斯科中山大学学习，1928年回国后不久，就秘密加入中国共产党。何基沣参加过喜峰口、卢沟桥等对日作战，1938年秘密到延安考察，受到了毛泽东、朱德等中共领导人的接见，9月秘密加入中国共产党。他们两人受党委托，以特别党员的身份，长期潜伏在国民党军内部，做了大量瓦解、分化敌军的工作。

1948年10月18日，中共华东局派出的代表朱林（化名朱自林）秘密进入第三"绥靖"区，会见了何基沣和张克侠，就第三"绥靖"区起义问题进行了商谈。11月初，华野山东兵团第13纵队政治部联络部部长兼民运部部长杨斯德，奉命秘密进入第三"绥靖"区前线指挥所，和何基沣、张克侠加紧起义前的各项准备工作。

杨斯德

山东滕县人。抗日战争时期，任山东苏鲁支队政治部敌工股股长，八路军115师教导第2旅6团政治处敌工股股长，滨海军区第1军分区政治部敌工股股长等职。解放战争时期，任胶东军区政治部联络科科长，胶东军区政治部联络部副部长，前方政治部联络部部长，华东野战军第13纵队政治部联络部副部长、民联部部长，第三野战军34军100师副政治委员兼政治部主任。

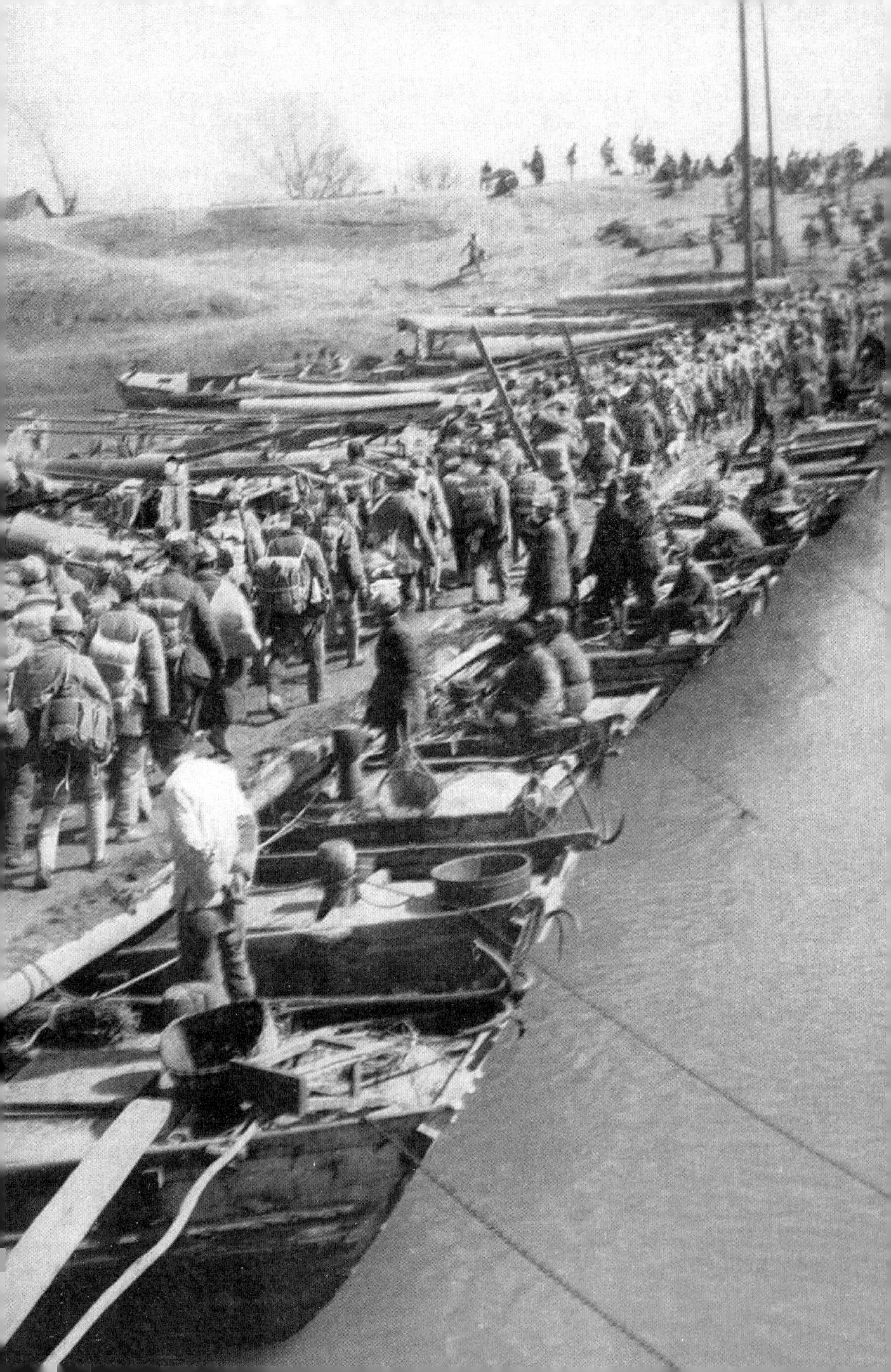

∧ 1948年11月8日，国民党第三"绥靖"区副司令官张克侠（右）、何基沣（左）率部2.3万余人起义。

< 华东野战军一部正渡过唐河直插徐州东侧。

11月8日上午，何基沣、张克侠按照华东野战军的计划，率领第三"绥靖"区第59军第38、第180师，第77军第132师以及第37师第111团官兵2.3万多人，在贾汪、台儿庄地区宣布起义。

何基沣、张克侠的起义，徐州北方门户洞开。对我军迅速切断黄百韬兵团向徐州方向的退路，完成对该兵团的合围，为阻断黄百韬兵团与徐州的联系赢得了宝贵的时间，为我军全歼黄百韬兵团创造了极为有利的条件。

从淮海战役一打响，远在西柏坡的毛泽东就急切地等待着起义的喜讯。从8日到9日，几次亲自到机要室查询起义的电报。9日下午4时，华野前委关于起义成功的电报终于到了西柏坡。毛泽东拿着电报，到周恩来的办公室，连声说："这是淮海战役的第一个大胜利啊！""淮海战役我们又多了一份成功的把握。"当天晚上，毛泽东、周恩来等为庆祝起义成功，还高兴地喝了酒。

朱德说："冯治安部的起义，对战局影响很大，使敌人原来的部署大为混乱，这是兵家大忌，特别是对大部队更是不能马上把部署调整好的。所以冯部起义正适时机，是我们同志有计划有组织进行的。"

粟裕一直密切注视着贾汪、台儿庄地区，也一直担心着那个地区，听到起义成功的消息，他长长地呼了一口气，说："只要我们在贾汪多待4小时，我们的战机就丢失了。"

如今，徐州北面门户洞开，华野山东兵团所属第10、第7、第13纵队，得以迅速穿越该部防区，向南挺进，到11日，全部渡过不老河，直插徐州东侧，控制了宿羊山、大许家、大庙山、曹八集、苑山等地，占领了徐州以东各个要点，截住了黄百韬兵团的退路，切断了徐州"剿总"和第7兵团的联系，形成了对黄百韬兵团合围的态势，同时，抢占了阻击徐州邱清泉、李弥兵团东援黄百韬的有利阵地。

4. 追上黄百韬

距新安镇东北20公里的大向村附近，华东野战军第9纵队指挥所。纵队司令员聂凤智正焦急地等待着野司的电报。

这是11月8日午后。

根据上级通报和侦察处的情报，国民党原驻海州的第44军，确实已经撤离海州，向新安镇方向来了。连日来，陇海铁路各车站警戒森严，军运繁忙，情况异常。聂凤智的大脑急速地运转着：敌人在搞什么明堂？是收缩兵力加强正面的防御，还是向徐州撤退？原定的战役第一阶段是歼灭黄百韬的第7兵团后，下一步打海州或下两淮。如今，海州敌人逃跑了，看来，向东打的可能性不大了。要打就是向西发展。

嘀零零，嘀零零……一阵急促的电话铃声打破了聂凤智的沉思。

"到底情况有什么变化，还打不打？"电话那边焦急地问。

"不用着急，可能情况有些变化，还怕没有仗打吗？要继续做好准备，听命行动。"聂凤智强压住自己的心情，平静地指示着，心里却在不断打着鼓。

一阵急促的马蹄声由远而近，打破了指挥所短暂的沉寂。骑兵通讯员急匆匆地走进指挥所。侦察营慕思荣营长派人送信报告：敌第44军已经通过新安镇，第25军已经撤离阿湖地区，第64军也已经撤离高流，均往西去。我3名侦察员化装成国民党军官兵混入敌内部侦察，因拿的是在济南缴获的敌军空白介绍信，被敌人看出破绽，在新安镇东被杀害。新安镇上一片混乱，敌第63军也有逃跑的迹象……

国民党第64军

抗战初期由国民党中央军半嫡系部队之粤军余汉谋集团组建,后逐渐演变为中央军嫡系部队。首任军长李汉魂,由邓龙光、刘镇湘等继任。该军在淮海战役第一阶段作战中被人民解放军全歼于碾庄地区,军长刘镇湘等被俘。在淮海战役后期,被围困于河南永城东北地区的国民党军重组第64军,该军尚未组建完毕,就被人民解放军全歼。战后重建的第64军在海南岛战役中再次被歼,残部撤逃台湾。

情况紧急!聂凤智命令,立即将情况报告华野。侦察营尽快向西查明敌人行踪。已经展开的25、26师派出小分队向前推进,与新安镇之敌保持接触。预备队27师待命出发,做好渡沂河向西追击的准备。

正在这时,接到了华野前委关于全歼黄百韬兵团的政治动员令,命令称:

刻4、8纵及胡纵(以胡炳云为司令员的华东野战军第11纵队)正向黄兵团之第25军、100军、44军攻击中。现黄百韬部署已乱,其他兵团均在运动中。如我能乘敌部署未定之际奋勇出击,则更可造成错乱'徐总'部署与大量歼敌良机。因此我部不应为小敌所迷惑,勇猛果敢出击,乘敌惊慌紊乱、士气萎靡之际,于运动中歼灭之……

∨ 1948年11月8日,我华野一部渡过齐腰深的河流,向碾庄圩方向追击。

此战为我主力在江北大量歼灭敌人有利时机，各部应克服疲劳，克服困难，不为小敌迷惑，不为河流所阻，坚决的实行敌人跑到哪里我追到哪里，直到将其歼灭为止。

敌人离开工事，建制紊乱，士气颓丧，兵荒马乱。……我应发扬三猛精神，不让敌人喘息，以达到全歼敌人之目的。

我全体人员应在伟大解放战争时期，光荣完成各个任务，不怕打烂建制，不怕伤亡，不怕困难，不怕疲劳，不怕饥寒……发扬连续持久战斗精神。

同志们，大规模的歼灭战已摆在我们面前，我们坚信在毛主席正确领导下，胜利一定是我们的。勇敢的前进吧！活捉黄百韬，全歼黄兵团，并继续向徐蚌进军。

华野前委的政治动员令像一剂兴奋剂，激励着广大指战员的战斗豪情。

∨ 华东野战军一部冒着刺骨的河水，向前线开进。

"活捉黄百韬，全歼黄兵团！"

战斗的口号传遍了江淮大地。

接到华野的命令，9纵立即向南越过陇海铁路，折向西渡过沂河，向西猛追。当先头部队到达新安镇时，敌第63军走了还不到两个小时。

"追！加快步伐，不惜一切代价，不怕疲劳，一定要追上黄百韬的63军。"指挥员下达了命令。部队的行军步伐明显加快了。

夜幕降临了。先头部队首先与敌人的警戒分队遭遇。没用多少工夫，狼狈逃窜的警戒分队便被干净利落地解决了。

侦察员报告："敌人两个团已经逃到堰头镇。"

国民党第63军

首任军长张瑞贵，后由林湛、陈章等继任。中央军嫡系部队（由粤系军部队演变而成）。该军在淮海战役第一阶段作战中被人民解放军全歼于窑湾镇，中将军长陈章被击毙，少将参谋长宋建人、代参谋长陈文瑞等被俘。后多次重组的第63军在广东、广西、海南岛战役中多次被歼，残部逃往台湾。

原来，这是由敌第63军军长陈章亲自指挥的军部及直属部队和第454团（欠一个营）、第456团，他们在新安镇完成掩护第九"绥靖"区李延年安全通过的任务以后，原定于8日拂晓前由新安镇开始撤到窑湾镇。陈章是10月初由第62军副军长调升的。黄百韬对陈章的提升曾忧心忡忡地说："战前换将，兵家所忌。"

黄百韬的忧虑看来是有道理的。这不，这位新官太轻视解放军了，他慢慢吞吞的，拖延到8日下午5时才由新安镇出发。

新安镇距窑湾行程只有30公里，按说当晚全军均可以赶到。脑筋糊涂透顶的陈章却不以为然，他从新安镇撤退时就一再表示，要"镇静沉着"，还说："我们广东部队从南方打到北方，共产党没有什么了不起。"当主力已经开走，他居然殿后，并把他自认为最亲信可靠的基本团第456团留下。他最后看到第7兵团各军后勤人员将仓库搬不走的被服焚烧时，还传令第456团士兵到仓库尽量抢带被服。

他前脚走，我9纵先头部队就到了新安镇。逃难一样的敌人在夜色中艰难行进，后面不断有信号弹和火把，我军已经衔尾追上了。陈章这位军长倒好，既不作战备行军，又不当夜到窑湾镇宿营。为了让官兵们缓解疲劳当晚便决定在距离窑湾镇10多公里的堰头附近的村庄宿营。军部和直属队、第454团、第456团分别驻在3个村庄里，相距有十几里，也没有任何警戒。456团到达宿营地时，已经是深夜1点。团长李友庄电话向陈章报告解放军追击的情况，陈章已经睡下了。参谋长宋健人接电话后，既不报告军长，又不做任何准备。

得到侦察员的详细报告，9纵首长决定吃掉这坨敌人。

"迅速渡过沂河，包围堰头镇。"27师首长发布了命令。

27师79团1营尖兵2连像一把尖刀，像一柄利剑，直指沂河东岸。

滚滚沂河挡住了部队的去路。对岸,敌人已密集的火网封锁了渡口。

"3班,火速架设浮桥。"

副排长范学福和班长马选云立即找来一些木板和两架梯子,扎在一起横在河面上。没有桥桩,浮桥摇摇晃晃,"扑通!"一声,冲上浮桥的战士翻转落水了。

对岸,敌人的枪声更密集了。怎么办?

副排长范学福和班长马选云急红了眼。

"跟我来!"范学福扛起云梯,边喊边奔进了刺骨的冰水中。

班长马选云、副班长彭启榜、战士宋协国、杨玉艾、潘福全、杨学志、孙克潘、孙学赞、孙书贤也随着跳进了河水中。他们两人一组共同排好,肩扛云梯,身子当桥桩。没过腰身的河水湍急地流着。他们的全身浸泡在水中,只能露出个头。

"冲啊!"

战友们踏上了浮桥,向河对岸冲去。

"坚持,坚持住就是胜利。"站在河水中的他们,全身冰凉,脸色青紫,咬紧牙关,一声不吭。

顺利通过浮桥的1营马上投入了围歼堰头镇敌人的战斗中。

午夜,堰头镇战斗打响了。敌人从梦中惊醒,仓皇应战。陈章和副官处长冯国才指挥军部搜索营极力抵抗,冯国才当场被击毙。激战到9日拂晓,敌63军152师454团和456团1个营以及军部直属分队等2,000多人被歼灭,敌63军军长陈章在混战中只身逃到了窑湾,什么辎重行李,什么地图机密文件,他可就顾不了那许多了。

5. 时间就是胜利

连日来以每日以60~70公里急行军速度的华野4纵、8纵,正在4纵司令员陶勇、政委郭化若等的指挥下,沿陇海铁路北侧向西追击。

"敌军匆忙西撤,正好趁此歼敌。各部必须不顾疲劳,不怕伤亡,不顾敌机空袭,不怕河深水冷,不顾侧翼威胁,坚决突破敌掩护部队的阻拦,勇猛前进。"

纵队领导的电令迅速传遍了全部队。

"全歼7兵团,活捉黄百韬!"战斗的口号激励着战士们向前。

天上,不时有敌机袭来,轰炸,扫射接连不断。

面前是齐腰深的急流,冰冷刺骨。

鞋子跑掉了,那就光着脚板追。

前面的敌人以战斗队形退却。冲上去,楔进去,搅它个稀巴烂!

追上去，追上去就是胜利。

8日晚，4纵先头部队1个排抵近运河车站以北5公里的村子，发现，敌人的后卫部队正在赶筑工事。

"坚决消灭这股敌人！"排长高鹏下达了战斗命令。

伴随着尖利的喊杀声，迎着敌人密集的火网，战士们不顾一切地向前沿冲击，一个战士倒下了，又一个战士倒下了，后面的继续前进，最后，全排只剩下8个战士，排长高鹏负伤。子弹已经打光了，据守的房屋也被烧毁，怎么办？快！从敌人尸体上收集子弹，到院外，利用散兵坑抗击。就这样，8名战士硬是坚持了11个小时，击毙和俘虏敌人近100名，直到主力部队赶到，粉碎了敌人第100军两个团的反扑。

与此同时，4纵主力一部在五杨、杜家场地区重创敌第25军第108师后，进占运河车站。纵队主力大部则歼灭了由官湖突围的敌第9军第3师的大部。

根据华野前指的命令，4纵经运河车站北的上滩和西北的徐塘集西渡运河。

"时间就是胜利！"

∨ 华东野战军部队正向前线开进途中。

王一平

山东荣成人。土地革命战争时期，任乡小学教员。抗日战争时期，任山东人民抗日游击第四支队4团政治处主任，八路军山东纵队政治部组织科科长，第一支队政治部主任，泰山军分区政治委员，沂蒙军分区政治委员兼中共地委书记。解放战争时期，任山东军区第4师政治委员，鲁中军区政治部副主任，华东野战军第8纵队政治委员，第三野战军第26军政治委员等职。

为迅速抢在敌人前面，纵队派先遣分队于9日晚渡过运河占领渡口，主力于10日白天强渡运河。敌机不时分批来袭击，炸弹在水面上溅起很高的浪花，战士们全然不顾，井然有序地涉水过河。

战士们顺手捞起被敌机炸死的一条条大鱼，诙谐地说："蒋介石给我们送来了改善伙食的慰劳品。"

华野8纵在司令员张仁初、政委王一平等率领下，于8日从郯城以西地区徒步涉过

沂河、白马河，向预定的作战地域开进。

9日拂晓，纵队侦察营于陇海路南的纪集、董庄与王洪九的保安第2团遭遇。营长杨忠、政委吕茂堂立即指挥全营投入战斗，将该团1,500人干净、利落地收拾了，我军无一伤亡。

纵队首长当即给他们发出勉励信，称赞他们："创追歼范例，侦察员无尚光荣。"

9日上午，部队正在行进途中，华野前指命令4纵：火速歼灭运河车站守敌、抢占运河铁桥！

此时，开进中的部队，已经有20多个小时没有吃饭了。离运河车站最近的69团，距离运河车站也有40公里。

时间紧，路程远，部队疲劳，任务艰巨。

纵队领导马上开会研究，一致表示，当面是"火烧敌人屁股"的有利形势，部队再疲劳、再饥饿，也要坚决执行任务。命令：23师担负抢占运河铁桥的任务，其69团为先遣团。要排除敌人的一切干扰，争取早一分钟拿下运河桥。

部署完毕，纵队领导分头深入部队指导作战。

下午，纵队政委王一平驱车向急行军中的69团赶去。一阵清脆的快板吸引了他的注意：

这次行军不一般，
过沟涉水走平原，
真金不怕火来炼，
战胜困难做模范。
……
行军为了打胜仗，
猛追猛插把敌歼！

团政委孙芳圃一边行军，一边鼓励战士们："同志们，我们是纵队的先遣团，是要首先打响第一仗的。前委期待着我们，党中央期待着我们。"

王一平大声问战士们："饿不饿啊？"

"不饿！"

"首长，不饿是假的。不过，肚子空空行军方便，免得拉屎撒尿耽误时间。"

∧ 在围歼黄百韬兵团同时，华野3个纵队在大许家、黄集铁路一线阻击增援之敌。这是担任阻击任务的某部87营在构筑工事。

当晚9时，69团一营追到了运河桥边，从俘房口中得知，黄百韬的第7兵团除了63军企图在窑湾西渡运河外，其余4个军和兵团部都已经撤过运河，只留下44师两个团在桥东作掩护。

1营2连追到运河车站时，只见敌200多人正在营房大吃大嚼呢。他们哪里知道，解放军已经从天而降，没有等他们反应过来，就被解除了武装。

3连在营长朱茂友指挥下，直插桥头。在夜色中，战士们抵近敌阵，攻势凌厉，敌人一个步兵连、一个炮兵连放下了武器。

此时，在铁路两侧的集团堡垒中，敌人还有3个团的番号，人马虽多，但斗志已失，有的团长、营长已经逃过了运河，部队没有人指挥。

这真是天赐的歼敌好时机！1营及时抓住战机，不等后续部队上来，就开始向守敌发起猛攻。3连以连续爆破炸开敌人的工事，全歼路北守敌。1连英雄排长张希春带领一个排，攻打铁路南侧的土围子和一个大炮楼。敌人居高临下，顽强固守。1连几次突进去，都被反扑出来。7班长刘振皋带领3名战士牢牢地坚守在突破口上，直到后续部队赶到，将守敌全歼。

10日上午9时，战斗结束，敌100军44师130团全部和131团、132团各一部共2,700多人被我解决。

桥西敌人见桥东守敌被我歼灭，在桥面浇上准备好的汽油，燃起大火，企图破坏铁桥，阻止我军西进。桥上狼藉地倒伏着敌人的尸体，敌人逃跑时遗弃的车辆、行李燃起了熊熊大火，有的伤兵在哀号。69团的战士们，不顾疲劳，冲上桥面，很快将大火扑灭，使大桥免遭破坏，他们随即清理好桥面，铺好桥板，保证大部队顺利通过大桥追歼黄百韬。

不久，新华社以"运河桥头争夺战，围歼黄匪立首功"为题，播发了69团的事迹。

到11月10日晚上，华野第7纵队占领了大许家、黄集铁路一线。第10纵队进至徐州东北荆山铺、大庙、侯集，直逼徐州。第13纵队已经控制了宿羊山并于次日拂晓歼灭西撤的黄百韬先头部队第100军第44师主力，占领曹八集。11日第7、第10、第13纵队与由皂河北上的第11纵队和江淮军区两个旅，于徐州以东大庙、侯集地区会合，完全切断了黄百韬兵团西退徐州的道路，并占领了阻击徐州敌人东援的有利阵地。第6纵队也进至碾庄圩、曹八集以南以西地区，并与由北向南直插陇海路的第13纵会合。第2、第12、中野第11纵队，也于10日由宿迁附近渡过运河，从东南方向逼近徐州，并于13日在大王集地区抓住徐州"剿总"直接指挥的第107军。第一"绥靖"区副司令官兼第107军军长孙良诚率军部及第260师投诚，第261师就歼。

至此，华东野战军已经将黄百韬的第7兵团剩余的4个军包围压缩在以碾庄圩为中心，南北约3公里、东西约6公里的狭窄地域内。

战争宽银幕

❶ 我军用汽车将投诚的国民党军官兵运出城外。

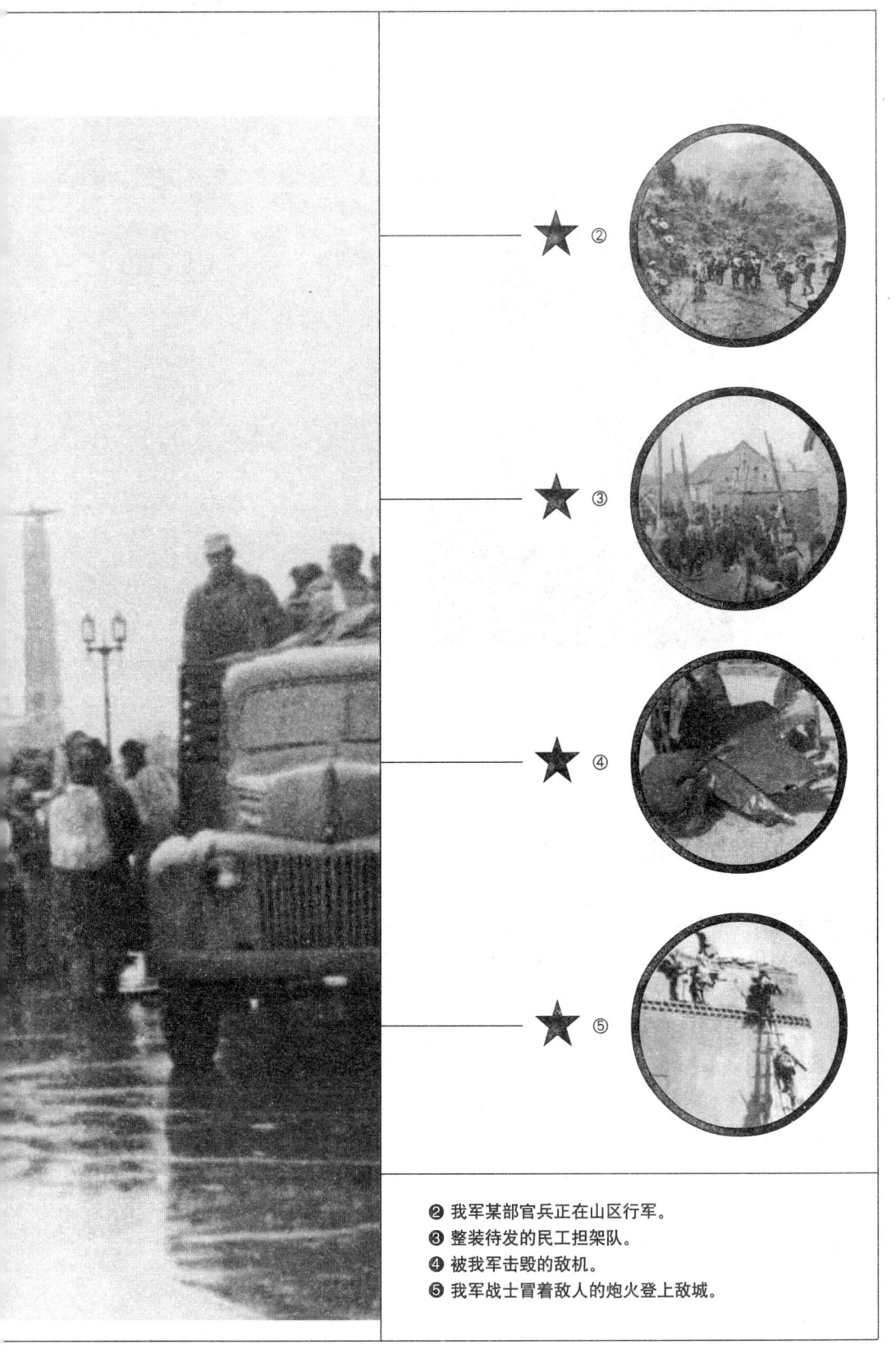

❷ 我军某部官兵正在山区行军。
❸ 整装待发的民工担架队。
❹ 被我军击毁的敌机。
❺ 我军战士冒着敌人的炮火登上敌城。

[亲历者的回忆]

谢有法
（时任华东野战军山东兵团政治部主任）

何基沣、张克侠率部起义，为我军战役第一阶段胜利发展，赢得了宝贵时间。粟裕代司令员说过："只要我们在贾汪多呆4小时，我们的战机就丢失了。"

该部起义，我山东兵团所辖第7、第10、第13纵队迅速向南挺进，至11日，全部渡过不老河，先后控制和占领宿羊山、大许家、大庙山、曹八集、苑山等地，占领了徐州以东各要点，截住了黄百韬兵团的退路，切断了国民党徐州"剿总"同黄百韬兵团的联系，形成了对黄百韬兵团合围的态势，并抢占了阻击徐州邱（邱清泉）、李（李弥）兵团东援的有利阵地。

——摘自：谢有法《山东兵团在淮海战役中》

★★★★★

张克侠
（时任国民党第三"绥靖"区副司令）

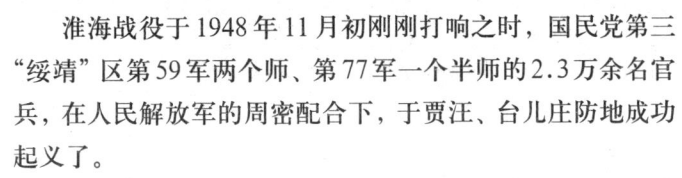

　　淮海战役于1948年11月初刚刚打响之时，国民党第三"绥靖"区第59军两个师、第77军一个半师的2.3万余名官兵，在人民解放军的周密配合下，于贾汪、台儿庄防地成功起义了。

　　从而，开放了台儿庄一带运河的通道，使徐州的东大门敞开，让解放军得以迅猛直捣徐州，并切断了黄百韬兵团的退路，造成国民党军上下混乱，人心浮动，对于徐州战局及淮海战役起了一定作用。

　　——摘自：张克侠《第三"绥靖"区部队起义经过》

第五章

缩紧包围圈

∧ 淮海战役期间，国民党军将领在前线指挥作战。

黄百韬兵团被围，蒋介石和刘峙都慌了手脚。情况不明，束手无策，南京、徐州乱作一团，上下各怀鬼胎，对如何抽调部队解黄百韬之围莫衷一是，匆忙部署，似是而非。杜聿明一头雾水，怀着"上刑场"的心情，稀里糊涂地被投入徐州战场。窑湾一战，第63军主力被全部歼灭。被围困在碾庄圩的黄百韬只能眼睁睁地看着他的部队被一个个地吃掉。

1. 杜聿明"上刑场"

黄百韬兵团被围，南京和徐州都慌了手脚。
1948年11月8日，刚刚从葫芦岛指挥国民党军撤退完毕的杜聿明回到了北平。
9日中午，华北"剿总"司令傅作义约请杜聿明到他的司令部吃饭。
席间，傅作义沉重地告诉杜聿明，8日，冯治安部的何基沣、张克侠叛变了。
杜聿明顿感心慌意乱，徐州可是他要去效命的地方啊。
杜聿明问傅作义："徐州各部队的情况如何？"
傅作义说："大概还在徐州附近吧？详细情形我也不清楚。"
听了傅作义的话，杜聿明还哪里有心思吃饭，他心里急速地打起了鼓：老头子为什么决定将主力撤到蚌埠附近，到了现在还没有实行，看来，"徐蚌会战计划"是失败了。恐惧心理在他心里不断上涌。在他心目中，徐州战场好像一个"刑场"，自己一到徐州，不是被打死，就是被俘。
回到住处，去还是不去徐州的问题一直在他脑际萦绕，挥之不去。去吧，大势已去，明摆着是处处被动挨打的事情，自己又没有回天之力。不去吧，怎么说？说要到医院看病？不行。自己在11月3日给老头子写信，同意到蚌埠指挥，忽然不去，在老头子心目中不就失信了？再说了，去的准备都做好了，飞机也准备了，不去，人家会笑话自己胆怯避战。往深里说，共产党统一中国是迟早的事情了，所谓覆巢之下，岂有完卵，蒋介石完蛋了，自己也就完蛋了，到哪里也是完蛋，活下去也就没有什么希望。还是从一而终吧，落个效忠到底的名声比背个叛徒的罪名还是好些。思前想后，杜聿明还是决定到了南京再说。
11月9日晚上，杜聿明一到南京，就直奔参谋总长顾祝同家中，想从顾祝同口中了解徐州的全面情况。

杜聿明进去时，顾祝同正和刘峙通话，顾祝同在电话里对刘峙说："叫黄百韬在碾庄待命，等明天午后官邸会报决定后再通知你。"看到杜聿明，顾祝同对刘峙说："光亭在这里，你同他讲话吗？"

杜聿明接过话筒，听到刘峙在电话里大声说："光亭！你快点来吧，我们等着你！"

杜聿明说："等见到老头子后再说吧。"杜又问刘："黄百韬的情况如何？"

刘峙说："现在主力已经退到碾庄圩，敌人已到运河以东，黄兵团过运河桥损失很大，现在稳定一点。"

何基沣、张克侠起义后，徐州空虚，南京急忙调整部署。一天来，顾祝同忙着将李弥的第13兵团调回徐州，巩固防务，令邱清泉的第2兵团且战且退，向徐州集中。

听了顾祝同的介绍，杜聿明非常诧异，他惊奇地问顾："为什么徐州附近我军主力不照徐蚌会战的计划及早撤退到蚌埠呢？"

顾祝同以为杜聿明在质问自己，生气地说："你讲得好！时间来不及啊！李延年未撤退回来，共军就发动攻势了。"

顾祝同也许看出杜聿明有不去徐州之意，委婉地劝杜，明天参加会报会后，就到徐州指挥吧。

杜聿明敷衍了一句："明天再说。"

在回中山北路办事处的途中，杜聿明的脑袋一刻也安静不下来。南京一派不祥之兆啊，大街小巷都在抢米抢面，连警察都不敢过问。徐州方面，更是提不起来，不按原定的计划执行，未战而先溃乱丧师，败局是注定的。擅自离开南京，不去徐州，惹怒了老头子那可了不得。突然，杜聿明心生一计，何不让老婆今晚从上海赶到南京，明天由她来打掩护，就说自己的腰腿疼得不能起床，不能去徐州了。

一到办事处，杜聿明就问自己的弟弟杜子丰："秀清什么时候可以到？"

杜子丰说："三嫂说她不来了。"

杜聿明失望地坐在沙发上发呆，心里想着不知道怎么样能摆脱厄运，一言不发。

见哥哥心事重重，杜子丰对他说："卫立煌已经完蛋了，各方面议论不少。我看，蒋家王朝是今天保不住明天了。古人说，识时务者为俊杰。我看，我们也不必要在一棵树上吊死。"

∧ 1946年5月9日，政治协商会议期间，张治中代表国民党政府在整军方案上签字。

  杜聿明叹了一声气，心里说：话是有道理，可是，怎么才能脱身啊？半辈子了，临了再落个"不忠不孝"的骂名……

  见哥哥还是一言不发，杜子丰说："听说张长官（张治中）来南京，同邵力子先生主张和谈，你明天见见文白先生探探情况。"

  杜聿明说："好！你打电话约时间后我去。"

  11月10日，是在南京的杜聿明十分忙碌的一天。

  上午，杜聿明见了国防部长何应钦。两人对东北国民党军的覆没以及老头子的一意孤行感慨了一番。何应钦劝杜，还是要到徐州去指挥，并支持他的一切作战主张。杜碍于何的私人情面，无法推却，提出要何给他拨一辆新吉普车，明里是供战场上指挥之用，心里打的却是逃跑时的小九九。何爽快地答应了杜的请求。后来，何应钦将自己的包车给了杜聿明。

  下午3时，杜聿明见到了张治中，问张："听说长官和邵先生主张和谈，不知谈的结果如何？"

张治中说："邵先生和我对蒋谈过这个问题，分析了全国民意及政治经济军事等情况，认为到了和谈的时候了。谈了几个钟头，最后蒋说'那么就是要我下野了'，我们见这种情形，似乎再无法谈下去了。"

杜聿明说："既不能战，又不欲和，怎么办呢？"

张治中生气地说："他要打呀！"

2. 南京乱弹

11月10日下午4点，蒋介石在他的黄埔路官邸召开军事汇报会。

汇报会先由国防部第2厅厅长侯腾报告战况。侯腾说："华野主力已占领贾汪，迫近运河以东地区，一部渡过不老河插进曹八集、薛家湖附近，截碾庄圩后路。中野主力及华野一部在徐州以西黄口附近与邱兵团接触中。我黄百韬兵团主力及第44军已退过运河西岸，在碾庄圩附近被围，在抢过运河桥时受华野火力封锁阻击，伤亡甚重。李延年本人已到徐州取得联系。第63军到达窑湾镇后，尚未渡过运河。西路邱兵团与共军接触后，且战且退，正由黄口向徐州转进中。孙元良兵团昨日已到宿县附近。刘汝明"绥靖"区已到固镇以南，今日向蚌埠前进。判断，敌人将以有力之一部牵制我军，主力有包围黄兵团之企图。目前徐州情况吃紧，南京后方秩序也极混乱。昨今两日满街到处抢粮，警察袖手旁观，粮店大部关门不敢营业……"

不等侯腾汇报完，蒋介石即勃然大怒，手指着侯腾大声呵斥道："你造谣！胡说！胡说！哪里有这回事？"

会场人员立即噤若寒蝉，大家都一言不发，听凭蒋介石发怒。

接下来，第3厅厅长郭汝瑰报告作战计划。计划内容大致是：

第一，以目前情况判断，共军有包围攻击黄兵团的企图。我军空军及炮兵的绝对优势，以内线作战原则，陆、空、步、炮、战车协同，先将运河西岸徐州以东之共军歼灭，以解黄兵团之围。

第二，以黄兵团死守碾庄圩，第63军守窑湾镇待援。

第三，以李弥兵团附第72军守备徐州。

第四，以邱兵团、孙兵团（此时已到达宿县附近，令立即返回徐州）迅速东调，击破徐州、碾庄圩间之共军，以解黄兵团之围。

听了郭汝瑰的报告后，蒋介石说："一定要解黄百韬的围。"他问顾祝同："墨三有什么意见？"

顾祝同唯唯诺诺，表示同意。

> 20世纪20年代的刘峙。淮海战役期间，出任国民党徐州"剿总"总司令。

　　看到这场面，杜聿明心里很不是滋味。徐州搞得这样糟糕，老头子一反常态，没有指责任何人不执行他的命令。他明白了：有关国民党军生死存亡的"徐蚌会战计划"的决策是老头子本人改变的。看来，我昨天到南京，老头子一直没有召见，就是怕我因为他自己改变了计划而不去徐州指挥，先叫顾祝同、何应钦劝我，等我答应后，他就在会上把任务硬套在我的头上，去也得去，不去也得去，由不得自己了。一股上当受骗的感觉传遍他的全身。他本想质问郭汝瑰为什么不按照原定计划将主力撤到蚌埠附近，一看，大家都同意这一方案，孤掌难鸣啊，争吵是没有任何益处的，反而会失去老头子的信任。

　　正在杜聿明犹豫不决的时候，蒋介石转身问他："光亭还有什么意见？"

　　杜聿明思考了一下，说："敌情和各兵团的实际情况我都不了解，到徐州，向刘总司令请示，看如何可以抽调部队解黄百韬之围。"

　　蒋介石如释重负，连连说："好！好！你到徐州，一定要解黄百韬之围。我已经把飞机给你准备好了，你今晚就去。"

蒋介石走后，顾祝同拉住杜聿明，说："你们两个都在徐州指挥，有些不大方便。叫刘经扶到蚌埠去指挥，好吗？"

杜聿明说："指挥这样的大兵团作战，情报补给是一项极其复杂的任务，请总长放心，我同刘老师不会发生摩擦的。只是请总长允许我一个要求，就是解黄百韬之围的战略战术、兵力部署，我不一定照今天会议决定的去做。"

顾祝同连连说："可以，可以，你怎么决定，就怎么办好了。"

这里还有个小插曲。

当晚，杜聿明带着幕僚人员飞徐州的过程中，却奇怪地迷失了方向，一直飞到了黄河边，才发现飞过头了，急忙回头。到徐州已经是第二天早晨1点多了。从南京飞徐州，对国民党的驾驶员来说，是家常便饭，今天却出这样的低级错误。杜聿明心里暗暗叫苦，天意啊，天意！

杜聿明以徐州"剿总"副总司令兼前进指挥部主任的名义，开始全权负责指挥徐州方面的作战。可是，他接手的是怎样的一个烂摊子啊。

3. 杜聿明的两个"方案"

黄百韬被围，徐州"剿总"一片混乱，司令官刘峙、参谋长李树正对解放军的作战企图并没有作全面的分析判断，只是被各方面的情况所迷惑，束手无策。

杜聿明到徐州时，南京国防部的"戌灰防挥督电"已经发到徐州"剿总"，下达指示如下：

（一）应本内线作战原则，集中全力先求运河以西、徐州以东之共军而歼灭之……

（二）黄百韬兵团之第63军应在原位置固守待援，其余各军不应再向后撤，尤应协同邱兵团夹击运河以西、徐州以东之共军。

（三）邱清泉兵团应以主力转用于徐州以东，协同黄兵团作战。

（四）李弥兵团应抽出一个军参加攻击。

（五）徐州守备部队应坚工固守，支持各方面对共军之攻击，形成战场之坚固支撑点，以利决战。

（六）孙元良兵团应即推进至夹沟、符离集地区阻击共军东窜，并维护交通。

（七）刘汝明部即集结于固镇、宿县维护铁路交通，并清剿铁路两侧共军。

但是，徐州"剿总"对此计划却没有实施，理由是：邱清泉兵团被中野牵制，无法东调；孙元良兵团11日晚才可到达徐州以南的三堡附近；黄百韬兵团渡运河时损失惨重，碾庄圩粮弹两缺，攻既不可能，守亦成问题；李弥兵团第3师之一部掩护第7兵团后退到曹八集，被共军消灭，现共军已在不老河以南曹八集、薛家湖一带占领阵地；不老河北岸共军有大部队集中，对徐州压力极大；黄维兵团无法抽调兵力解黄百韬之围。昨晚黄百韬电话尚通，今日（11日）起电话不通，仅有无线电可供联络。

刘峙的企图是巩固徐州。10日晚10时，他在给蒋介石的电报中说：

徐州之西之共军，尚有强大力量，企图为牵制孙兵团，策应东兵团之作战。我军作战基本方针，应采取攻势防御，先巩固徐州，以有力部队行有限目标之机动攻击，策应黄百韬兵团作战，俾争取时间，然后集结兵力，击破一面之共军。

11月11日中午，蒋介石发电给刘峙，狠狠地批驳了他的计划：

所呈之作战方针过于消极，务宜遵照戌灰防挥督电所示方针，集中全力迅速击破运河以西之共军，以免第七兵团先被击破。

初来乍到，情况模糊，对敌情无法判断，更谈不到定下决心了。杜聿明从"剿总"的"敌我态势图"上看到，除徐州东南褚兰、八义集间没有发现情况外，其他外围已经被解放军重重包围牵制，要抽调某一方的兵力去解黄百韬之围，太不容易了。

杜聿明长时间沉默不语，他考虑了很久。凭他多年的作战经验，认为，解放军总有主次之分，决不会到处都是主力，他的判断是：

华东解放军目前还不是直接攻击徐州，而是集中主力先消灭黄百韬，以有力之一部打援；徐州以西黄口亘九里山以北至不老河北岸的解放军，只是极少的一部分，甚至是游击队，用以牵制国民党军。他由此认为，可以大胆抽调兵力，以解黄百韬之围。

刘峙、李树正表示怀疑，不敢抽调邱清泉兵团。

杜聿明马上和邱清泉通电话，了解到，黄口附近的解放军主力有南移的迹象，但是不能证实。米文和师已经失去联络，情况不明。杜聿明命令邱清泉迅速弄清楚中野的行动，他的判断是，解放军中原野战军主力可能南下阻止黄维兵团北进。

杜聿明提出两个方案。

第一方案：

以黄百韬兵团坚守碾庄圩7~10天，以第13兵团守备徐州；以第72军为总预备队，以第2兵团、第16兵团会合第12兵团先击破刘伯承6个纵队，然后回师向东，击破华野以解黄百韬之围。

他认为，这一方案，可以集中邱兵团的3个半军、黄维兵团的4个军、孙元良兵团的两个军近10个军，击破中野6个纵队。这一方案能不能实行的关键在于黄百韬是否能坚持一定时期。

第二方案：

以第16兵团守备徐州，以第2兵团、第13兵团全力解黄百韬兵团之围。第12兵团向徐州急进。第72军为总预备队。

他认为，这一方案可以安定黄百韬的心理，稳扎稳打，徐州不受威胁。但是如果黄维兵团被中野牵制，不能及时到达徐州以东参加战斗，那么，击破华野的兵力明显不足。

对第一方案，刘峙、李树正坚决反对。他们认为，黄百韬决不能够久守。这样等于坐视黄百韬被吃掉，太冒险了。而且这时对中原野战军的情况并不明了，万一他们不在涡阳、蒙城附近，我们西路扑空，东路黄百韬被歼灭，那简直成了笑话。

杜聿明则认为，第一方案是战略决策上的上策。但是，他对我中野的情况也不明了，万一扑空，东西难顾，黄百韬被歼，老头子追究责任，别人骂自己见危不救，很难逃避责任。因此，对自己认为是上策的方案也不敢坚持。

对第二方案，刘峙、李树正认为，符合蒋介石的命令。但是，邱清泉兵团能不能不受牵制东调？如果解放军尾追邱兵团到徐州，怎么对付？他们心中也没有底。

刘峙犹豫再三，不敢拍板。李树正不明确表示意见。无奈之下，决定先召邱清泉来徐州商讨。

11日中午，邱清泉到了徐州。刘峙、杜聿明、邱清泉、李树正几个商讨来商讨去，刘峙在午后终于定下了决心，将邱清泉的第2兵团东调，协同李弥的第13兵团解黄百韬之围，同时令邱清泉第2兵团第74军位于九里山附近为预备队，以防止中野向徐州攻击。

刘峙下达了如下命令：

（一）中野主力与邱清泉兵团在黄口附近激战后，已向宿县、涡阳、蒙城间地区转移，华野主力已渡过运河及不老河将黄百韬兵团包围于碾庄圩附近，正激战中；

（二）军以击破华野主力解黄兵团围之目的，即以有力之一部守备徐州既设工事，以主力展开于团山以西南北地区，以空、炮、战车掩护，迅速向碾庄圩攻击前进；

（三）着第16兵团附第72军守备徐州机场、云龙山、九里山一带既设阵地。并特别注意徐州以西萧县及西南符离集方面之搜索警戒；

（四）着第2兵团（欠74军附独立骑兵旅）、第13兵团归前进指挥部指挥，展开于团山以西南北地区，迅速向碾庄圩攻击前进；

（五）着第74军为总预备队，控制于九里山附近；

……

刘峙和杜聿明定下决心后，杜聿明令邱清泉兵团主力第5、第70军、第12军一个师星夜向徐州东南张楼附近集结；李弥的第13兵团将徐州的防务交给孙元良的第16兵团，集结于徐州以东贺村附近，预定12日集中完毕，13日开始以空、步、炮、战车联合向解放军攻击，并请空军协同步兵侦察解放军的动态。待全部情况明了后，再决定攻击部署。

此时，杜聿明的主张是，寻求解放军之一翼实行迂回包围击破后，再以全力向主力攻击，但是苦于情况不明，无法作出决定。刘峙又怕主力远离徐州，反而被解放军乘机攻击，坚决反对杜聿明的主张。杜聿明的想法只好搁置。

问题是，解放军可不会等他们商量好了，布置好了，再行动。在此之前不久，企图从窑湾渡过运河的第7兵团第73军，已经被我华野1纵包围在了窑湾地区，正在灭亡的边缘挣扎。

＜张翼翔，1955年被授予中将军衔。
＞叶飞，1955年被授予上将军衔。

4. 窑湾激战

华野1纵司令员叶飞因在战役发起前得了黑热病，留在济南治病，作战指挥由纵队副司令员刘飞和纵队副司令员兼参谋长张翼翔共同负责。

堰头镇战斗结束后，华野参谋长陈士榘面示张翼翔：你们纵队立即向窑湾方向开进，首先追歼逃向窑湾的敌63军，尔后协同友邻，直捣黄百韬兵团司令部。

从10月26日从兖州地区挥师南下以来，已经半个多月了，半个月以来，1纵

张翼翔 ▲

湖南浏阳人。土地革命战争时期，任红一方面军排长、连长、营长，红六军团第52团参谋长等职。抗日战争时期，任新四军第4支队教导大队大队长、第14团团长，第2师6旅副旅长，第5旅副旅长等职。解放战争时期，任山东野战军第1纵队3旅旅长，华东野战军第1纵队参谋长、副司令员，第三野战军20军副军长等职。

叶 飞 ▲

福建南安人。土地革命战争时期，任共青团福建省委宣传部部长，福州中心市委书记，中共闽东特委书记，闽东军政委员会主席等职。抗日战争时期，任新四军第3支队6团团长，苏北指挥部第1纵队司令员，新四军第1师1旅旅长、苏中军区司令员等职。解放战争时期，任华东野战军第1纵队司令员、第三野战军10兵团司令员等职。

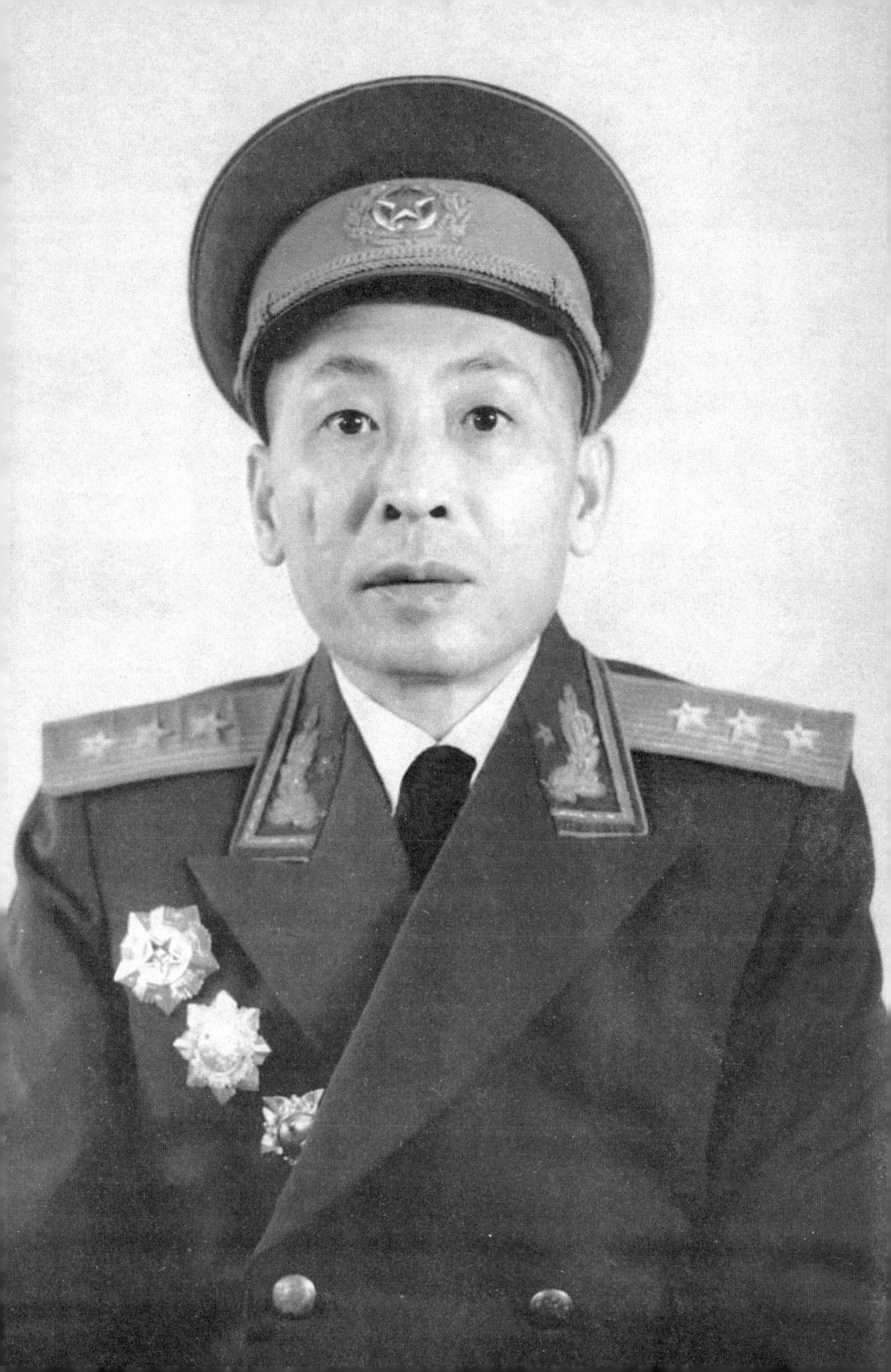

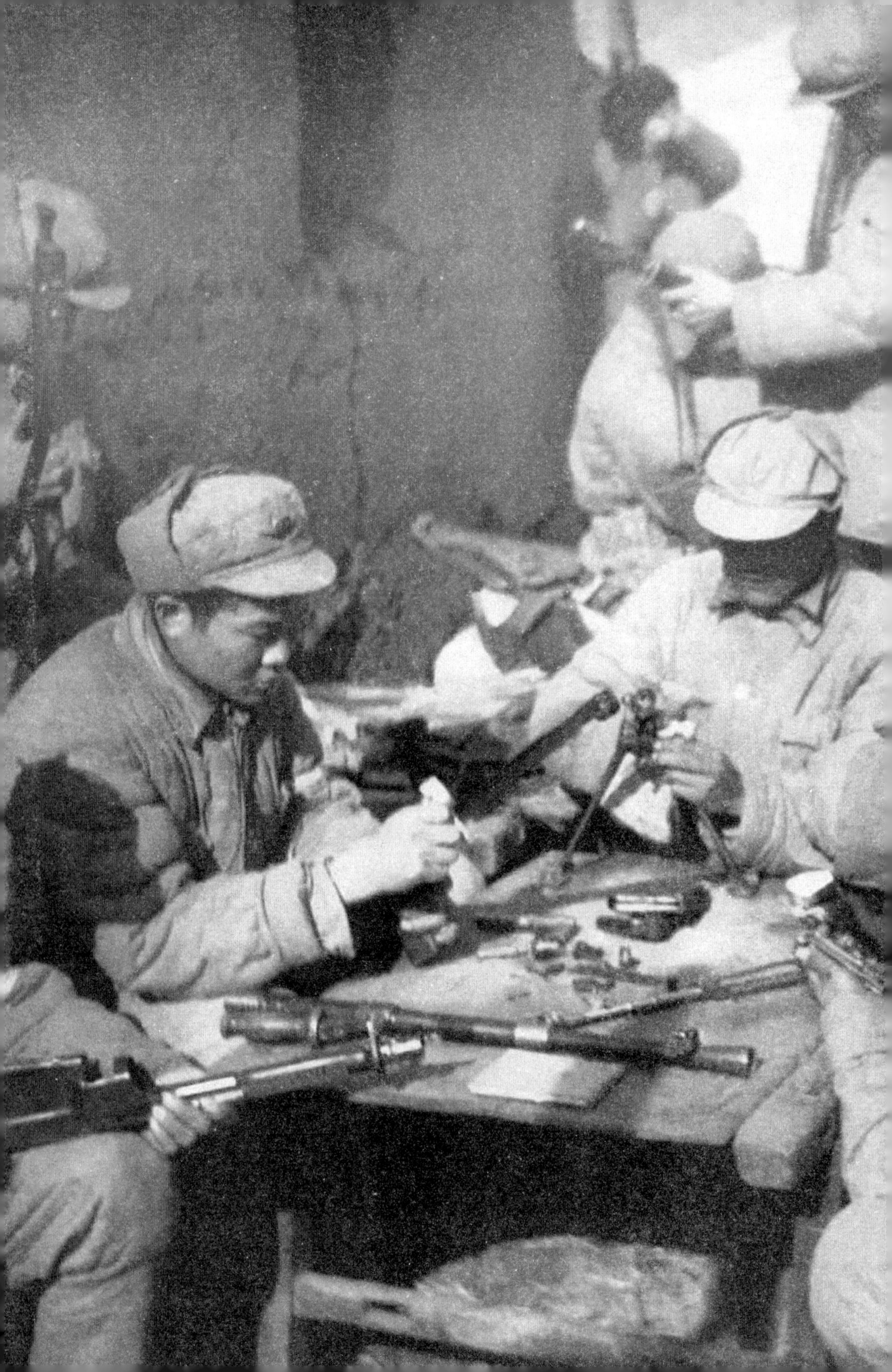

华野某部战士在战斗打响前擦拭武器。

和其他兄弟部队一道，以日行百里的速度急行军，紧紧咬住企图逃跑的敌人，穷追不舍。看着敌人沿途遗弃的军用物资狼藉满地，指战员们忘记了疲劳，更加坚定了抓住并歼灭这股敌人的决心，他们斗志昂扬，决心将敌63军干净、彻底地歼灭在窑湾镇。

近百里的追击开始了。9日傍晚，敌63军被紧紧包围于窑湾地区。

窑湾镇，西临运河，北靠沂河，位于两河会合之处，南、西、北三面被运河环抱，东面有一条三四米高的围墙，墙外有断续外壕和水塘相连。镇四周地形开阔，散布着许多小村庄。这个有居民3,000多人的小镇，素有苏北"小上海"之称。早在抗日战争时期，日军、伪军先后在这里修筑防御工事。

敌63军逃到窑湾后，接到黄百韬的命令：

兵团主力方面，现与强大敌人在碾庄圩展开剧烈战斗中；第63军应即迅速强行渡河，西撤碾庄圩集结待命，如确实不能渡河，应在窑湾镇固守待援。

陈章接到命令后，决定在窑湾作守势防御。仓促布防如下：以第152师两个团防守大东门和南门，以南门为重点；以第186师两个团防守小东门和北门；以第186师另一个团位于天主教堂军指挥所，作为预备队。他还令各部队派兵征集民间门板木料、砍伐树木，加紧构筑工事，并控制了周围3公里的大小村庄。

63军大多数官兵都是广东人，对苏北、鲁南的水土不服，士气低落，仓皇逃到窑湾后，绝粮断炊，饥寒交迫，军心更加动摇。连军长陈章本人也只能以芋头充饥。

困守窑湾，四面受围，瓮中之鳖，插翅难逃！

陈章故作镇静地说："兵之法，置之死地而后生。我们要第63军一战成名天下知。沉着地顶他一两个浪头，好戏就在后头呀！"

他还采取了极为毒辣的手段，组织督战队，下达连坐法，命令各师政工主任为督战队长，临阵退缩者就地枪决。为防止里应外合，派政工人员率武装士兵驱逐全镇老百姓集中在天主堂内。

看来，好戏真的就在后头呀！

我1纵首长决心不予敌人以喘息的机会，采取急促勇猛的战斗行动发起攻击，打敌个措手不及。

为此，纵队在行进间即命令第1、2、3师，分别由东、北、东南三面包围压缩敌人，首先肃清外围。同时做好不经调整部署，即可转入总攻的一切准备，务于12日前全歼窑湾之敌。

张翼翔在电话中将决心和部署报告了粟裕。

粟裕当即问："你们1个纵队消灭敌人1个军，有把握吗？"

"有！"

张翼翔坚定地回答。

"好，预祝你们胜利！"电话中传来粟裕洪亮的声音。

"还要告诉你们一个好消息，东北野战军已将卫立煌集团47万余人，就地全歼。华北傅作义集团60万人，面临东北、华北我军夹击之势，成为'惊弓之鸟'。徐州刘峙集团这个庞然大物，也是一夕数惊，惶惶不可终日啊！好戏还在后头啊。不过，还要提醒你们，你们面对的敌63军，是茅坑里的石头啊，别看士气低落，军心动摇，但受反动宣传很深啊，又不了解我军的俘虏政策，你们要做好他们负隅顽抗的准备。要把军事打击和政治争取结合起来。"

"请首长放心，保证完成任务！"张翼翔响亮地回答道。

10日拂晓，各师按照纵队的部署，采取击破一点，大胆猛插，直捣纵深的战术手段，同时向窑湾外围发起攻击。

第1师师长廖政国、政委曾如清率领全师在战斗中边打边侦察，迅速夺占了上、下刘宅，并查明了大扬场、小上窑敌人的部署，出其不意地攻克了这两个地方，歼敌一部。随后，直插渡口、圩场。敌人害怕被歼灭，龟缩在镇内，不敢迎战。当夜，第1师肃清了镇东外围之敌。

> 廖政国，1955年被授予少将军衔。

廖政国

河南息县人。土地革命战争时期，任红4军第12师36团营政治教导员，军委补充团营长、副团长、代团长等职。抗日战争时期，任苏北指挥部第1纵队4团团长，新四军第1师1团团长，苏浙军区第4纵队司令员等职。解放战争时期，任山东野战军第1纵队1旅旅长，华东野战军第1纵队1师师长，第三野战军第20军参谋长等职。

< 陈挺，1961年晋升为少将军衔。

陈 挺

福建福安人。土地革命战争时期，任闽东独立3团特务队队长，闽东独立师连长，福寿独立师特务队队长，第4团团长等职。抗日战争时期，任新四军第3支队6团营长，江南人民抗日义勇军第2支队支队长，新四军第6师18旅52团团长，苏中军区特务3团团长等职。解放战争时期，任山东野战军第1纵队1旅1团团长，华东野战军第1纵队1师副师长，3师师长等职。

< 程业棠，1955年被授予少将军衔。

程业棠

安徽六安人。土地革命战争时期，任红四方面军第30军88师265团团总支部书记、营长、团政治处主任等职。抗日战争时期，任新四军教导队总支书记，第1师3旅7团政治处主任，警卫团团长，苏浙军区第3纵队八支队支队长，浙东纵队第4支队支队长等职。解放战争时期，任山东野战军第1纵队3旅9团团长，华东野战军第1纵队2师师长，第三野战军20军59师师长等职。

第3师师长陈挺、政委邱相田率领该师主力，从镇东南方向外围进攻，他们猛冲猛打，相继攻克陆营、阎场、三湾、二湾、头湾等地，战斗到11日下午3时，全部扫清了镇东南外围之敌。

第2师师长程业棠、政委张文碧指挥部队从镇东北外围进攻。战斗到10日晚，先后抢占了藏口、上窑湾、洪兴场、钱口、谢场、西口、白公社等地，俘虏敌人一部分，控制了镇东北外围。

10日晚，纵队侦察营也渡过运河，占领了韩湾、小集一线阵地，切断了敌人西退的逃路。

至此，窑湾外围大部分为我1纵控制。

11月10日上午，1纵在腰庄召开了有各师师长、政委参加的作战会议，决定战斗部署如下：

以第1师担任主攻，配属105榴炮6门、山炮5门，首先由小东门或者大东门突破，歼灭镇中部之敌，然向两侧和纵深发展，与第2、第3师打通联系；

以第2师配属75炮和山炮各3门，由北门突破，歼灭镇北部和西部之敌，打通与第1师的联系；后以第3师配属山炮6门，由南门和

> 豫北战役中我军山炮阵地。

山 炮

适于山地作战，能迅速分解结合、机动性较强的一种轻型榴弹炮。它与普通火炮结构相同，特点是：口径较小，身管较短，重量较轻，弹道较弯曲。机动方式：旧时山炮多为驮载式；现代山炮有牵引式（牵引车有轮式和履带式）、自行式和直升机机载式。

∧ 我军战士正在挖交通壕。

南门、大东门之间突破，歼灭镇南部之敌。

华野首长当即批准了这个方案。

纵队领导和各师团领导，立即亲临敌前勘察地形，研究打法，选择突破口，部署兵力火力。

龟缩在窑湾的敌人，如今完全乱了套。到10日上午，前线阵地都已经失守，主阵地完全暴露在我军面前。中午，徐州"剿总"派了一架飞机飞临窑湾上空，空投刘峙的命令，要第63军固守待援。黄昏，由碾庄圩方向传来隆隆炮声，由于风向关系，炮声好像是由西而东，国民党军官兵以为援军已由西向东攻击，接近窑湾镇运河西岸了，于是，奔走相告，以为解围有希望。这也可以看成"八公山上，草木皆兵"的又一种注释。

10日午后，徐州"剿总"又派来飞机，向窑湾镇空投粮食。口粮已尽的国民党士兵，听到飞机一响，什么也顾不上了，纷纷向投下的粮食拼命的冲过去，相互争夺，漫骂不已，甚至拳脚相加，一团混乱。一批3架飞机一共投了三四批，无奈高空投掷，命中率太低，投下的粮食一半以上到了我军阵地，国民党军只能为那点"杯水"互相厮打了。

10日晚7时，陈章召集师长们到军部开会。第186师师长张泽琛却迟迟不到。原来张泽琛已于当天午后剃光了上唇胡子，换上便装，乔装成居民，借口去巡视阵地，乘机溜之乎也。张泽琛逃回国民党统治区后，还自吹自擂说自己如何率部突围脱险归来，广州报纸也为他大肆宣传如何英勇苦战突围成功。真是天大的笑话，也是后话。

11月11日下午4时30分，我1纵按照预定计划，集中炮火向敌人主阵地和军指挥所猛烈轰击。大地震动，硝烟弥漫，火光四起。

国民党军主阵地到处落弹，防御工事多处中弹被毁，掩蔽部和指挥所，有的中弹起火，有的中弹倒塌，一时火势熊熊，映照上空。国民党军的整个通讯联络网，全被炮火破坏了，上下左右之间的联络中断。国民党勤杂部队的士兵、马匹被炮弹打得到处乱跑，有的由街上向运河边跑去，企图渡河，被弹雨逼回，像无头苍蝇，一团慌乱。炮兵营的几门山炮，还没有进入阵地就中弹被毁了。

乘敌人火力点被我压制之机，担任主攻的第1师先头部队第2团第2连，迅速勇猛地连续炸开两道鹿砦和围墙，一举突入小东门，在半小时内打退了敌人3次反冲击，巩固扩大了突破口，为全师打

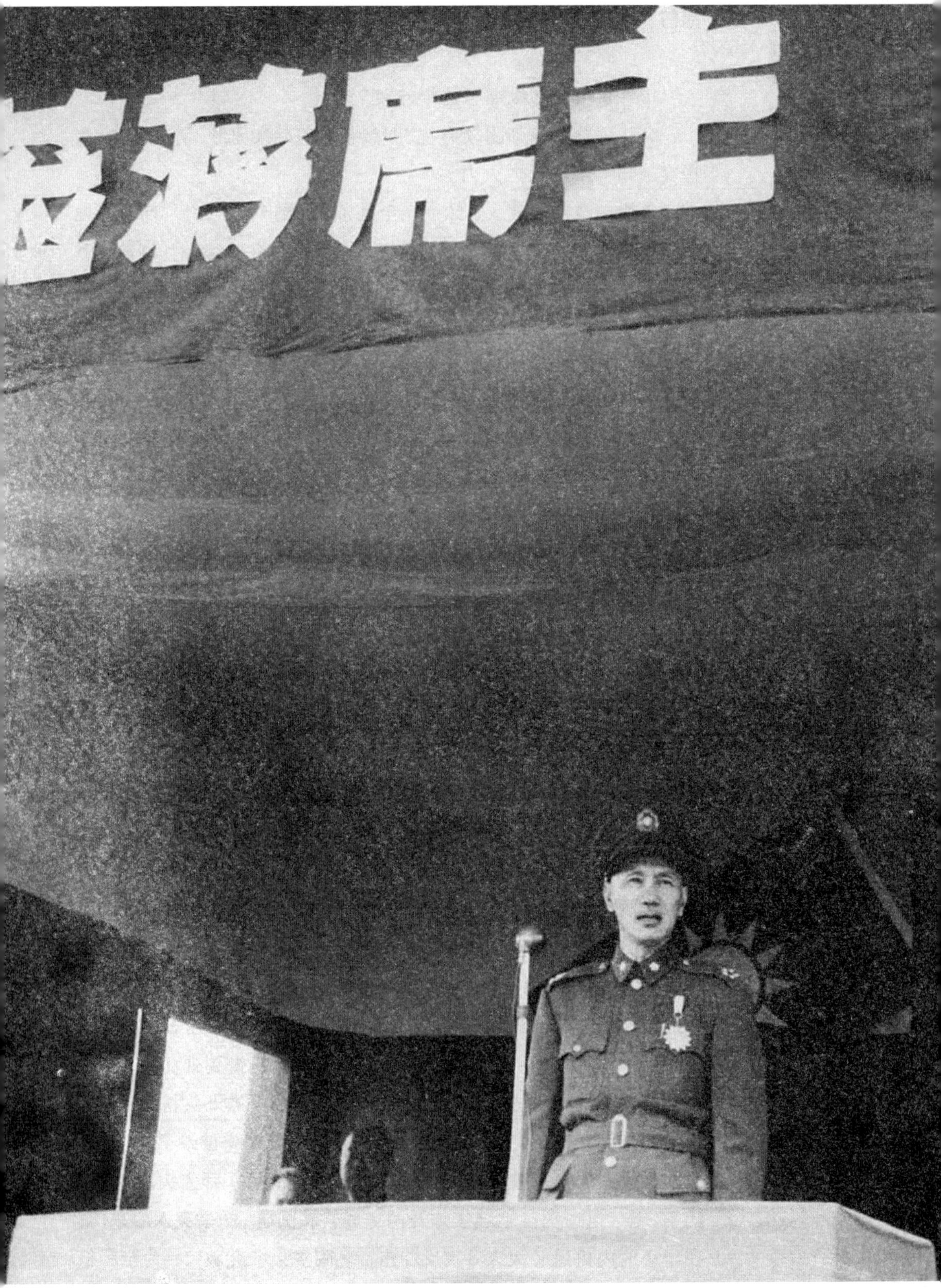
蔣主席

< 1947年，蒋介石在陈诚陪同下检阅国民党军。

开了进攻通路。这个连荣获"窑湾战斗第一大功连"的光荣称号。第2团乘胜在1小时内全部进入突破口,并分路向纵深和两侧发展。随后,第1、第3团也相继投入战斗,向敌人发起攻击。

与此同时,从南门和北门发起进攻的第2、第3师,也与敌人展开激烈的争夺。但是,因为地形不利,敌人顽强抵抗,几次突击都没有成功。纵队当即命令第2师第6团改由小东门突入镇内,直插北门,策应第4团。晚上9点,第4团在第6团的配合下,突破北门,奋勇向南进攻。此时,第3师主力在第1师的策应下,也突破了大东门,并乘胜向西发展。华野首长的估计不错,敌第63军老兵多,非常顽固,又不了解我军的俘虏政策,仍然在负隅顽抗,妄图固守待援。

纵队立即调整战斗部署,以更勇猛的动作向敌纵深实施突击,扩张战果。

第1师在廖师长、曾政委的指挥下,充分发挥了伴随火炮和炸药的威力,与敌人展开了反复冲杀,逐屋争夺。第2团第5连在与敌人激战中,伤亡很大,全连打到只剩20个人,仍然顽强地战斗着。他们高呼"冲进指挥所,活捉敌军长"的口号,一直冲杀到敌人军部。他们还机智地利用俘虏喊话,宣传我军的俘虏政策,一次俘敌200余人,荣获"窑湾战斗大功第二连"的光荣称号。

炮声隆隆,枪声四起。我1纵以秋风扫落叶之势,从东、南、北三个方向席卷着窑湾镇,残敌纷纷投降。

11日午夜,国民党主阵地东门经过反复争夺,终于落入我军之手。

国民党第63军第152师师长雷秀民冲进第63军军部指挥所,问军长陈章:"怎么办?"

陈章面色惨白,故作镇定地说:"东门被突破,大势已去,我们立即去南门指挥李友庄团突围。"

等到陈章率警卫部队到达南门时,才知道李友庄团已向南门突围数次,均被阻击,伤亡惨重,无法突出重围。

此时,国民党的突围部队已不能掌握,勤杂部队拥挤在街头,混乱不堪,无法收拾。

陈章拔出手枪,亲自带领几名卫士,向河边奔去,企图利用木板泅水,顺流南下,通过窑湾镇包围圈外登岸逃命。刚到达河边不久,遭遇到我军密集的火力射击,陈章中弹毙命。

至此,国名党军第63军两个师5个团1.3万人被我军彻底、干净、全部歼灭了。

此时,是1948年11月12日拂晓。

★★★★★

战争宽银幕

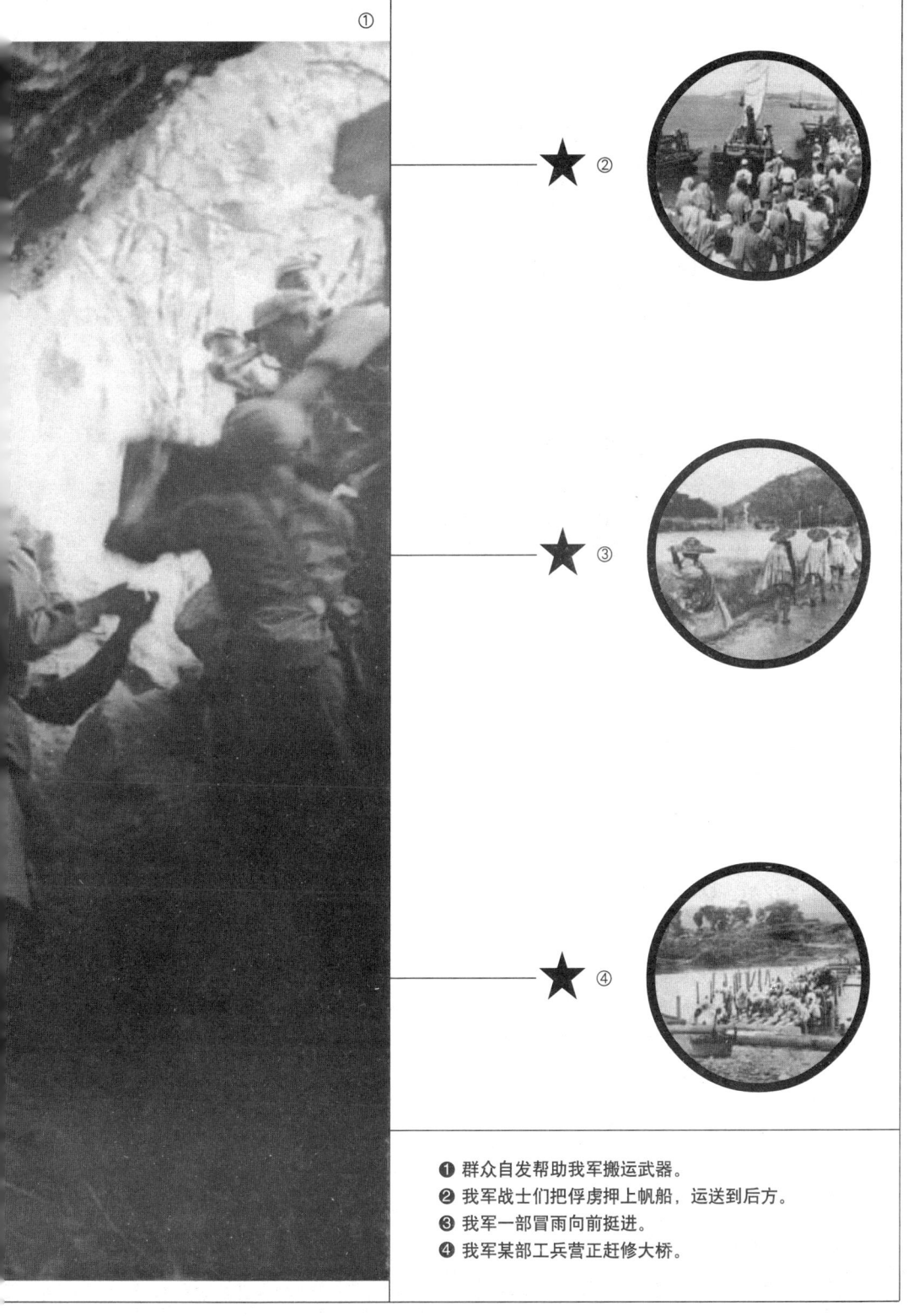

① 群众自发帮助我军搬运武器。
② 我军战士们把俘虏押上帆船，运送到后方。
③ 我军一部冒雨向前挺进。
④ 我军某部工兵营正赶修大桥。

[亲历者的回忆]

谢振华

（时任华东野战军第12纵队司令员）

  在围歼黄百韬兵团的战斗中，野司首长提出了一口一口吃掉敌人的作战指导思想，并向部队发出了坚决、大胆、勇猛地歼灭敌人，多打胜仗的号召。

  我们纵队的几个同志，对整个战役采取分割包围，集中优势兵力，各个歼灭敌人的指导思想，对于切断黄百韬兵团退路的行动，作了较深的研究和领会。

  我纵同兄弟纵队一起，切断黄百韬兵团退路的任务完成得圆满，为华野主力歼灭黄百韬兵团造成优势。

——摘自：谢振华《鏖战淮海 辗转歼灭》

★★★★★

杜聿明

（时任国民党徐州"剿总"中将副司令兼"前进指挥部"主任）

"知己知彼，百战不殆"。国民党军这时恰恰相反，既不知己，又不知彼，怎么能致胜呢？

而国民党军之所以全军覆没，固然是由于它本身腐朽，指挥机构无能，其最重要的原因之一，就是国民党军丧尽民心。

在淮海战役之始，徐州附近人民对于国民党军实行了严密的封锁，国民党军的特务只能派出，无法返回。

徐州四周密布的特务电台完全失了作用，甚至有许多地区人民以虚报实，或以实报虚，迷惑国民党军。如丰县、黄口间仅有解放军二、三野之一部，而国民党军从人民方面得来的情报是二野主力；又如二野主力已先到涡、蒙地区阻击黄维兵团，而国民党军得来的情报则是这方面没有解放军的野战军。

——摘自：杜聿明《淮海战役始末》

第六章

对垒与胶着

∧ 粟裕（中）在淮海前线指挥部。

被围的黄百韬决定固守待援。蒋介石又是写信又是发电报，为黄百韬打气加油。黄百韬心存侥幸，困兽犹斗。敌我双方呈对垒与胶着状态。一场砸烂硬核桃、虎口拔牙的战斗开始了。然而，初战并不顺手，我军伤亡增大。粟裕审时度势，决定调整战术，采取"先打弱敌，后打强敌，攻其首脑，乱其部署"的战法。枪炮声暂时沉寂，预示着一场更精彩的乐章就要上演了。

1. 黄百韬困守碾庄圩

当敌63军主力被我1纵在窑湾镇全歼时，华野前线指挥所已前出至陇海路南土山镇，这里距黄百韬的第7兵团部所在的碾庄圩还不到5公里。

毛泽东知道了这个消息后，特地来电指出："华野前指太靠前了，后撤5公里。"

遵照毛泽东的指示，粟裕把指挥所撤到离碾庄圩大约15公里的火神庙。

视界不错！北面，碾庄圩战场清晰可见；西面，与打援部队随时可以联系。粟裕对此很满意。

与粟裕的镇静自若、轻松自如相比，黄百韬可就成了热锅上的蚂蚁。

连日来，战事不顺。一向心高气傲的黄百韬，心烦意乱，脾气也愈来愈坏了。

先是接到准备撤退的电话，他马上令补给区将存放在新安镇的粮食、弹药、被服火速车运徐州。过一会儿，刘峙又来电话，要第7兵团等到第九"绥靖"区撤退到新安镇后，掩护他们一同撤离。这让黄百韬大发其火，他大声问刘峙："第九'绥靖'区究竟何时到新安镇？本兵团究竟何时撤退？"刘峙支支吾吾，没有个明确的答复。黄百韬气极了，把电话机摔在桌上，嘴里骂骂咧咧："真他妈的不是东西，刘经扶这头猪，典型的长腿将军，除了会逃跑，还会什么？优柔寡断，毫无主见。在这样的生死关头，让这样的蠢材指挥，真是自取灭亡。"

一会儿，"剿总"又来电话，告：由连云港西撤的第100军和第44军到新安镇后，即由7兵团指挥。

就这样，左拖右拖，等这等那，直到8日，才到达碾庄圩。此时，黄百韬总算松了一口气，以为已经摆脱了解放军的追堵，于是，决定在碾庄圩休整一天，再行西撤。他电告蒋介石、顾祝同、刘峙说：渡运河西撤行动"仰赖总座德威，幸未遭匪暗算"云云。

本来，黄百韬已命令各军自为一纵队，一面行进，一面整顿，迅速占领碾庄圩西的大许家及曹八集，并救援第44师。

然而，11月9日上午7点多，部队刚刚从碾庄圩向西撤退，就听到曹八集方向枪声大作，黄百韬心里一沉，情知不妙。原来，第100军军长周志道未请示黄百韬，就于8日晚上擅自命令该军第44师师长刘声鹤率领该师残部2,000余人进驻曹八集，计划于9日上午先行开往徐州。不料，7时多刚刚行动，就遭到我军攻击，激战一个多小时，全部被歼。

曹八集是通往徐州的必经之路啊，黄百韬哪里能死心？他一边骂周志道、刘声鹤擅自行动，耽误大事，一边命令第44军派一个营去攻击，企图打通曹八集的道路。这纯粹是以卵击石，我军迎头痛击，敌只好狼狈返回。

上午9时，黄百韬得到空军的通报："共军约有三万余人正从宿羊山（位于碾庄圩西北约10公里），另有万余人正从铁路南向西疾进。"

是进？是退？正在黄百韬犹豫不决之时，11点，刘峙传来蒋介石的手令：

着该兵团在碾庄圩地区准备决战，已命黄维兵团经宿县、宿迁渡过运河，挺进运河东岸进行外线反包围；又已令杜副总司令率邱、李两兵团东援。

看来，蒋介石也被打糊涂了，他显然是在做梦。他所说的黄维第12兵团此时刚刚从河南驻马店、确山地区出发，大队人马正苦苦挣扎于我中原野战军部队的尾击、侧击、袭扰之中，步履维艰。邱清泉、李弥兵团被我华东野战军部队阻击在曹八集、大许家以西，进展困难。杜聿明此时正在北平华北"剿总"司令长官傅作义家中吃饭呢！

落脚碾庄圩，黄百韬的轻松感也就一闪而过。真是屁滚尿流啊，拖泥带水，损兵折将。让人盯着屁股沟子追，窝囊！不想它了，关键是下一步该怎么办。黄百韬召集各军军长、兵团正副参谋长等开会，商讨对策。

多数人主张，按兵团既定部署，日夜兼程前进，趁解放军主力尚未通过运河铁桥，可以安全抵达大许家。

第64军军长刘镇湘跳出来反对，他说："我军阵地已构筑成功，阻挡共军前进不成问题。"

刘镇湘心里还有另一层想法，他没明说。但其他军师长们都心如明镜。黄百韬分配给64军到大许家后的防御地区是一个土山，相传是三国时关羽被围降曹的土山，一不吉利，过去，刘镇湘一守山总是吃亏，二不吉利。

第25军军长陈士章说："西走一里好一里，豫东之役，第25军和第70军阵地只隔10公里，炮火相接，但终冲不开共军的隔绝。现在留在此地，万一被围困后，梦想邱兵团远道来援，恐不可恃。"

> 抗战时期的黄百韬。

黄百韬也说："相隔五里，他也不会来救我们的。"

正在争论不休，相持不下之际，蒋介石的手令传到了碾庄圩。

刘镇湘更是得意，振振有辞地说："既有命令，为什么还要走？打垮了敌人之后再走不好吗？反正是要打，为什么一定要到大许家再打呢？"

落到现在这样的境况，黄百韬手里也只有刘镇湘的第64军这一个完整的军可以依靠了，他决计在碾庄圩困守待援。

尽管黄百韬自己心里也没有底气，知道困守碾庄圩只是没有办法的办法，他还是安慰他的部下说："不要紧的，邱清泉不来救我们，杜聿明是支持我的，还有孙元良、李弥两个兵团，都和我们互相支援过。只要我们守得住。"

第7兵团在碾庄圩的防御配备是：

（一）兵团司令部位置于碾庄圩；
（二）第25军占领碾庄圩以北小牙庄、尤家湖，向北防御；
（三）第64军占领碾庄圩以东大院上、吴庄，对东防御；
（四）第44军占领碾庄圩车站及车站以南各村庄，对南防御；
（五）第100军（缺第44师）位置于彭庄、贺台子，对西方防御；
（六）各军炮兵集中使用。

部署的同时，发出如下命令：

（一）各军就现在占据的各村庄构筑工事准备决战；
（二）第25军附一个团守备碾庄圩；
（三）通信营迅速架通各军电话；
（四）榴炮营立即在碾庄圩构筑阵地；
（五）工兵营于碾庄圩西南构筑第二线阵地；
（六）兵站将现有粮弹分发各部队；
……

地处徐州东的碾庄圩，是一个有200余户人家的大村庄，村庄外围有两道围墙和水壕，水壕宽10多米，水深少说也有1米多。在它的周围，密集地分布着十几个村落。为了防水，居民点都建立在"台子"上，一个村庄有几个"台子"组成，"台子"之间是水塘、洼地、水沟，大部分村庄有围墙和外壕。

现在，这个不足200户人家的小村庄立刻热闹了起来。这里除了兵团部、警卫营和兵团部直属的通信营、工兵营、战防炮营、重炮营、汽车大队、医疗队外，还有各军的留守处和野炮营，人来马往，互相拥挤，街头巷尾密密麻麻布满了各种汽车和救护车。民房根本不够住，许多单位只好在野外露宿。村边的空坪上，不是这个军的弹药库，就是那个军的粮库，传令兵、伙夫、担架兵，来来往往，一派虚假繁荣景象……

碾庄圩地区原来为李弥的第13兵团驻防，构筑有不少工事。固守待援的决心一下，黄百韬命令各部队，立即利用村庄、台子和原有工事，逐村设防，加修工事，使每个村落都成为环形的野战防御阵地。

瘦死的骆驼比马大，如今的碾庄圩，的确是一块不太好啃的硬骨头！

2. 列阵碾庄圩

敌变我变。11月9日，中央军委电示粟裕、张震：

应极力争取在徐州附近歼灭敌人主力，勿使南窜。

10日，华野首长针对黄百韬兵团的动向，立即调整部署，准备围歼。中午10时，以粟裕、谭震林、陈士榘、张震的名义给各兵团、各纵队，并报刘伯承、陈毅、邓小平、中央军委的电报就发出了：

甲、截至此刻止，4纵已歼9军一个团，现正由沙口西渡中（已渡一个师）。8纵歼25军等部3,000人，我已控制运河铁桥，东桥为敌烧毁，正于桥之南北架桥后可行西渡。6纵正由猫儿窼渡河中。9纵歼63军5个营于堰头，现正向皂河前进渡河中。1纵正向窑湾之63军主力攻击中。据谍息：现黄百韬主力（25、100、64、44军）仍盘踞碾庄周围地区。

乙、运西部队：13纵已到宿羊山及其以西、以南地区，7纵佳辰（9日7时~9时）已至不老河正架桥中，估计佳（9日）晚渡不老河南进至大许家地区。

为全歼黄兵团，特调整部署如下：

（一）7纵应立即向南沿北塔山向大李家、单集、岗上集及以南山地线攻击前进，坚决阻击黄匪西窜道路，南与11纵（胡纵）联系，并酌派部队向徐州警戒。

（二）13纵应立即由板桥及其以东地区向曹八集及其以东黄兵团主力攻击前进，分割黄兵团，协同7纵、胡纵坚决抗击、截击黄匪向西及西南逃窜道路。

（三）10纵应分割李（弥）、黄兵团，乘隙追近徐州佯动，使李兵团无法东援或南援。

（四）11纵（胡纵）及饶子健部（江淮军区副司令饶子健所率第34旅及独立旅），应不为当面敌所牵制，立即控制单集、双沟、水口三角地带，并确实控制寺山及驴马山高地。在6纵未到达前，应以一部控制驼罗山高地，坚决阻击黄匪向西南及西逃窜道路。

（五）6纵正由猫儿窼渡河，应即沿八岔路、占城前进，控制单集、占城、双沟三角地带。

（六）4、8纵渡河后，仍由陶（勇）、郭（化若）统一指挥向碾庄为中心之黄匪自东及北攻击，13纵由西及西北攻击。

（七）3、9、11（王张）纵渡河后及运西之11纵（胡纵），即归本部陈参谋长指挥，分割黄兵团，配合4、8纵及13纵坚决歼灭该敌。

（八）1纵应坚决歼灭窑湾之敌。

（九）特纵暂在新安镇待命，鲁纵应于今晚移至堰头周围地区，准备渡河西进。

（十）韦（国清）吉（洛）率2、12纵应即由皂河、宿迁线渡河即向大王集、双沟镇（睢宁西北）急进，以便加入歼灭黄兵团作战。

丙、各部应立即行动，将当面情况及位置随时告诉我们。战役第一步应以完成包围黄兵团，不使其西逃为主要任务。待我包围后，则分割聚歼之。如敌西逃，各部应不受战斗地境限制，坚决追击之。

< 国民党陆军中将区寿年。

> 黄桥战役开始前，新四军部队在黄桥一带集结。

国民党第六"绥靖"区副司令区寿年

广东罗定人。国民党陆军中将。1927年任国民党第11军第24师第70团团长。1929年任第60师第120旅旅长。1931年任第19军第78师师长。1932年一二八事变后，任第19军第78师总指挥。1937年任第48军副军长兼第176师师长。1939年任第48军军长。1943年任第26集团副总司令。抗日战争结束后，任第六"绥靖"区副司令。

碾庄圩地区，这个不足20平方公里的狭小区域内，如今对峙的是中国人民解放军华东野战军的6个纵队和国民党第7兵团的4个军，几十万人马呢。

碾庄圩及北面的大牙庄、小牙庄、尤家湖、秦家楼、太平庄地域，由国民党第25军固守。军长陈士章。辖第40师、第108师、第148师3个师。该军是黄百韬兵团的主干，于1948年6月紧急调往徐州。原为整编第25师，师长即黄百韬。豫东战役后，该师被派往救援被围困在济南的区寿年兵团，被歼灭3个团。济南战役后，以该军为基础扩编为第7兵团，黄百韬升任司令员，副军长陈士章升任军长。

它的正面是华野4纵：司令员陶勇，政治委员郭化若，副司令员卢胜，副政治委员刘文学，参谋长梅嘉生，政治部主任韩念龙。它的前身是红军初创时期由方志敏领导的江西弋横农民起义武装，张鼎丞、邓子恢等领导的闽西农民起义武装，王占春等领导的闽南红军游击队；抗日战争时期，参加了黄桥决战、车桥之战；解放战争初期，为华中野战军第1师，已是华中野战军司令员的粟裕兼任该师师长兼政委，参加了苏中七

黄桥战役

1940年10月，国民党苏鲁战区副总司令韩德勤调集部队1.5万余人，对驻江苏省泰兴县黄桥地区以东的新四军发动进攻。新四军采取诱敌深入、集中力量、在运动中歼灭敌人的方法，4～6日，歼灭敌独立第6旅、69军，并乘胜攻占海安、东台等地。与此同时，八路军第5纵队由涟水南下，进占阜宁、益林、盐城等地，歼保安旅一部。此役，共歼敌1.1万余人。

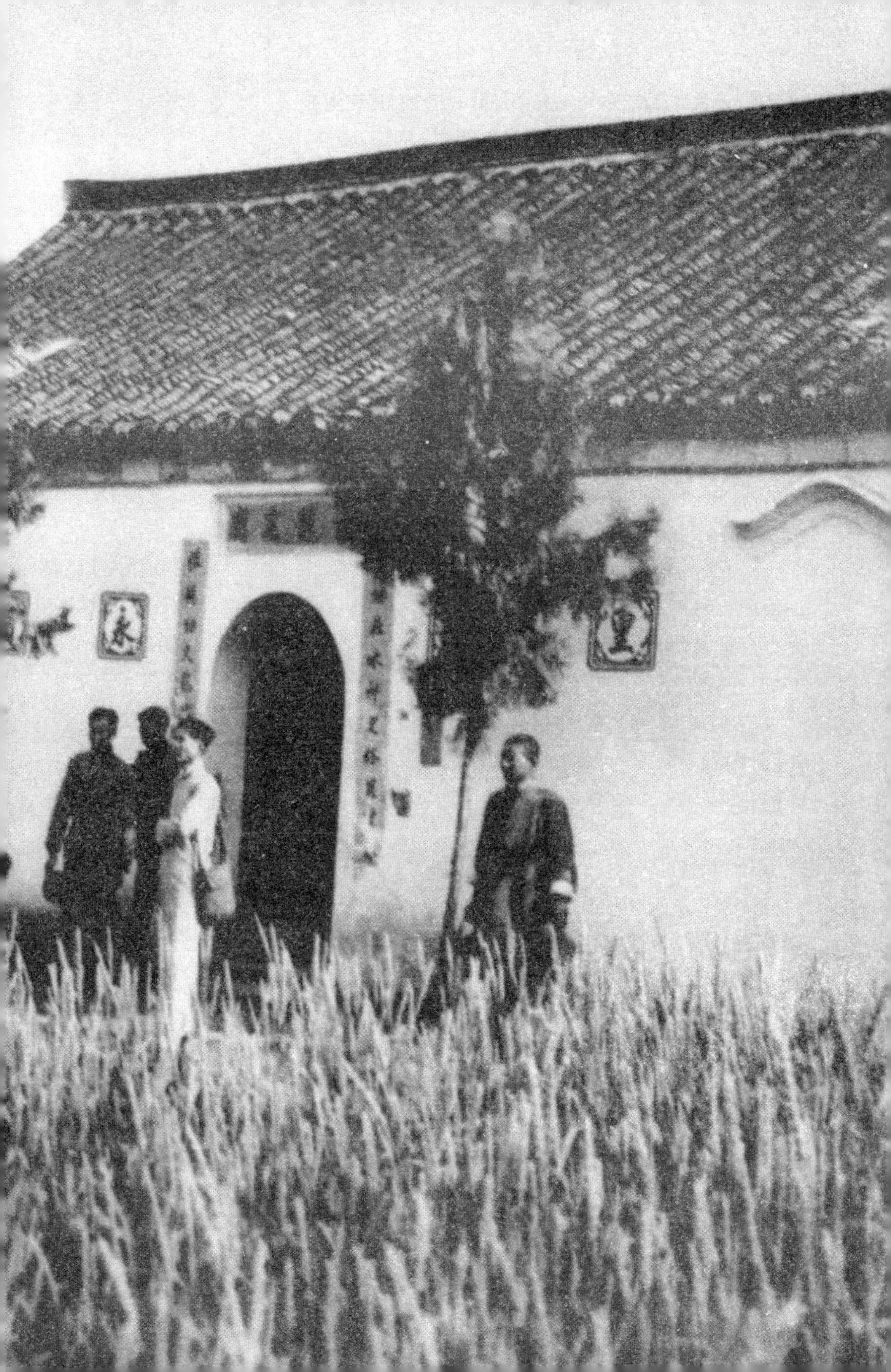

战七捷,在孟良崮战役中,与兄弟部队一起全歼国民党王牌军整编第74师。司令员陶勇,时年35岁,原名张道庸,安徽霍丘什集人。1929年参加红军,23岁时即任红军团长,参加了长征。据说,陶勇的名字还是陈毅、粟裕给改的呢。政治委员郭化若,39岁,福建福州人,我军著名兵法专家。1925年考入黄埔军校第四期,与林彪为同期。参加过北伐战争,曾在苏联莫斯科炮兵学校学习两年。红军时期,曾任红一方面军代参谋长,参加了长征。1939年11月,郭化若写出了4万多字的《孙子兵法初步研究》,是我军研究孙子兵法的开山之作。

碾庄圩东侧的大院上、小院上、王家庄(旺庄)、梁庄、火烧房子(火纸房)、三里庄、王家庄(杜庄)、鲁家楼、吴庄(宋家)、沙滩(沙墩)、李庄(学庄)、大兴庄、前阎子乔(前阎桥)地域,由国民党第64军固守,军长刘镇湘,下辖第156旅、第159旅,与在窑湾被我军歼灭的第63军同为粤系军部队。刘镇湘本人于本年春由156师师长升任军长。

在它的东北面对的是华野4纵一部。它的东面面对的是华野8纵。8纵司令员张仁初,政治委员王一平,参谋长陈宏,政治部主任李耀文。张仁初,时年39岁,湖北黄安(今红安)张家湾村人。1927年参加红军,红军团长,参加过长征。

碾庄圩南及西南的曹庄(小祁家)、新庄、徐开涯、张庄、邵庄(稍墩)、前板桥、后板桥、李庄、王庄、王家集、前黄滩、后黄滩、小曹庄地域,由敌第44军固守。该军军长王泽浚。该军原隶属第九"绥靖"区,下辖第150师、第162师。系川系军原刘湘集团的部队,刚刚由海州撤退到新安镇后归建第7兵团。

面对该军的是华野9纵。司令员聂凤智,政治委员刘浩天,政治部主任仲曦东,下辖第25师、第26师、第27师。该纵的最早前身为山东半岛昆仑山红军游击队。解放战争中在打莱芜、攻孟良崮、克周村、下潍县、参加济南战役中打过不少硬仗。司令员聂凤智,时年35

∧ 1946年7月8日，苏中七战七捷战役的指挥者——华中野战军司令员粟裕。

< 解放战争时期，时任华东野战军第6纵队政治委员的江渭清。

江渭清

湖南平江人。土地革命战争时期，任红16军7师中共总支书记、独立2师4团政治委员，中共平江中心县委书记等职。抗日战争时期，任新四军第1支队1团参谋长、副团长，新四军第6师18旅旅长，16旅政治委员，苏皖区党委书记等职。解放战争时期，任华中野战军、华东野战军第6纵队政治委员，第三野战军8兵团副政治委员兼政治部主任，中共南京市委副书记等职。

岁，湖北礼山（今大悟）人。1929年参加红军，1935年任红军团长、政委，参加了长征。

碾庄圩西南的贺台子（贺庄）、彭庄、大宋庄、后徐家（徐庄）地域由敌军第100军固守。军长周志道，辖第44师、第63师。该军为中央军嫡系部队，战役前夕由邱清泉第2兵团改隶第7兵团。

在他的西南面为华野6纵。司令员王必成，政治委员江渭清，副司令员皮定均，参谋长赵俊，政治部主任谢胜坤，下辖第16师、第17师、第18师。6纵的前身是红5团、红24师、红10军团、红3团、红9团、浙南红军挺进师。红军长征后，他们坚持了艰苦卓绝南方三年游击战争。抗日战争中，他们挺进江南敌后，首战韦岗，打破了"皇军不可战胜"的神话。侵华日军称这支部队为"老虎"部队。解放战争以来，他们率师作战莱芜，一个师歼俘敌2万余人。飞兵垛庄，合围孟良崮，击毙国民党王牌主力整编第74师中将师长张灵甫。在济南战役中，活捉敌兵团司令区寿年。司令员王必成，时年36岁，湖北麻城乘马岗小寨村人。1929年参加红军，1936年任红军副师长，参加了长征。解放战争中，从苏中、莱芜、孟良崮、豫东一路打了过来。

在敌西北侧则是华野13纵，司令员周志坚，政治委员廖海光，副政治委员兼政治部主任陈华堂，参谋长黎有章，下辖第37师、第38师、第39师。司令员周志坚，时年31岁，湖北礼山（今大悟）人。1929年参加红军，1936年任红军师长，参加了长征。

华野配属作战的是特种兵纵队。司令员兼政治委员陈锐霆，副政治委员刘述周，参谋长钟国楚、韩联生。陈锐霆，时年42岁，原在国民党部队任职，1936年秘密加入中国共产党，1941年在战场率部起义。解放战争初期，任新四军兼山东军区参谋处处长兼炮兵司令员。也是从宿北、鲁南、莱芜、孟良崮、豫东、济南一路打来的战将。

两军对垒，战列森森，鹿死谁手，未见分晓。

∧ 1948年6月至7月，在豫东战役中被我军俘虏的国民党军第7兵团中将司令区寿年（右）。

3."伤亡！我问的是伤亡！"

　　11月11日，突击集团各纵队向黄百韬兵团各军展开猛烈的攻击。第4纵队由北向南攻击碾庄圩以北小牙庄、尤家湖的第25军；第6纵队由西南向东北，第13纵队由西向东协同攻击彭庄、贺台子的第100军；第8纵队由东向西攻击碾庄圩以东大院上、吴庄的第64军；第9纵队由南向北攻击碾庄圩车站及其以南各村的第44军。
　　预定的计划是各纵队连续突击，速战速决，三五天内解决战斗。然而，初战却打得并不顺手。
　　从10日晚开始，8纵8个团在前后阎子桥、大小王家庄、唐家楼、火烧房子等10多个村庄，与守敌64军和44军一部展开了逐堡逐房逐村的争夺战。
　　这是一场砸烂硬核桃、虎口拔牙的硬仗。
　　11月12日，争夺唐家楼的战斗打响了。
　　防守唐家楼的是敌64军的精锐部队475团。担任攻击任务的是8纵22师65团和66团。
　　敌人的碉堡密布，火网密集。
　　一条条火舌从紧贴地皮的射击孔喷射出来。
　　我军战士艰难地匍匐前进着，子弹几乎是紧贴着地面平行飞过来，一名战士中弹牺牲，又一名战士中弹牺牲，他们牺牲前仍保持着匍匐前进的姿势。
　　敌人构筑的夹墙式工事更难对付，刚刚冲过去的战士，顷刻间被从背后射来的子弹击中，倒下了。
　　"就是刀山火海也要冲上去！"
　　"誓为牺牲的战士报仇！"
　　官兵们怀着满腔怒火、烈烈仇恨，一次次地和敌人反复争夺着，冲杀着。
　　66团政委李树桐像一位普通战士一样，一直冲在队伍的前面。突然，一颗子弹击中了他，他颓然倒下了。
　　伤亡重大，进展不力，一夜激战，仅攻下半个村庄。
　　急红了眼的指战员们稍微平静下来后，利用战斗间隙开展火线战评，总结经验教训。
　　"过去是敌逃我追，我占上风，在运动中歼灭敌人是我们的长项。现在敌人依托坚固工事与我对垒,仓促攻坚,又求战心切,是我们轻敌了。敌变我变,必须调整战法。"

"敌人工事坚固,易守难攻,地形对我不利。光斗勇还不行,必须斗智。"

调整建制,调整部署,坚决砸烂这颗硬核桃。

65团将两个营合编为一个营,由团长刘佐亲自指挥。

65团3连打得尤其惨烈,连长牺牲了,指导员牺牲了,副连长田胜美把全连还有战斗力的人员编成两个班,在一所房子与敌人展开了争夺战,打退了敌人的6次反扑,夺取了这所房子。战斗中,田胜美负伤,全连仅剩下4名战士。他带领这4名战士,冲进敌人顽抗的房子,展开肉搏,终于打垮了敌人。

三天三夜的顽强战斗,敌人475团大部和前来支援的7个班被我消灭。我军虽然占据了唐家楼,但是也付出了极重大的代价。

其余几个纵队打得也并不轻松。

各纵情况大致差不多,官兵勇猛顽强,冲杀坚决,守敌负隅顽抗,虽有进展,但代价确实不小。

6纵于11日、12日两日,以6个团的兵力,先后对碾庄圩东南、西南以西的大张庄(徐张庄)、王家集(王集)、王庄和后吕之敌发起猛攻,与敌逐村逐屋争夺。17师51团在攻打大张庄时,敌人凭借地堡顽抗,突击队前进受阻。紧急关头,8连战士张树才挺身而出,抢起炸药包,奋不顾身地扑向敌人,炸毁地堡,壮烈牺牲,为部队打开了通路。到13日晚,攻占了大张庄、王家集和王庄,守敌一部被歼,一部逃窜。

9纵担任由南面沿邵墩、火车站、碾庄圩方向实施主要突击。任务是:以25师在左,26师在右并肩攻击。首先突破敌防御,攻占徐开涯、新庄、前、后板桥等要点,控制铁路基。下一步,陆续扫清曹庄、李庄等碾庄圩南侧要点,尔后向兵团部突击。要求各部队于12日18时前完成准备。时间太紧,战斗准备相当仓促。26师展开后,干部还没有来得及看地形,部队体力还没有得到恢复就投入了战斗。

13日,9纵控制了铁路路基,铁路以北是一片开阔地。从铁路望去,碾庄圩清晰可见。突然,敌人的炮火向已经开始迫近作业的攻击部队倾泻下来。天空,敌机盘旋着扔下一串串炸弹,爆炸声连成一片。我军进攻的速度明显放慢了。

前进指挥部里,粟裕的心情并不轻松。北面,爆豆一样的枪炮

> 我军某部战士趁爆破的烟雾冲向敌阵地。

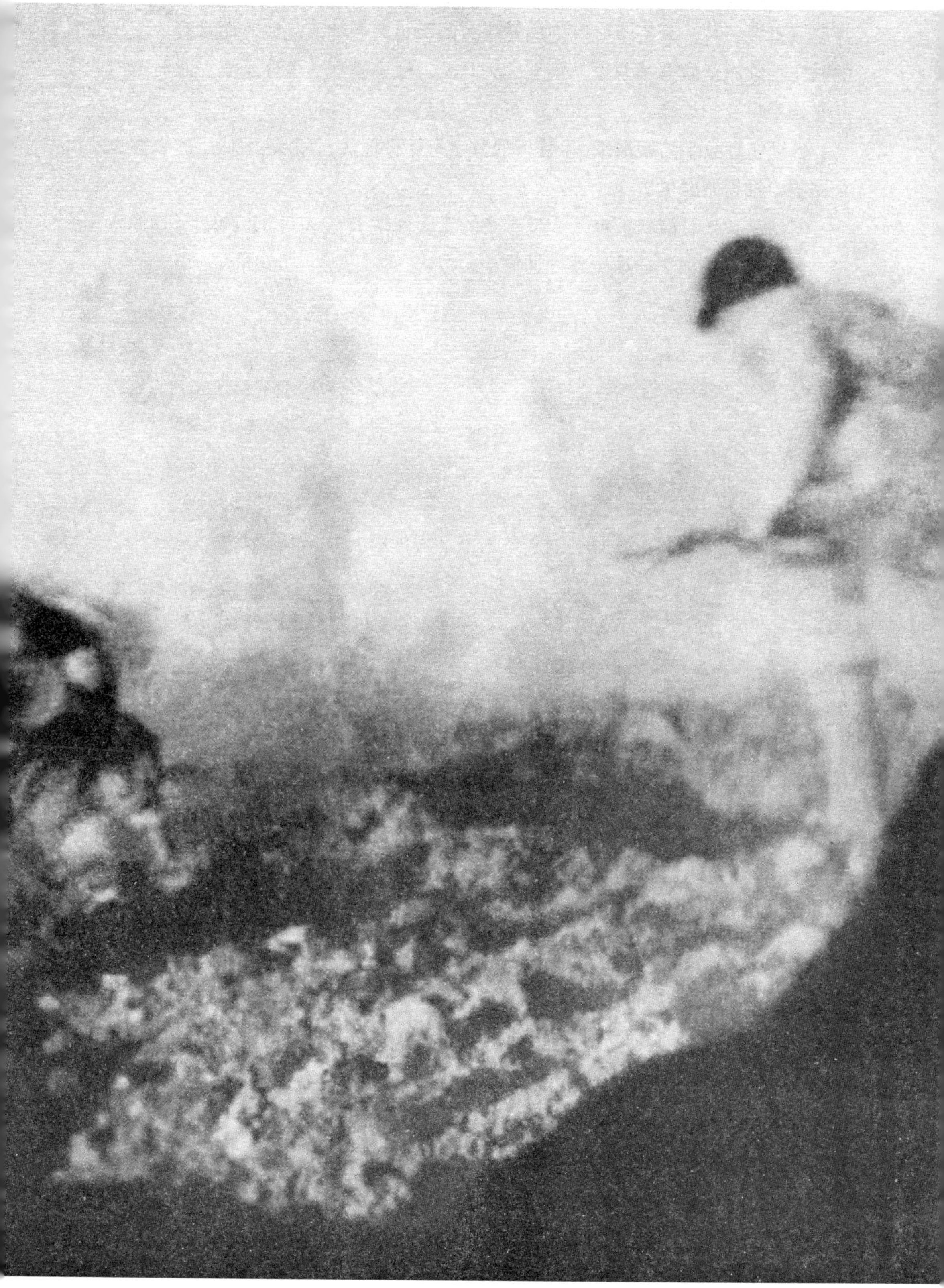

声整日不绝于耳,天空不时有国民党增援的飞机的轰鸣声。他时而紧盯地图,地图上的村庄,红旗蓝旗忽插忽拔,甚至一天几变。战事惨烈,争夺反复。时而出门,眺望几乎伸手可及的战场。

各纵伤亡数字陆续报来,尽管报的数字有不少埋伏,但就这埋伏了的数字也足以把粟裕的心抽得紧紧的。

副参谋长张震接到报告:"100米宽的正面就架了20多挺重机枪,子弹像泼豆子一样。我方战士英勇,一拨一拨地冲啊……"

< 陶勇,1955年被授予中将军衔。

陶 勇 ————————▼

安徽霍丘人。土地革命战争时期,任红4军第10师28团团长、红9军第27师81团团长等职。抗日战争时期,任新四军苏皖支队司令员、苏北指挥部第3纵队司令员、第1师3旅旅长兼苏中军区第4军分区司令员、苏浙军区第3纵队司令员兼政治委员等职。解放战争时期,任华中野战军第8纵队司令员兼政治委员、新四军第1师副师长、华东野战军第4纵队司令员、第三野战军23军军长等职。

粟裕接通了4纵司令员陶勇的电话:"陶勇啊,4纵伤亡情况怎么样?"

"部队情绪高涨,打得勇猛顽强,拿下碾庄圩,不成问题。"陶勇顾左右而言他。

"伤亡!我是问伤亡!"粟裕用生硬的口气重复问道。

"不到2,000人吧,不算严重!"

"骗鬼!如实报告!"粟裕发火了。

陶勇心情沉重地回答:"伤亡确实很严重,目前统计的数字是4,300多人。"

粟裕不再问了,不能全责怪他们呀。看来,必须立即调整战术,任务要完成,伤亡一定要减下来。再这样打下去,不是办法。

从11月11日至13日,整整三天过去了,进展仍然很缓慢,战况报告统计表明,我军攻占了20多个村庄，歼灭了敌第44军、第100军大部，第64军、第25军各一部，但是我们也付出了惨重的代价。

4. 胶着的战场

黄百韬被围，蒋介石心急如焚，在派飞机轰炸侦察的同时，他又是写信又是发电报，鼓励黄百韬顶住。

10月10日，蒋介石派飞机飞抵碾庄圩上空，空投了自己给黄百韬的亲笔信。

焕然司令弟勋鉴：

此次徐蚌会战，实为我革命成败国家存亡最大之关键，务希严令所部切实训导，同心一德，团结苦斗，期在必胜，完成重大使命，是为重要。顺颂戎祉。

中正手书

各军师长均此。

给第44军军长王泽浚的信是这样的：

泽浚军长：

此次徐州会战，关系党国存亡，只许成功，不许失败。地形、工事、兵力，我都优越，胜利在握。望激励将士，以尽全功。

王泽浚看了看，将信撕得粉粹，扔在地上，愤愤地说："这时才来叫乖乖有啥用？"

11月13日，蒋介石又电示黄百韬：

激励官兵，鼓起最后五分钟之精神，坚守待援。

徐州"剿总"的电话电报纷纷传向碾庄圩，一面鼓励黄百韬坚持战斗，一面称已派邱清泉、李弥两兵团并配有坦克车挺进解围。

13日，顾祝同乘飞机飞临碾庄圩上空，与黄百韬通话，说，委座倚望至殷，党国安危，在此一战。

每日，南京方面都把《中央日报》、《扫荡报》空投下来，两报第一版，赫然登载着黄百韬的半身像和蒋介石的嘉奖令，黄百韬被吹捧为"常胜将军"、"天军"。

为了使空、地协同更为密切，顾祝同特派了一个空军科长，驾机空投一座陆空通信电台到碾庄圩。因飞机发生故障，那位科长就随电台跳到碾庄圩。这犹如给黄百韬注入了一剂强心针。哪儿阵地吃紧，空军马上援助；空军一发现情况，可立刻告诉地面。

战场处于胶着状态。

顾祝同、刘峙被解放军一时的迟缓迷住了双眼，他们对外大吹大擂，到处宣扬碾庄圩大捷，说解放军"人海战术"也无济于事，不得不溃退，碾庄圩阵地前伏尸遍地，血流成河。

何应钦也拍案高叫："黄百韬真是英雄！"还要飞机送勋章给黄百韬。

对自己的处境，黄百韬自己最清楚。他是下了破釜沉舟的决心的。吃了铁秤砣的黄百韬，只有孤注一掷，一拼到底，拼完拉倒的份了。他给所属部队下了一道死命令：炮兵发射完全部炮弹，一发不留。所有部队，必须坚守阵地，战至最后一人一枪，否则军法从事。

决心归决心，效忠归效忠，现实归现实，黄百韬委实乐观不起来，他的面庞一日日地消瘦下去了，脸色也一天天憔悴下去了，只有48岁的他，突然像60多岁的人了。

14日，正在因我军伤亡重大，进展缓慢而焦心的粟裕他们，接到了中央军委的电报，明确要求目前数日内，必须集中精力，彻底解决黄兵团全部及宿蚌段上敌人。

电报指出：

我们很担心寒删（14日、15日）两日不能解决黄百韬，又担心阻击兵力不足或阻击不得力，邱、李能够靠拢黄匪。希望粟裕同志照元酉（13日17时至19时）计划，集中力量，首先解决黄25军、44军、100军，留下黄之兵团部及64军，吸引邱、李东进，然后以韦吉、谭王两集团，向邱、李东西合围，趁势猛击，歼其一部，构成徐州与邱、李间之阻绝阵地。同时，士渠指挥各部歼灭黄匪余部。只要此着成功，整个形势即有利于我。

电报中提到的元酉计划，指的是11月13日粟裕发给刘伯承、陈毅、邓小平、陈赓并报军委的电报。电报称：

因敌人密集，且筑有密集的地堡与掩蔽部，昨晚各部共歼该敌7个营，计算该敌已不足5个旅，决今晚集中4、6、13纵全部及9纵之一部歼灭碾庄圩正西及西南、西北地区之敌（25军在碾庄西北，100军之63师在正西，44军在西南），其兵团部（在碾庄）及64军则待寒立删晚再行解决，以及引诱邱（其先头已到苑山正西及西北西南地区）、李兵团东援而歼灭之。25、44及100军等部歼灭后，所余黄兵团及64军即由4、8、9纵负责彻底歼灭之。

邳县土山镇。华野前指指挥部。粟裕与华野参谋长陈士榘、副参谋长张震正紧张地谋划着下一步的打法。

"我们从运动中仓促转为村落攻坚战，对此从上到下研究不够，战法没有随着战斗样式的改变而改变，吃亏是必然的。"

"黄百韬固守碾庄后，有李弥兵团的原工事为依托，又加紧准备，形成了环形防御网络，加上敌人空中掩护，背水一战，必然顽强，我们对此也没有充分估计。轻敌，也是受挫的原因之一。"

"求战心切，求胜心切，战士们打得顽强，在这种情况下，不能不顾伤亡愣干，那就是盲目蛮干了。"

"立即召集主攻纵队领导开会，研究改进攻坚战法。"

是日晚，担任主攻集团的4纵、6纵、8纵、9纵、13纵和特种兵纵队首长齐集土山镇指挥所。

粟裕开宗明义：

"黄百韬被我围在了狭小的地域内，作困兽斗。从这几天的情况看，进展缓慢，毛主席、军委着急，我和大家一样着急。但是，我们必须认真总结经验教训，调整部署，改变战术，才有稳操胜券的可能。"

会议一直开到后半夜才结束。会议决定：

由山东兵团政治委员谭震林、副司令员王建安统一指挥围歼战，采取"先打弱敌，后打强敌，攻其首脑，乱其部署"的战法，充分发扬我军善于近战夜战的优势，利用夜色掩护，将交通壕挖到敌前沿阵地，大胆插入各村落之间，逐点争夺，逐个歼灭。将特纵及各纵重型火炮80门，集中编成3个炮兵群，支援攻歼黄兵团。

先打弱敌。南面的第44军，西面的第100军，战斗力最弱，士气低落。决定从这两个方向突破，直插纵深，把敌人的防御阵地割裂开来，尔后围歼兵团部和战斗力较强的第25军、第64军。

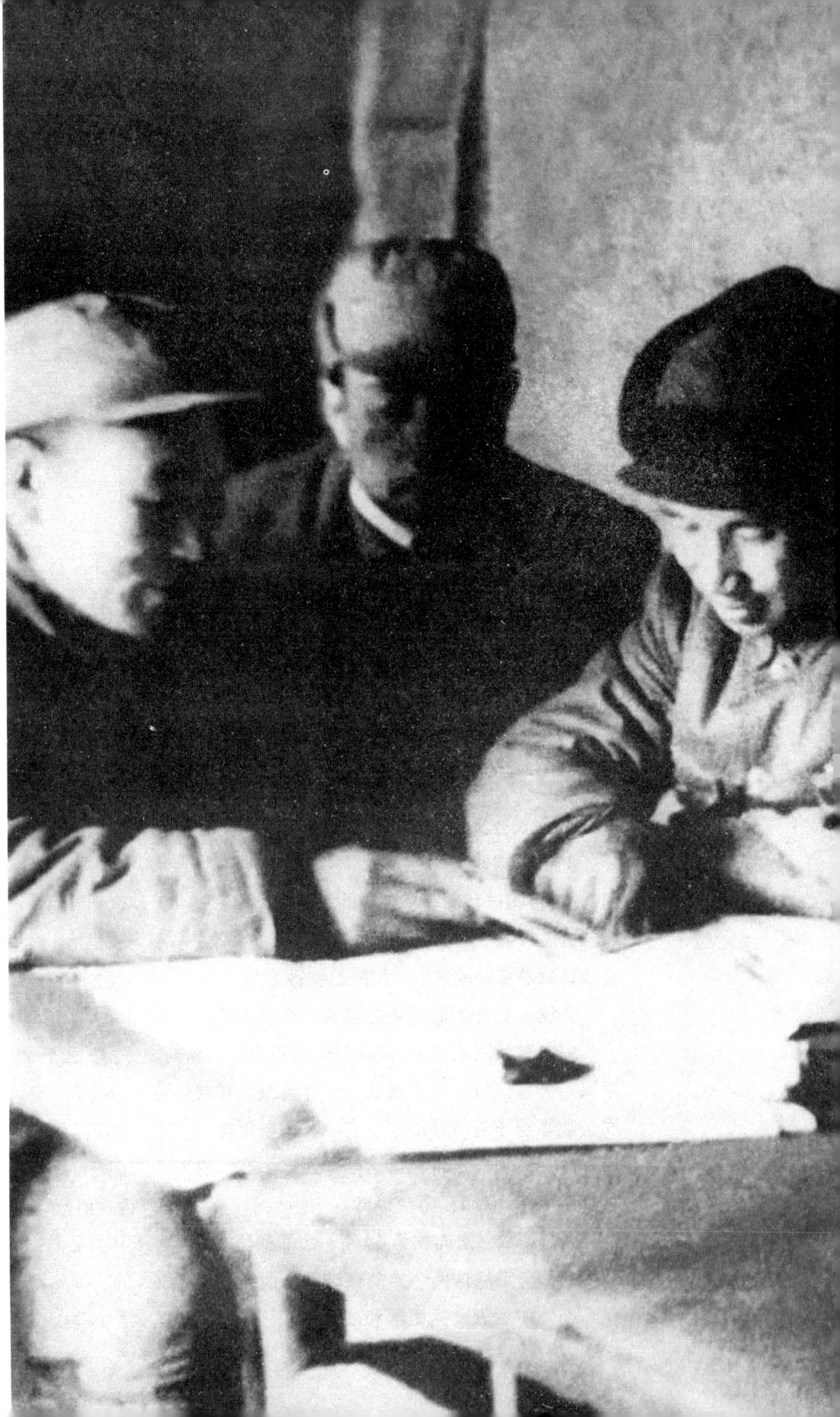

∧ 华野副司令员粟裕（左三）与参谋长陈士榘（左五）、副参谋长张震（左四）在前指听取淮海前线的情况汇报。

具体部署是：

第8纵队以一部担任佯攻，监视碾庄圩以东大小院上、三里庄一线的敌第64军；主力沿大小院上以南以西，碾庄圩南门以东，由东南向西北攻击碾庄圩，协同第9、第4纵队解决碾庄圩之敌。战斗中如第64军增援碾庄圩，则坚决歼灭该军于碾庄圩以东地区。

第9纵队沿曹庄南门以西、矢槀子以东，由南向北攻击碾庄圩，协同第8、第4纵队解决碾庄圩之敌。

第4纵队攻占大小牙庄之后，以有力一部积极配合第8、第9纵队由西北向东南，由西向东攻击碾庄圩，并切断尤家湖、倪庄敌人之退路。如第25军向碾庄圩增援或收缩，则坚决将该军歼灭于碾庄圩以北、西北地区。

第13纵队于总攻前肃清前黄滩之敌，尔后主力集结碾庄圩以西，景墩、大胡家场、李集地区，担任预备队，准备坚决截击由碾庄圩向西、西南突围之敌，或准备从第4纵队突破口投入纵深战斗，协同第4、第8、第9纵队最后歼灭黄兵团。

第6纵队于总攻前肃清后黄滩、矢槀子之敌，尔后集结于碾庄圩西南曹八集地带，担任预备队，准备截击可能由碾庄圩向南、向东南、向西南突围之敌，或准备从第9纵队突破口加入纵深战斗，协同第4、第8、第9纵队最后歼灭黄兵团。

从15日凌晨开始，各纵队便开始按照调整后的部署，调整兵力，组织火力，并加紧了阵前迫近作业，向敌前沿阵地延伸交通壕、堑壕。

枪炮声沉寂了，只有急速挖战壕的身影向敌阵前慢慢蠕动、延伸。就像一场音乐会的一个段落结束后短暂的停顿，它预示着更加华彩的乐章即将到来。

碾庄圩的夜空中，久违的月亮，此时慢慢升起来了。

战争宽银幕

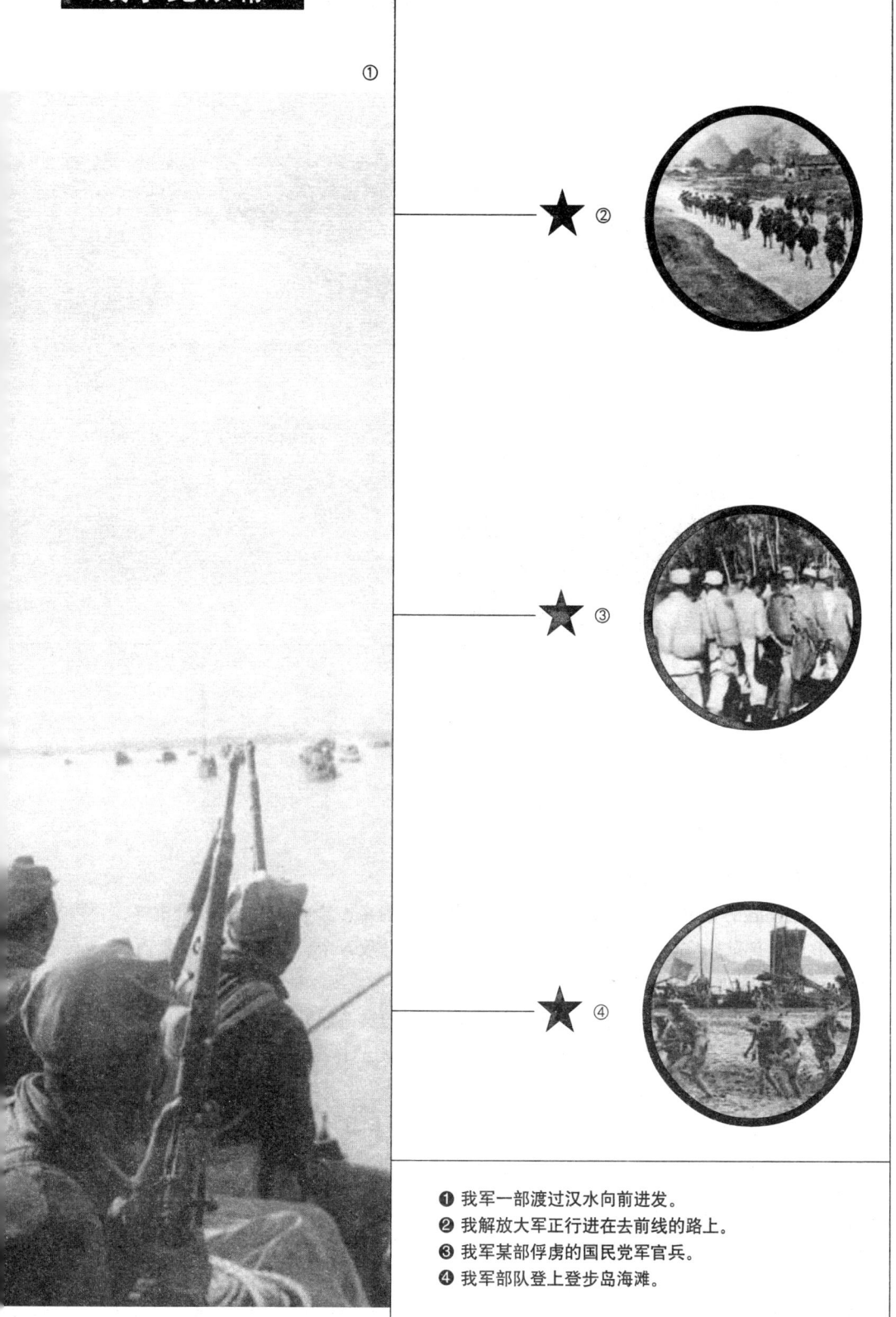

① 我军一部渡过汉水向前进发。
② 我解放大军正行进在去前线的路上。
③ 我军某部俘虏的国民党军官兵。
④ 我军部队登上登步岛海滩。

[亲历者的回忆]

张 震
（时任华东野战军副参谋长）

歼灭黄百韬兵团，是淮海战役的第一个大仗。

此役获胜的关键，在于能否阻止徐州东援的邱清泉、李弥两兵团……

我阻援部队坚守阵地，挡住敌人的连续进攻，歼敌万余，击毁坦克30余辆，10天内敌人前进不到20公里。

我进至徐州南郊的部队，于潘塘地区向邱兵团的翼侧展开猛攻，并袭击徐州机场，会同正面阻援部队，有力地保障了攻歼黄兵团的作战。

我突击集团从四面八方猛攻黄兵团。

由于我在运动中仓促转入攻击，未及查明李弥兵团在碾庄圩地区构筑工事的情况，加上该地区村落多水塘、水沟，利于防守，我进展较慢。

——摘自：张震《华东野战军在淮海战役中的作战行动》

李汉萍
（时任国民党第 2 兵团参谋长）

　　（11月）11日徐州"剿总"决定以第 2 兵团和第 13 兵团展开于林佟山东贺村以南北之线向东攻击，以解碾庄圩之围。

　　11日上午 8 时左右，邱清泉匆匆从由徐州到九里山兵团司令部，和我作了一般情况研究……当时只剩下第 5 军与第 7 军两个军的兵力，可用之于攻击。同时，邱清泉一方面因怕轮到自己，不敢打，一方面和黄百韬矛盾重重，不愿打，但蒋介石的命令綦严，又不能不打。因此，在作战指导上大费踌躇，迟迟不能决定。

　　由于邱清泉当时对解放军有一个固定不移的看法，就是认定解放军不打硬仗，不打持久战，如果 10 天消灭不了敌人，就会自动撤退。（于是他采取了行动缓慢，但能稳扎猛打的作战指导方案），以保存自己的实力，又应付了蒋介石的命令，只要黄百韬能支持 10 天，第 2 兵团能够顶得住，解放军一撤退，自己就算大功告成。

　　　　　　　——摘自：李汉萍《邱清泉第 2 兵团覆没记》

第七章

揪其尾截其腰

∧ 解放战争时期的刘伯承。

白崇禧企图阻止中原野战军东进；刘伯承、陈毅将计就计，来个调虎离山。黄维、张淦集团如同两头蠢笨的牛，被中原野战军牵着鼻子，苦苦跋涉于豫西山区的崇山峻岭之中。蒋介石企图"南北对进，打通徐蚌"；陈毅、邓小平巧布兵阵，形成关门打狗之势。蒋介石急令黄维东进，加入徐州作战；我军顽强阻击。黄维不仅没能救成黄百韬，自己反而一步步钻进我军布置好的口袋阵里。

1. 拖住白崇禧

对于如何对付麇集于陇海路的国民党军，刘伯承曾有一个著名而形象的说法，那就是"挟其额，揪其尾，截其腰，置之死地而后已"。

简单些说，所谓挟其额，就是由粟裕率领的华东野战军挟刘峙集团黄百韬兵团于徐州东部地区；所谓揪其尾，就是由刘伯承、邓子恢、李达等在豫西指挥中原野战军第2、第6纵队和桐柏、江汉军区部队拖住武汉白崇禧集团的黄维、张淦兵团，使其不能抽兵东援，保障华野顺利进行围歼黄百韬兵团的作战；所谓截其腰，就是由陈毅、邓小平指挥中原野战军截断敌人南京至徐州之间的惟一陆路补给线——津浦路，使敌交通断绝，陷刘峙集团于孤立地位。

在我军筹划淮海战役之际，注意力集中在东北战场的蒋介石，根本没有估计到南线人民解放军有一鼓作气聚歼徐州国民党军的能力，他的如意算盘是：刘峙利用陇海路阻止华东野战军南下，取守势；白崇禧则取攻势，阻止中原野战军东进。

置身于战役指挥第一线的刘伯承，对战局形势了然于胸，对蒋介石的伎俩一看便知，他更加成竹在胸了：蒋介石打的是糊涂仗，完全是被动应付嘛。那就来个将计就计。以少数兵力牵住白崇禧的主力，尽量将它拉向豫西山区，使其不能东顾，增援徐州，以减轻华东野战军的压力。

一个称职的战役指挥员，不仅要对自己所面对的局部有清晰的、透彻的了解，而且要对整个战局有透彻的了解，才能保证在大局下行动。刘伯承就是这样的指挥员。

在粟裕提出进行淮海战役的第二天，在中原军区驻地河南省方城县独树镇，刘伯承便同陈毅、李达、陈赓、陈锡联等，专门分析研究了当前形势。

面对地图，他条分缕析，丝丝相扣："济南攻克，华北已放开手脚大打。年内，东北及华北的问题大致可以解决了。10月至11月，华东野战军也可以放手大打喽。当此之时，我们中原野战军的任务是什么呢？我们同西北区仍处在钳制地位。粟裕那边的战役胜利完成后，我们也可以放手大打了。到那时，形势将发生大变。看来，蒋委员长在8月30日的话是说对了，他说：'今后三个月如不能在长江黄河间打开一局面，则非垮不可！'我们所要对付的敌人是武汉白崇禧集团的第12兵团、第3兵团和第14兵团。"

趋势是"放手大打"，地位是"钳制"。在我军高级将领中，刘伯承以善于谋划、顾全大局、任劳任怨、勇于主动承担艰巨困难任务而著称，他最痛恨的是那种"你来我不击，腰来腿不来"的不顾大局的行为。基于此，他才以大无畏的胆略，率刘邓大军千里跃进大别山，直插敌后，在中原打开了局面，他才能说出"就算中野打没了，其他野战军也能完成解放全中国"这样的话来。

现在，他就是要中原野战军"牵制西面，保障东面"，最大限度地把敌人吸引到自己的周围，给华东野战军创造歼敌的有利条件。

拖住白崇禧！

刘伯承、陈毅、李达命令：

第2纵队及桐柏、江汉军区主力在平汉路武胜关南发起攻击，采取耗散敌人的方针，牵制第12兵团和第3兵团，防止其突然东调徐淮地区；主力第1、3、4、6、9纵等，在方城、叶县地区集结休整，以静观其战局发展。

我军在平汉路南段的积极破袭，激怒了白崇禧。此时，华东野战军正在鲁南休整，鄂豫地区只有中原野战军在作战。白崇禧转怒为喜，以为大捞一把的机会到了。10月上旬，他集结了黄维第12兵团和张淦的第3兵团，浩浩荡荡，杀气腾腾地向豫西扑来，企图寻找中原野战军主力决战。

鱼已上钩，正中下怀。刘伯承立即和陈毅、李达等采取"南北分兵，拖散敌人，寻机歼敌"的方针，以第6纵队加入钳制部队，与第2纵队及桐柏、江汉军区主力，陕南第12旅等，伪装成主力，且战且走，把张淦兵团拉入大洪山地区，把黄维兵团抑留于桐柏山区。

10月9日，刘伯承向中共中央军委报告：

白崇禧发现我军一部南下，令整编48师138旅接防确山，而整编85师回防广水。令杨干才对襄阳、宜城采取活动守备。拟调整编20、28师作机动使用。令王凌云以一个旅守南阳，其余部队归黄维指挥。……以上说明敌人正调整部署，着重在徐州会战，防我进攻。

孙元良已准备东开，黄维兵团亦能于徐州战地呈现危机时东进。故白崇禧亦在计划掌握大的机动兵力，以应付变化。

敌变我变。刘伯承下令：第2纵队及桐柏、江汉军区部队从10月13日起对平汉路武汉、信阳段继续发动攻击，并寻歼整编第58师、20师等分散之敌，求得调动白崇禧部队回援武汉，钳制其主力。

中野主力北上攻击郑州、开封之敌，刘伯承一再电令第2、6纵队和桐柏、江汉军区部队继续大造声势，伪装主力迷惑敌人。要求第2纵队等部"拦住张淦兵团向西，特别是向南最为有利，而拉向南又以江汉、鄂豫两地大肆活动有利"；要求第6纵队等部"将黄维兵团引向西去始于大局有利，因此须以强有力的侦察并指挥豫西地方武装主动接敌游袭，主力则在师冈、厚坡地带待机，准备适时移淅川、内乡间。"

刘伯承的调虎离山计果然奏效。白崇禧见中原野战军攻势突然增强，以为刘伯承犯了分兵之忌，给了他用重兵围歼的可乘之机，严令张淦、黄维"穷追到底"。

郑州解放当天，刘伯承、邓子恢、李达就摆脱白崇禧集团包围，抑留张淦、黄维兵团的部署，报告中央军委：

我们已令2纵、桐柏、江汉主力于20日夜转移至随县以南之尚家店、古城畈、三阳店地区，拟南下钟祥地区，寻歼弱敌，以拉张淦向南；令6纵于21日夜转移新野西南之新店、桓铺南北地区，捕歼向邓县地区之25军部队，目的是抑黄维在西。

10月22日13时，中央军委电示华野：

目前极好的形势是白部黄、张两兵团被我2、6、10纵吸引到桐柏山区，在相当长时间内不可能回头进到黄泛区，威胁东北面我军之行动，有利于我陈邓在攻郑胜利后，以一部或大部或全部向东行动，协同3、广两纵，不但牵制孙、刘全部，而且可能牵制邱、李一部。

敌人随着中央军委和刘伯承的指挥棒，分路向随县、枣阳、桐柏地区进犯。我中野28旅随同2纵进到随县以南地区，配合江汉军区部队于10月25日攻克应城、安陆，歼敌28军军部等4,000余人，副军长顾心衡被俘，张淦兵团被吸引在了大洪山地区。与此同时，我

∨ 1948年我军粉碎了国民党军向桐柏山地区的进攻后,某部正在召开军民祝捷大会。

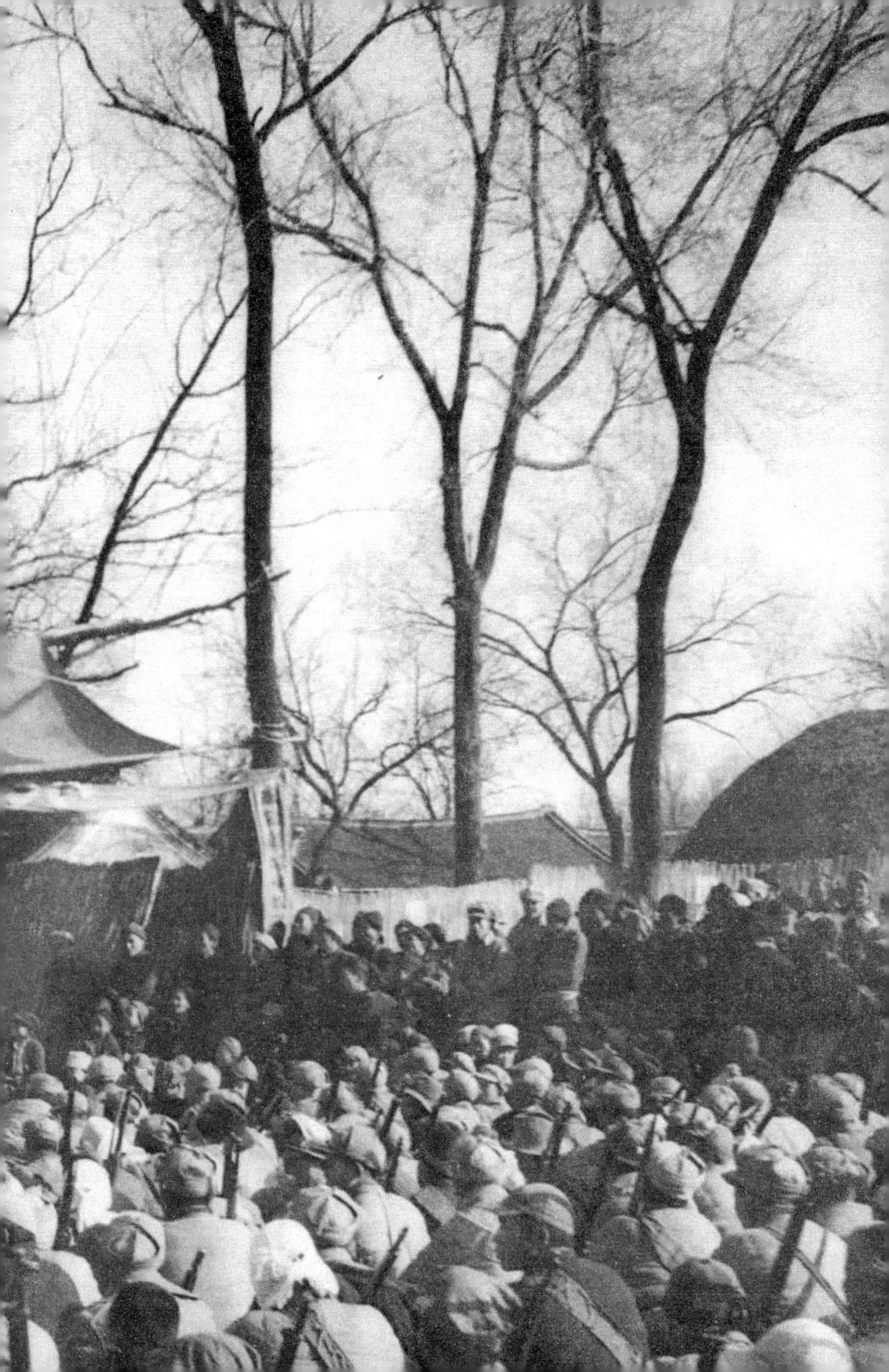

> 1948年7月,邓小平与陈毅在河南宝丰会议期间交谈。

鄂豫、桐柏军力和民兵,破击平汉路南段,威胁武汉;我6纵、陕南12旅围攻在南阳以南下薛集的敌20军134师,黄维兵团被拖在了桐柏山区。

就这样,白崇禧集团的主力张淦、黄维两个兵团,前者向西深入到大洪山,一个向西深入到伏牛山,在崇山峻岭中苦苦跋涉,离开交通线越来越远。敌人的机械化兵团,顿时如牛负重,行动缓慢。蒋介石10月24日令黄维兵团进至周家口地区机动。黄维兵团哪里有那么快的应变能力呢?到了10月底,他们才向平汉线上集结,开始由确山东进。此时,距淮海战役打响也没有几天时间了。

2. 首战张公店

1948年10月20日,不久前从西柏坡回到河南宝丰皂角村的邓小平同陈毅一道,乘车出发,当晚赶往禹县县城,直接指挥郑州战役。10月22日晚,郑州战役胜利结束。陈毅、邓小平非常高兴,星夜乘车由禹县出发,夜半时分赶至郑州。从发起总攻到拿下全城,用了不到30小时的时间,真是痛快。陈毅、邓小平急切地享受胜利喜悦的心情可想而知。

郑州大同路原国民党郑州"绥靖"公署内,灯火彻夜未熄。

其实,对他们来说,享受胜利的喜悦倒在其次,更重的任务、更大的仗在等着他们。

就在郑州战役开始不久,10月22日子时,中央军委指示陈毅、邓小平:为了保障我华野全军在淮海战役中完全胜利,请你们准备着,在攻克郑州休息数日后,迅速全军东进,相机攻占开封。或者不打开封,直出徐蚌线。不但钳制孙元良、刘汝明,并且钳制邱、李两兵团各一部。同日13时,中央军委在部署围歼黄百韬兵团的同时,指示中原野战军在郑州战役结束后,以主力于邱、李两兵团

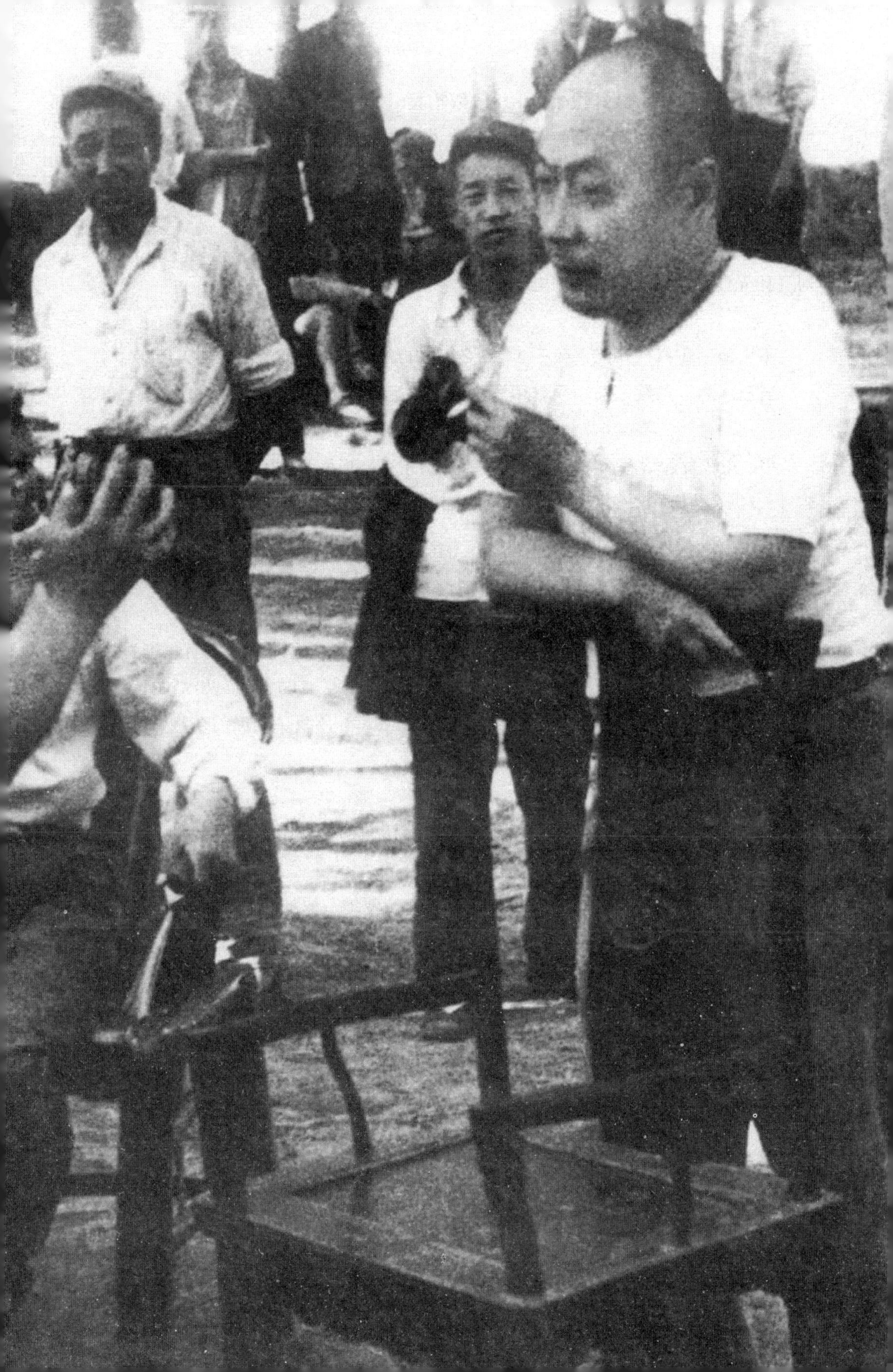

大量东援之际，举行徐蚌作战，相机攻取宿县、蚌县（即蚌埠县），坚决彻底干净全部地破毁津浦路，使敌交通断绝，陷刘峙全军于孤立地位。

当夜亥时，陈毅、邓小平复电军委：

如开封之敌东逃，则遵养子（10月22日子时）电出商丘，或直出徐蚌，钳制孙、刘（孙元良、刘汝明），协同华野作战。

不出他们所料，开封之敌于11月24日弃城而逃，开封再次回到人民手中。

当日午时，陈毅、邓小平就中野主力东进后的行动，向中央军委提出三个方案：

甲、东线发起战斗后，乘邱（清泉）兵团东进，而黄维兵团又较远离时，我集中1、3、4、9纵及华野了、广两纵抓住孙元良而歼击之，此着好处，歼孙元良兵团一两个师把握较大，亦可能遗留邱兵团一部。

乙、如孙元良兵团不好打，则以6日行程佳灰（9、10日）左右进至徐蚌线，实行军委原定任务。

丙、我进至商丘地区时，如黄维兵团3个师孤军东进（即张淦没有尾进），亦属歼击该敌一两个师之良机，但其缺点是协同东线困难，只能以3、广两纵拉孙元良。

无论哪个方案，我们位于商丘西南均机动。如邱、孙两兵团提前东进，我即提前尾其东进，执行第二方案。

接到陈毅、邓小平的电报，25日3时，毛泽东回电作出指示：

你们不要去开封，也不要去商丘附近。应从现地，取捷径，至蒙城集中，休息数日。然后，直取蚌埠，并准备渡淮南进，占领蚌浦段铁路。以你们4个纵队11个旅（只留9纵一个旅守郑州，秦基伟率9纵主力跟进），控制淮河以南、长江以北，淮河铁路以东、运河以西广大地区，吸引敌人来攻。你们则忽集忽分，机动对敌，准备在该区坚持两三个月。此着为敌人所不料。敌为防我渡江，从徐州附近分兵南压，亦有可能从白崇禧系统调兵向东。我华野则可能于两个月内，歼灭刘峙系统55个师的1/3左右，即18个师左右，取得大胜。如敌人重兵对你们，则你们可用暂时分散作战的方法，将全军（12个旅）分散配置于江（长江）、淮（淮河）、巢（巢湖）、运（运河）之间躲过其压力，以待华野南下。请你们考虑此案是否可行。最后决定，可待你们至蒙城以后。如那时认为此策不便，则执行徐蚌作战方案。如那时孙元良好打，亦可向北打孙元良。如黄维跟踪东进，亦可回头打黄维。蒙城是机动地带，可东、可西、可南、可北。在你们到达蒙城以前，敌人亦不知道你们究竟要打哪一点。

当天下午17时，陈毅、邓小平回电中央军委：

我们意见以力求歼击孙元良为第一着，如不好打，则向宿蚌来进攻。挺进淮南，非到万分必要以不采取为好，因为该地区狭小、滨湖，山地则缺粮缺水，大兵团很难机动，同时对部队情况亦不合适。现在鞋、袜、棉裤、帽子、绑带尚未补齐，财政上毫无准备及辎重不能携带。

根据战场实际情况，直截了当地提出自己的意见，这就是陈毅、邓小平的性格。这同粟裕三番五次提出与中央军委不同的意见如出一辙。有点"抗上"的味道？有点！这需要勇气，更需要对战场形势真切的了解与对全国战略格局的深刻洞悉。

10月26日、27日，毛泽东两次致电华野和中野，同意陈毅、邓小平的建议，即中原野战军主力不出淮南，而由郑州地区东进至徐蚌线以西地区。不过，毛泽东的电报极为艺术，26日电报的内容只一句：

同意你们有申（10月25日）电以十天行程于戌支（11月4日）集结永城、亳州、涡阳中间地点的部署。

27日的电报则似特意提及：

陈邓率11个旅戌支进至涡阳、永城、亳州三县中间地区，争取打孙元良并威胁徐、蚌，对于你们作战当然会起很大的配合作用。

不用多言，此时的将帅之间，其默契已到心领神会的地步！
敌人的部署也在不断调整中。
11月1日，孙元良的两个军已到永城、宿县地区，陈毅、邓小平判断，刘汝明也有放弃商邱的可能，邱清泉兵团可能移至徐州附近。为此，他们向中央军委提出三个方案。第二方案是：

如邱兵团已缩到徐州附近，刘汝明在砀山、黄口地区，孙兵团在宿县南北，我则以三、广两纵及赵健民部割断徐州与刘汝明联系，并积极由西向东攻击徐州。我以一个纵队以上兵力攻占宿县、徐州中间地区，并由南向北攻击徐州，主力位于铁路两侧，吸引孙兵团北援所部歼灭之。

留在豫西宝丰皂角村的刘伯承、邓子恢、李达在部署拖住黄维、张淦兵团的同时，也把目光投向津浦线上的徐州宿县段。

11月3日，刘伯承、邓子恢、李达致电军委和陈毅、邓小平：

蒋匪重兵守徐州，其补给线只一津浦路，怕我截断，故令孙元良兵团至宿县（今江日已全到），邱清泉、刘汝明两敌亦有如陈邓所料之趋势。只要不是重大不利之变化，陈邓主力似应力求首先截断徐宿间铁路，造成隔断孙兵团，合攻徐州之形势，亦即从我军会战重点之西南要线斩断敌人中枢方法收效极大。盖如此，则不仅孙兵团可能北援，便于我在运动中给以歼击，即邱兵团亦可能被迫南顾，减轻其东援之压力，对整个战役帮助较大。请陈邓切实考虑，机断行事。

接电当天，陈毅、邓小平正在河南拓城西北的刘楼，于深夜进入安徽亳县。

两天后，军委、毛主席致电陈毅、邓小平，提出两个方案。

第一方案：你们到永城后不停留继续东进，完成对宿县的包围，然后看情况，好打则攻歼之，如敌援甚快不好打，则打援敌。……不论怎样，你们以一部位于北面阻援，以主力打西南两面援敌是有利的，但亦有可能西南两面都不敢来援，仅有北面来援。如此则应打北面援敌。

第二方案：以一部破徐蚌路，以主力打蒙城，得手后大破宿蚌路。以上何者为宜，望酌复。

此时，华中野战军主力已进入商丘东南地区。

蒋介石发现我中原野战军主力向徐州附近机动，惊恐万分。根据国防部"徐州会战"的部署，敌人决定放弃商丘以西防区，将孙元良的16兵团和刘汝明的第四"绥靖"区部队东调，以增强徐州、蚌埠地区，紧缩防线，确保徐州的安全。

∧ 抗战时期的刘伯承与邓小平。

11月5日，当我华野主力进至商丘地区时，发现刘汝明的部队仍停留在商丘和马牧集地区。

机不可失，时不再来。

陈毅、邓小平当即决定，举行汴（开封）徐（州）段作战，改主力东进为就地向北，先打刘汝明，同时调动邱清泉兵团增援。中央军委同意了他们的部署。

此时，华野第1、第3、第4纵队已经进至永城西北、亳县东部地区，第9纵队也即将进至商丘东南地区。

11月6日，淮海战役正式打响，华东野战军正以排山倒海之势开始了围歼黄百韬兵团的战斗。

11月7日，华中野战军第1、第3、第4纵队和华东野战军第3纵队、两广纵队和冀鲁豫军区部队，向刘汝明部队发起进攻。

中野1纵在司令员杨勇、政委苏振华、参谋长潘焱等的率领下，兵分两路，迅速向马牧集、张公店进击。

张公店位于陇海路上，商丘以东。敌第55军第181师于6日刚刚由商丘撤退至此，立足未稳，下属2个主力团、1个炮兵营、1个搜索营，共5,600余人，师长由敌第四"绥靖"区副司令长官米文和兼任。此时的任务是掩护第四"绥靖"区主力东撤。我第1纵队与敌181师曾多次交锋过，彼此对对手的脾性还是心中有数的。别看它此时因为主力已经撤离，已成了惊弓之鸟，士气低落，但毕竟是善于阵地防御，善于做工事，善于组织火力坚守、实施反冲击，有一定战斗力的部队，是不能等闲视之的。

将敌人分割包围，各个歼灭！

决心甫定，各旅迅速行动。到7日下午，1纵和华野3纵部队，对敌181师形成分割包围的态势。

在华野3纵、中野3纵、9纵等部的配合下，7日下午开始攻击，8日11时发起总攻。炮声震天，烟雾弥漫，敌人人喊马嘶，乱成一团。战至8日下午17时，战斗结束，师长米文和、参谋长董汝桂等4,000余人束手就擒，毙敌1,300余人。

这是淮海战役发起后第一个迅速歼灭敌人的胜仗，新华社发表消息："淮海地区战役开始，全歼商邱逃敌一个师。"

3. 截断徐蚌线

淮海枪声一起，徐州东线吃紧，蒋介石调兵遣将，增援黄百韬。华野报告军委：刘峙集团有放弃徐州，实行总退却的迹象。毛泽东立即于11月10日凌晨3时致电陈毅、邓小平：

你们应集中全力（包括3、广两纵）攻取宿县，歼灭孙元良，控制徐蚌段，断敌退路，愈快愈好，至要至盼。对刘汝明部不要理他。

这一天，刘伯承率中原野战军司令部由豫西赶至永城以北，同陈毅、邓小平会合。军情紧急，不容拖拉，56岁的刘伯承不顾旅途劳顿，立即同陈毅、邓小平共同研究迅速攻取宿县，截断徐蚌间敌人联系的问题，制定了徐蚌线作战计划，并报中央军委批准。

部署是：

以第3纵队和第9纵队一部攻取宿县；

第4纵队和华东野战军第3纵队、两广纵队，沿津浦线宿县、徐州段向东向北攻击，

钳制邱清泉、李弥兵团东援黄百韬；

第9纵队及豫皖苏独立旅沿津浦线固镇、蚌埠段向南推进，阻击李延年、刘汝明兵团北援；

第1纵队为预备队。

11月12日晚开始行动。

部署完毕，已经是晚上了，第1纵队司令员杨勇、第3纵队司令员陈锡联、第4纵队司令员陈赓、第9纵队司令员秦基伟齐聚临涣集文昌宫作战室。

邓小平对大家说：

"此次中原野战军4个纵队宽正面扑向津浦线，夺取宿县，控制徐州、蚌埠段，对直接配合华野歼灭黄百韬兵团，对防止徐州敌重兵集团南逃，特别是对阻击由平汉线确山东进急援徐州之敌黄维兵团，都有重大意义。我们占领了宿县城，控制了徐蚌两侧广大地区，就有了战场，就可以腾出手来，对付黄维兵团。"

他提高嗓门，继续说：

"淮海战役关系到中国革命的进程，必须全力以赴，不惜一切代价，坚决大胆地去夺取战役的胜利。在淮海战场上，只要歼灭敌人南线主力，中野就是打光了，全国各路解放军还可以取得全国胜利，这个代价是值得的！"

刘伯承和邓小平这对黄金搭档，在勇于牺牲自己，顾全大局作战风格上，有着惊人的相似之处。

临别前，陈毅大声吟诵了明世宗嘉靖皇帝《送毛伯温》名篇，为虎将们壮行色：

大将南征胆气豪，腰横秋水雁翎刀。
风吹鼍鼓山河动，电闪旌旗日月高。
天上麒麟原有种，穴中蝼蚁岂能逃。
太平待诏归来日，朕与先生解战袍。

响鼓重槌。第3纵队司令员陈锡联连夜回到了驻地西二铺，当即召集各旅领导，部署战斗。

陈锡联说："宿县设防坚固，守敌有1.3万余人。我们呢？有6

个团 1.6 万余人。这的确是块硬骨头。中野首长把打淮海战役第一仗的任务交给我们,这是对我们的极大信任。上上下下憋着一股劲,我们有决心打好这一仗,为人民立新功。"

作战部署很快就确定下来了:

8 旅从东、北面包围宿县,占领东关、北关和宿县火车站,扫清外围据点,并破坏符离集至宿县间的铁路,尔后为纵队的预备队。

7 旅担任东门主攻。

9 旅从西、南面包围宿县,切断宿县至固镇间铁路,从西南攻城。

9 纵 27 旅 80 团为攻西城的预备队。

3 纵决心不惜一切代价,力争 3 日内完成任务。

中野首长适时将 1 纵和 9 纵的炮兵营配属给 3 纵。

是夜,大雨滂沱,踏着冰冷的泥水,我 3 纵勇士如雨中蛟龙,直扑宿县。

陈毅打电话给陈锡联:"部队行动越快越好,这一仗关系重大,只准打赢,不准失败!"

两军对垒勇者胜!陈锡联深深地意识到,同徐州"剿总"这个蒋介石最大的战略集团进行决战,首先拼的就是决心和勇气!

兵贵神速。

从 12 日开始,9 旅占西关、攻南关、击东关出犯之敌,于 13 日拂晓完成了对西、南面的包围。同时,8 旅一部向东关搜索前进,一部在北关佯动,主力直奔九孔桥,炸毁桥梁,击退由徐州开来的满载敌军的一列火车和宿县开出的铁甲列车,13 日拂晓完成了对东、北面的包围,中午又夹击了企图由东关入城的敌军一部,尔后扫除城东外围据点,13 日晚占领敌兵营。7 旅配合 1 纵完成了张公店战斗后,兼程东进,于 14 日拂晓赶到宿县,立即投入战斗。

我军直取宿县,完全出于刘峙、杜聿明的预料之外。惶恐不安的刘峙于得知消息后的 13 日 17 时电示刘汝明:宿县系重要补给基地,但守备兵力薄弱,势难久守,而徐州东部大战正惨烈进行,除由徐州方面派兵"向南策应作战外,希速派队北进增援为要"。

刘汝明当然不敢不执行,但是,他自己的手脚想动就能动得了吗?

陈锡联进攻的节奏却越来越快。

> 阎红彦，1955年被授予上将军衔。

阎红彦

陕西子长人。土地革命战争时期，任中国工农红军晋西游击大队大队长，西北抗日反帝同盟军支队长，陕甘游击队总指挥，红30军军长等职。抗日战争时期，任八路军留守兵团警备第3团团长，警备第1旅政治委员等职。解放战争时期，任晋冀鲁豫野战军第3纵队副司令员，第二野战军第3兵团副政治委员兼政治部主任等职。

在营以上干部会上，阎红彦副政委发出了响亮的号召：

全力以赴，用打好仗的实际行动为中野争光！为3纵争光！
在徐州战场上为人民立新功！
严守战场纪律，坚决执行城市纪律，原封不动，负责看管，交代清楚，秋毫无犯，争取军政双赢！

14日下午，陈锡联带各旅领导到前沿视察。宿县古城尽收眼底。
宿县，这颗津浦路上的钉子，此刻也正处于风雨飘摇之中。

179

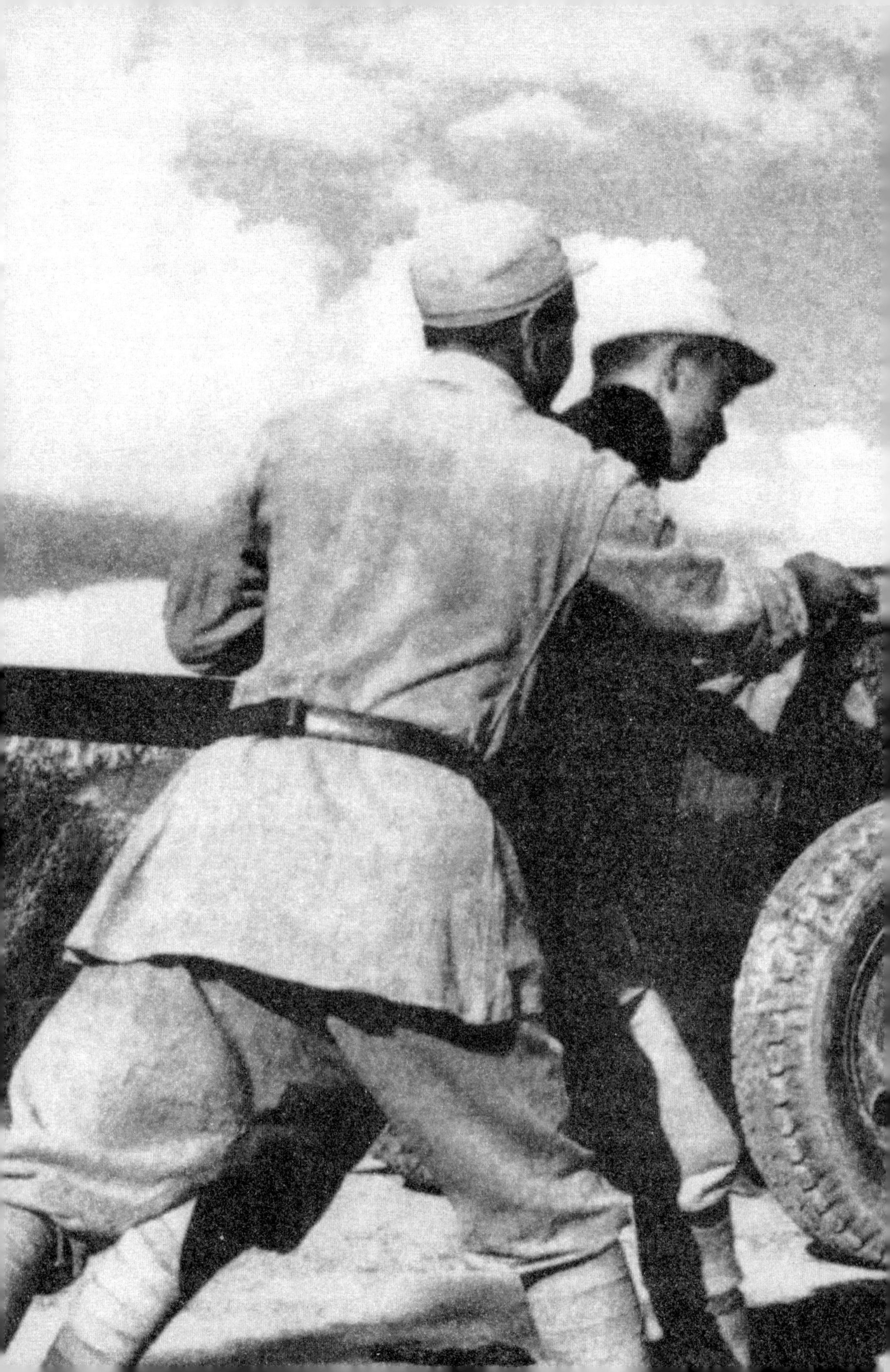

＜我军炮兵在战前擦拭榴弹炮。

古城宿县，人称"南徐州"，北距徐州75公里，南距蚌埠90公里，据南北交通要冲，自古皆为兵家必争之地。这里是刘峙集团的后方补给基地，积存了大量武器、弹药、被服、装备等军用物资。此前，这里的铁路线上，敌人的铁甲列车来回巡逻，军用列车络绎不绝，一批批敌机凌空而过。淮海开战，敌徐州东线吃紧，海上交通已断绝，这里变成了与蒋介石大本营联系的惟一通道了。

经过敌人多年经营的宿县城，深固高垒，城墙高厚，工事坚固，有宽约10米、深可没顶的护城河环绕全城，易守难攻。城有四关，东关有日寇修筑的兵营，占地方圆1.5公里，号称"小东京"，兵营连接火车站，构成外围据点。城墙上筑有多层暗堡。城内的街道上，路障、地堡遍设，与各驻守要点配套，构成一个个既能独立作战又能以火力互相支援的支撑点。敌人在各要点和主要通道上，配置有10多辆装甲车，既可掩护步兵冲击，又可固守要点，阻止我军前进。

宿县守敌为第25军148师，交警第16总队、第2总队第3大队、陆军第6支队、装甲第7营。

14日晚上，我军的炮火发出了怒吼，7旅、8旅由城东发起进攻。

敌人也不示弱，火炮先行，6辆坦克开道，步兵跟进，向我扑来。见我22团主力从侧翼向纵深发展，疯狂的敌

火　炮 ────────────────── ▲ ─

口径在20毫米以上，用火药的爆发力发射弹丸的重火器的通称。火炮射程远，威力大，是歼灭压制敌有生力量的重要兵器。中国古代"炮"的含义为发石机，史载出现于公元前5世纪。公元7世纪中国发明火药后，逐渐开始用即抛射火药弹。现代常用的火炮有迫击炮、榴弹炮、加农炮、加农榴弹炮、反坦克炮、无坐力炮、火箭炮和高射炮等。

人发射了大量燃烧弹,顷刻间,1,400多间民房陷入火海。

7旅两个营的兵力扑向火海,抢救人民的生命财产;其余部队直扑城下。

城墙上,桥头堡里,敌人的机枪疯狂怒吼着,企图封锁东关大街和护城河,两辆装甲车横在桥上,枪管、炮管火焰喷吐。

我爆破小组迅速接敌,没等敌人反应过来,地堡已经飞上了天,装甲车掉头仓皇而逃。

15日凌晨4时,宿县四关被我全部攻占。

总攻前夕,临战动员反复进行,挑战应战声此起彼伏。战斗情绪只能用三个字来形容:嗷嗷叫。

"徐州决战立功最光荣!"

"谁英雄谁好汉,到城头上见!"

工兵部队

工程兵中担负野战工程保障任务的部队。通常编有工兵旅、工兵团等,并装备有野战工程机械、地雷爆破器材、桥梁渡河器材等。其主要任务是:担任大型国防工程的构筑;构筑和维护指挥所的工事;构筑和抢修主要道路;开辟急造军路和架设桥梁;构筑、设置和排除障碍物;实施破坏作业;对其他兵种实施的工程作业和人防工程作业进行技术指导。早在1927年南昌起义的部队中就有了工兵营,并在作战中担负工程保障任务。

此时,政治攻势也不甘落后,一个个话筒面向敌营,一发发宣传弹飞向敌阵:"只有放下武器,立即投降才有生路。"

11月15日17时,总攻开始。在半个小时的火力准备中,一条条火龙准确地射向目标,打得城墙、城门砖石乱飞,地动城摇,敌阵一片浓烟火海。

城墙太坚固了,工兵连续4次爆破均未奏效。"上大家伙!"50公斤的大炸药包一声巨响,小东门被炸开一个缺口。19团突击部队迅速冲向突破口,与城墙上的敌人展开激战。

19团突破东门,21团紧随其后,向东大街南、北发展。

敌人在多辆装甲车的掩护下,以密集的队形向小东门疯狂反扑,妄图堵塞我军的突破口。

"坚决堵住敌人!"

手榴弹爆炸声密集的枪声响成一片。抵近的战士与敌人展开白刃格斗。敌人纷纷倒地,一次又一次的反扑被我击退。

8旅适时跟进，投入战斗，23团从城东北角攻入城内，与敌人展开激烈的巷战，天主堂、电报局、医院等地均被我占领。残敌退守高房、地堡顽抗。

担任西门主攻的25团在我炮火急袭时，强行架桥。从城门两侧隐蔽的暗堡中，敌人的火舌封锁着我前进道路。架桥组一批倒下，又一批冲上去了。

"火箭筒，摧毁敌暗堡！"敌人的枪声哑了。

工兵连续爆破，将城墙炸开一个斜坡缺口。

"冲啊！"弥漫的硝烟中，突击队飞速越过刚刚架好的桥梁，越过铁丝网，冲上城头，打退了敌人。

西城门内，我突入的部队遭到来自三面敌人的反扑。战斗异常

国民党津浦铁路交警护路司令部副司令张绩武

湖北罗田人。国民党陆军中将。早年曾参加北伐军。后入黄埔军校第七期学习。毕业后在国民党军第13军89师265旅担任连、营长等职。抗日战争初期，在265旅参谋长任上参加南口抗战，因功升任团长。抗日战争胜利后，任国民党津浦铁路交警护路司令部副司令。在淮海战役第一阶段中，于安徽宿县地区被人民解放军俘虏。

激烈，有的连队干部全部伤亡，战士们自动组织抵抗。有的连队仅剩下二三十人，他们就跟其他连队冲杀。血肉横飞，弹雨交织，杀声震天，夜空被战火染得通红。

23时，我攻城部队在城中心十字街口胜利会师。

此前，敌148师师部已被我解决。

敌津浦路中将护路司令官兼宿县最高指挥官张绩武及其司令部300余人，困守在城西南角的福音堂顽抗。在我攻击道路上，有4辆装甲车封锁。

16日凌晨2时，我在劝降无效后，发起攻击。山炮连续击中福音堂钟楼，工兵炸毁装甲车1辆，其余3辆掉头逃窜，掉入沟内，被我缴获，正好为我所用，向福音堂顽敌射击。

慌不择路的张绩武带着两个中队向南门逃跑，被我军兜头截住。

敌人顺势钻进附近两个院子。我乘势冲入，俘敌40，余敌反扑，被我手榴弹噎回。

"缴枪不杀！"

满脸抹了锅灰，诡称自己是商丘兵营管理所中尉书记、名为方兮的张绩武，同两个中队150人，乖乖当了俘虏。

预计三天的战斗，两天就解决了。看来，陈锡联还是留有余地的。

与此同时，中野4纵和华野第3、两广纵队攻占宿县以北的夹沟，追歼由宿县北撤的孙元良兵团第41军军部及所属第122师，俘敌3,000余人，在三堡地区歼敌第三"绥靖"区残部第37师4,000余人；豫皖苏独立旅、分区两个团及豫西两个团，占领固镇，威逼蚌埠，破击了曹村至固镇间铁路100公里，控制了沿线两侧广大地区。

津浦铁路徐州以南、蚌埠以北段，完全被我控制，蒋介石"南北对进，打通徐蚌"的企图彻底破产，关门打狗的态势已经形成。

4. 黄维陷入泥潭

被我军拖在伏牛山区的黄维兵团，此时正在如牛负重，艰难跋涉。用第12兵团第18军军长杨伯涛的话，就是："往返奔波，雨雪载途，人马俱感疲惫。特别是快速纵队以道路不良，机械和燃料损耗甚大，都极需休养整顿。但处在人民解放军对蒋介石展开的全面攻势下，不可能得到喘息机会。"

这话是杨伯涛后来在回忆文章中讲的，当然可以斟酌词句。杨伯涛讲对了一半，我军的攻势是不让黄维喘息，蒋介石、白崇禧也不让黄维喘息。黄维不仅要挨解放军的板子，还得受蒋介石和白崇禧的夹缝气。这不，白崇禧让他"扫荡"中原解放区，把中原野战军拖在豫西山区，转而，蒋介石又令他向徐蚌地区开进。一个向西，一个向东，南辕北辙嘛！

黄维应该懂得，拖人者亦被人拖，被人拖住后又想脱手，那可就难了。

11月5日，正在河南确山、驻马店地区补充休整的黄维，接到蒋介石急如星火的命令："不得以任何借口迟延行动"，3日内即向徐蚌地区开进。

黄维执行命令是坚决的，不过不是3日内，而是3日后的11月8日才开始出发，行动路线是：经正阳、新蔡、阜阳、蒙城、宿县向徐州东进。

黄维的步伐怎么也赶不上蒋介石、刘峙的急切心情。

蒋介石电令黄维：

徐州会战业已开始，情况至为紧急。黄兵团应兼程急进，务期于13日前到达指定地点（太和、阜阳）。

刘峙也毫不客气，要黄维"努力排除万难，迅速向宿县推进，俾此次徐州会战趋于有利，是为至要。"

不过，黄维的动向早就在毛泽东、中共中央军委以及在前线的刘伯承等人的掌握之中，我人民解放军已抢在他们前面出动了。

早在11月1日，毛泽东便要求中原野战军一部尾黄维东进。同日和次日，刘伯承、邓子恢、李达两次就牵制黄维兵团的作战部署报告中央军委。2日20时，毛泽东再次致电刘伯承、邓子恢、李达，要求他们拖阻黄维兵团东进。

遵照中共中央军委的指示，刘伯承立即令第6纵队实行尾追，第2纵队协助第6纵队拖住黄维兵团。

刘伯承指示："此次配合徐州方面之主作战，不仅关系中原战局之转变，即对推动全国战略形势之发展，争取早日打倒国民党亦属重要之关键，因此需动员全体指战员服从整体利益，不惜任何疲劳，不怕任何困难、消耗与牺牲，采取一切有效办法来截击、阻击东进之黄维兵团，迟滞其运动时间，以协助主作战达到胜利。为此，2纵应计算行程在6日黄昏以前赶到息县；6纵计算行程在6日夜赶到沙河店，并争取先敌于8日赶到上蔡、汝南间，对敌右侧适时阻击、腰击，利用诸河流方向阻敌也须注意。"

喘息未定的黄维为了争取时间，亲率第18军、快速纵队及兵团司令部为右纵队，由确山出发，经正阳、新蔡指向阜阳；以第10军、14军为左纵队，由驻马店出发，经汝南、项城、临泉指向阜阳；以第85军附第18军后调师第49师为第2梯团，于广水集结迅速东运确山，按照兵团部的行动路线东进。他的企图是，速渡洪河、颍河，直达蒙城地区。

他还是慢了刘伯承一步。第2纵队11月2日接到刘伯承要他们由花园以东的大别山地区经宣化店等地向北急进的命令，先头部队于6日赶到息县，敌人弃城而逃。第6纵队冒雨日夜兼程，经方城、漯河、周口店向涡阳、蒙城急进。豫皖苏军区地方武装和第1纵队第20旅也积极破坏道路、桥梁，作阻击准备。

就在黄维接到蒋介石立即向徐蚌地区开进的同一天，部署已定的刘伯承率随行人

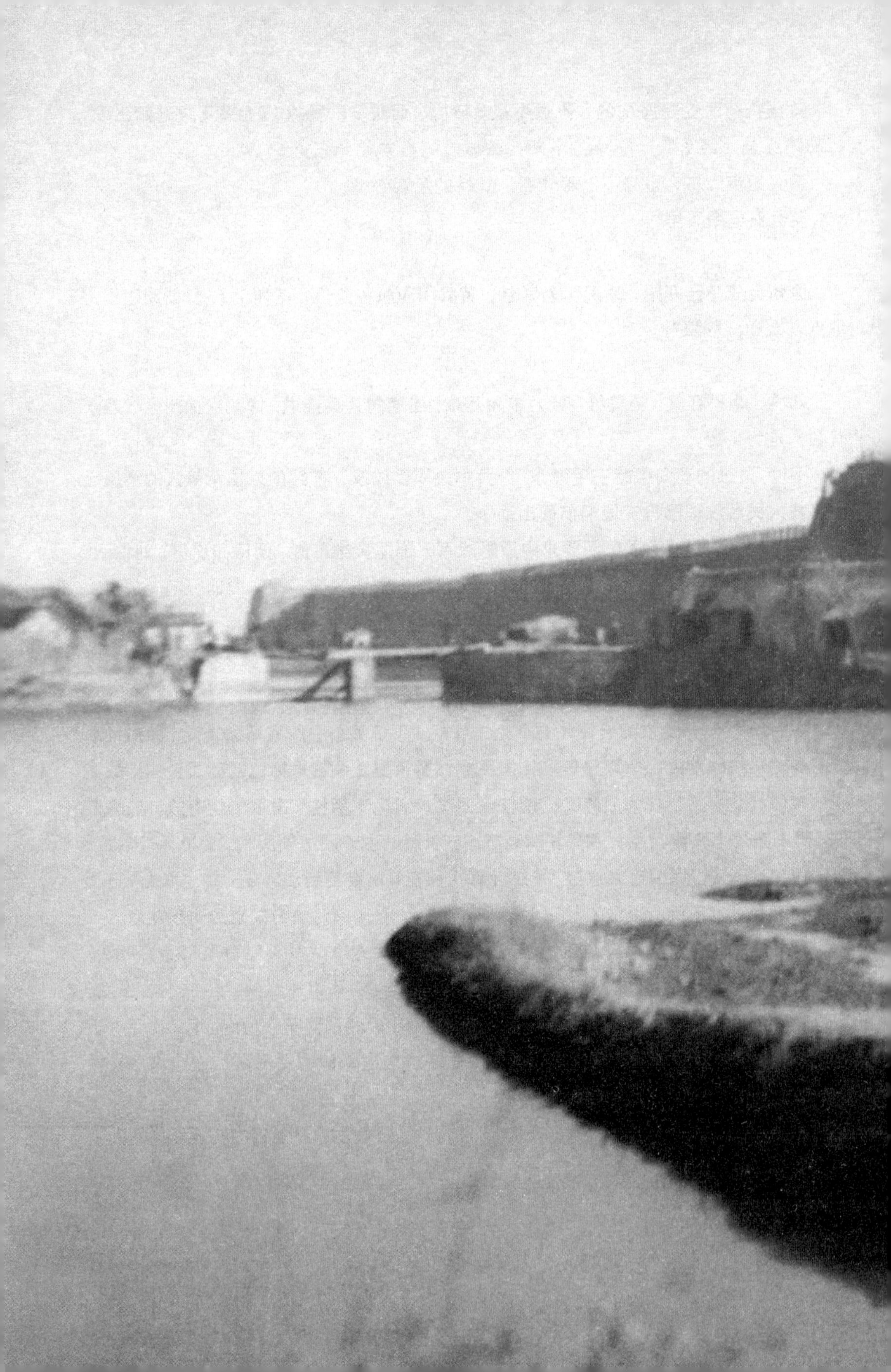

▽ 被我军占领的宿县城一角。

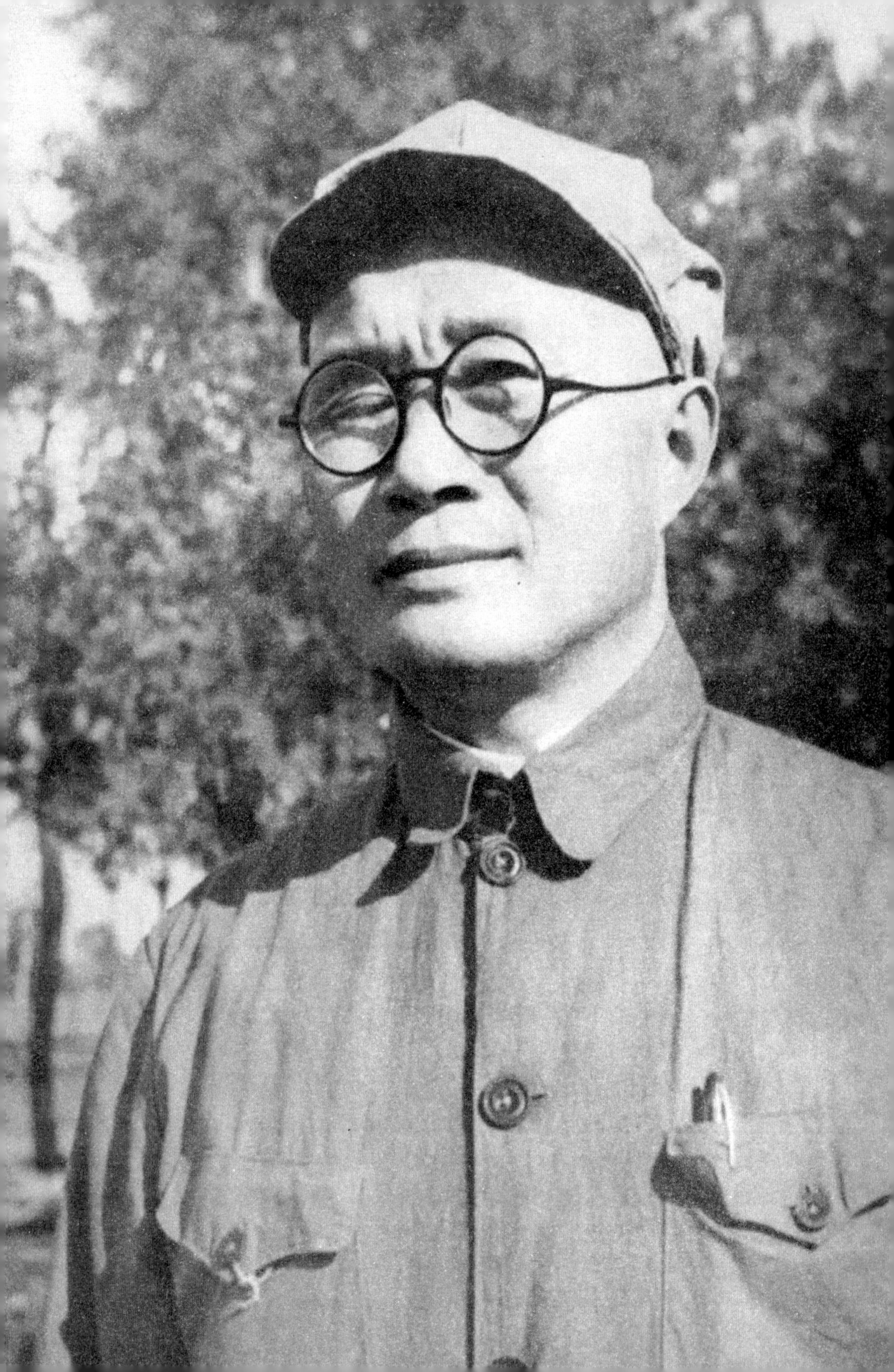

员,携电台二部,分乘一辆美式小吉普和一辆美式大卡车,从中原军区驻地宝丰皂角村出发了。经黄泛区,过开封,于10日赶到中原野战军前方指挥部,与陈毅、邓小平会合了。

11月13日,中央军委两次电示刘伯承、陈毅、邓小平,阻止黄维兵团向亳县、涡阳、永城前进,指出:

使我所担心的是黄维的十个师,14日可到太、阜,估计15日休息一天,16日即可由太、阜向亳县、涡阳、永城前进,策应邱李之突围。"要求中原野战军第2、第6纵队要不分昼夜、不怕疲劳、日夜兼程,务必于14日,至迟于15日,赶到太、阜黄维的前头,由正面阻击黄维向亳、涡、永前进,'不得误事'。要求中共豫皖苏分局立即动员一切可用武装力量,在太和、阜阳、亳州、涡阳、永城中间地区",迅速破坏黄维通路上的桥梁道路,迟滞黄兵团行动。

刘伯承、陈毅、邓小平当即部署:

中野第2、第6纵队,陕南第12旅刘金轩部共4万余人,于16、17日集结亳县以南阻击;

豫皖苏分局迅速动员地方武装配合第1纵队第2旅,彻底破坏黄维兵团开进途中的道路、桥梁、渡口,并依托河流等天然障碍,进行连续的阻击、袭扰。

黄维兵团从驻马店、确山、阜阳等地到蒙城,路途近千里,中间有南汝河、洪河、颖河、西淝河、涡河、北淝河、浍河等河障。沿途在我中原野战军、地方武装和民兵的阻击、侧击、袭扰下,桥梁被毁,行动受阻,走走停停,绕弯迂回,12万人马行如蜗牛,有时一天走不了10公里。一路损兵折将,丢盔弃甲,到11月14日,兵团主力才到达阜阳地区,距蒋介石限定13日到达的时间整整晚了一天,而快速纵队及辎重部队还在几百里以西的上蔡以西地区。18日,黄维的主力到达涡河南岸蒙城以西地区,立即遭到早已部署好的中野1纵、2纵、6纵的顽强阻击。到黄百韬兵团被全歼时,正向宿县前进的黄维兵团被我中原野战军阻在于浍河南岸的南坪集地区,距徐州还有100多公里。别说救黄百韬了,他自己也已经钻进了刘伯承、陈毅、邓小平等布置好的口袋阵里了。

< 素有"儒帅"之称的刘伯承。

战争宽银幕

❶ 我军快速破坏铁路。

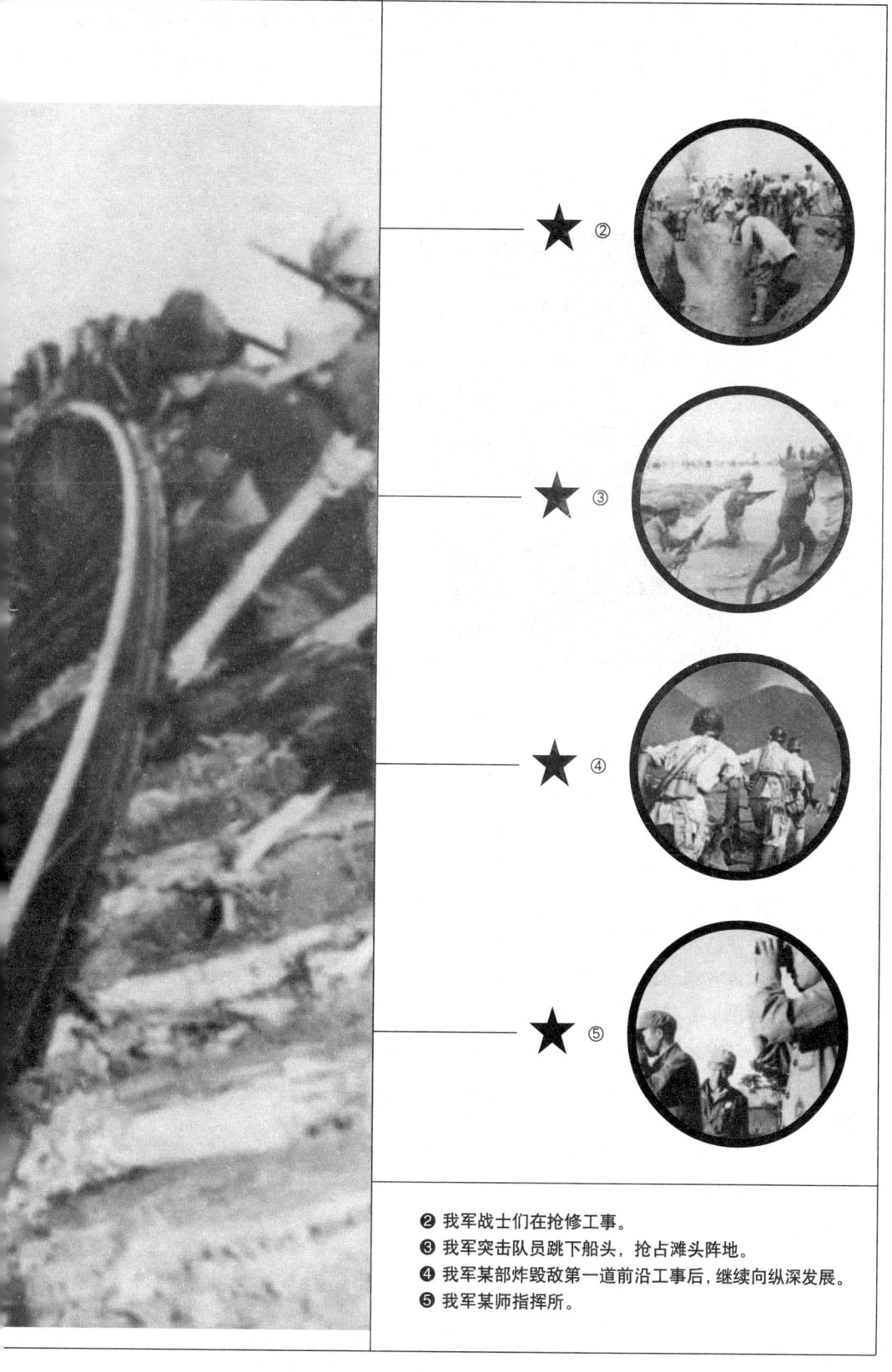

❷ 我军战士们在抢修工事。
❸ 我军突击队员跳下船头,抢占滩头阵地。
❹ 我军某部炸毁敌第一道前沿工事后,继续向纵深发展。
❺ 我军某师指挥所。

[亲历者的回忆]

陈锡联
（时任中原野战军第3纵队司令员）

攻占宿县、截断徐蚌，斩断了蒋介石大本营与其徐州集团的联系，摧毁了敌陆上唯一的补给线，吸引了徐州之敌南顾，减轻了东援的压力，有力地配合了华野主力围歼黄百韬兵团的作战；使麇集徐州的刘峙集团处于孤立无援的境地，形成我军又一次"关门打狗"的有利态势，既可防止徐州敌之南逃，又可构成宽厚正面，抗击蚌埠之敌北援，不仅可粉碎敌"南北对进，打通徐蚌"的企图，而且形成了淮海决战的格局，使敌首尾不能相顾，为尔后我各个歼敌创造了非常有利的战役态势。

我控制了以宿县为中心徐蚌两侧广大地区，也为战役第二阶段聚歼远道而来、孤军深入的黄维兵团，准备了广阔的战场。

——摘自：陈锡联：《截断徐蚌线 会战双堆集》

★★★★★

刘明辉

（时任中原野战军第2纵队第4旅政治委员）

10月上旬，白崇禧到信阳，令张淦、黄维兵团约20万人，大举向豫西进攻，企图寻找中原野战军主力决战……

为更有效地牵制黄维兵团，特别是阻滞敌第85军北上，10月底，2纵担任破袭花园至王家店段铁路的任务。我旅以2个团先歼灭王家店之守敌，然后以一部破击王家店以北铁路，并向广水方向警戒，阻击可能由广水方向来援之敌，以掩护2纵之侧翼安全；另一个团位于王家店以东地区，保证前进路口，并破坏了王家店至魏家店段铁路。

31日，我旅第12、11团攻歼王家店车站、南华寺、中华寺之敌，并破坏铁路9公里、桥梁8座。至此，我军胜利完成了吸引和牵制黄维、张淦两兵团的任务。

——摘自：《刘明辉回忆录》

第八章

待援、打援

∧ 时任中共淮海战役总前委委员、山东兵团政治委员的谭震林。

碾庄圩告急，徐州自然吃紧。如梦方醒的蒋介石试图不惜一切代价救出黄百韬。

邱清泉、李弥兵团气势汹汹，向东推进；宋时轮以一夫当关，万夫莫开之势，挡住了去路，恶仗不断。

杜聿明的上中下三策，犹如废话。

潘塘一战，我军虚晃一枪，以退为攻，刘峙乘机大做文章，所谓"大捷"，终成镜花水月。

1. 冤家路窄曹八集

黄百韬被围，碾庄圩告急，蒋介石如梦方醒，刘峙也如梦方醒。原来，解放军攻徐是假，是佯动，而吃黄是真。刘峙在梦半醒不醒时，偷偷松了一口气，还没等他松了的气呼出来，心头就又缩紧了，黄兵团一旦被吃掉，城门失火，殃及池鱼，徐州也就难保了。

不过，蒋介石也好，刘峙也罢，他们的梦醒得太晚了。如今，想救黄百韬却是难上加难。

这就像对弈，精明的棋手早已将敌我态势了然于胸，对手一出棋，即判明对手的棋路，使整个棋局的主动权完全掌握在自己手中。愚蠢的棋手，对整个棋局，心中一片混沌，对对手的棋路若明若暗，慌乱之中，自乱棋路，哪有不败的道理？

其实，早在淮海作战谋划运筹之时，毛泽东和中央军委就全盘考虑过歼黄与阻援、打援的关系。10月11日，毛泽东为中央军委起草的后被称为《淮海战役的作战方针》的电报中就指出，为达成歼灭黄兵团这一目的，应："以3个至6个纵队，担任阻援及打援"，"要用一半以上兵力，牵制及阻击及歼敌一部以对付邱、李两兵团，才能达成歼灭黄兵团三个师之目的。"（当时，第100军、第44军还未归入黄百韬第7兵团建制。）

"第二阶段"，"须用5个纵队担任攻击，而以其余兵力（主力）担任钳制邱、李两兵团。"

"第三阶段"，"亦须准备以5个纵队左右的兵力去担任攻击，而以其余主力担任打援及钳制。"

按照这一方针，在黄百韬兵团放弃新安镇向西撤退时，华野前指立即命令谭震林、王建安指挥的山东兵团第7纵、10纵、13纵从北，11纵、江淮军区两个独立旅从南，以最快速度，不惜一切代价，直插徐州以东的大许家、曹八集地区，占领铁路两侧，截

断黄百韬兵团的退路，分割黄兵团与徐州"剿总"的联系。

我华野第13纵抵达曹八集时，敌第100军第44师也刚刚在这里落脚。

曹八集，这个位于徐州东50公里的小镇，是敌在陇海铁路东段的重要据点，是黄百韬兵团西撤徐州的必经之地。真是冤家路窄，一场争夺战是不可避免的了。

敌人在曹八集加修了大量工事，围墙四周有水壕，壕外设置了鹿砦、钢丝网等多层附防障碍，围墙下面是地堡掩体、各种火力发射点，这些掩体和火力发射点与纵横交

掩　体 ▲

供射击人员、军事技术装备掩蔽用的露天工事。掩体虽然是露天不加盖的工事，但由于它使人员、机枪、火炮、坦克、雷达、汽车等都能隐蔽在地表以下，因此可以降低人员、技术装备等目标的暴露，并可减少敌方兵器的杀伤和破坏。在野战情况下，这种工事被广泛采用。

▽ 我军在掩体内待机歼敌。

错的交通壕相连接，堡与堡之间的火力可以互相支援，南、北门楼上筑有上下两层火力发射点，形成严密火网，控制着周围地区。

在曹八集的守敌第44师，是国民党军"荣誉二师"，全部美式装备，还配备有火箭筒、火焰喷射器等。在西撤途中，第44师在运河桥东掩护兵团主力通过运河桥后，一路西逃，10日下午到达曹八集，企图西逃时遭我军迎头痛击，被打了个落花流水，只好退守曹八集。到此时，原有8,000人的部队只剩下了3,000多人。第44师师长刘声鹤心里一掂量，觉得还可一战，于是，摆开了死守到底、拼命到底的架势，发布了固守命令：

命政工主任谭冀平率"人民服务队"及特务连武装兵据守寨门，不是第44师的官兵，无论有没有证件，一律禁止进入镇内，以防止解放军混入。

命第132团团长赵直如立即率部进入阵地准备战斗。

急电军长周志道告急请援。

将师直属部队非战斗人员组成一个战斗单位，由通信连许连长指挥，担任作战任务。

刘声鹤特别命令：各部队要沉着应战，不许随便开枪，以节省弹药。

兵力部署是：第132团两个营担任东、西、北三面的防守任务，直属部队担任南门防守任务。

军长周志道电令第44师固守一夜，次日天明派队增援。

10日黄昏，随着炮弹的呼啸声、爆炸声，华野13纵38师114团1营，向曹八集敌132团固守的北门外围发起了攻击。

在我军猛烈的炮火下，敌人的附防障碍、地堡群瞬间毁灭、塌陷。100多敌人乖乖当了俘虏。

是日深夜，突向曹八集北门围墙外的1连爆破手们，趁着夜色，冲向北门左侧。"轰隆！""轰隆！""轰隆！"连续不断的爆破声打破了夜空的沉寂，围墙在逐渐撕裂，缺口在逐渐加大。

"冲啊！"

1连冲进去了。2连、3连也冲进去了。

第44师还不愧为"荣誉二师"，从大街上、突破口两侧扑向我军，弹雨如泼。

刘声鹤也打红了眼，他亲自跑到前沿督战，并指挥敢死队向我们猛扑。在战斗间隙，他不断派人给战壕中的官兵打气："军长已答应派兵增援，只要支持到天亮就有办法。"

敌人反扑愈顽强，我军冲击愈有力。一场激烈的争夺战犬牙交错地进行着，顷刻之间，北门的开阔地上，变成了一片火海。

冲入集内的30多名官兵被敌人切断后路，据守在一座碉堡内作战，直打到子弹用完，全部壮烈牺牲。

1连、2连面对数倍于我军的敌人，毫不示弱，连续打垮敌人5次反扑。看着身旁的战友一个一个地倒下，身负重伤的同志坚决不下火线，顽强地坚守在阵地上。

国民党军第44师

国民党中央军嫡系部队，最早为西北军方振武部之第5军部队。1929年，部队被改编为第44师加入第26军战斗序列。抗日战争胜利后，该师被改编为整编第44旅，属整编第26师序列。1947年1月，整编第26师在鲁南战役中被歼灭。重建后的44旅转隶整编第83师。在整编第83师恢复第100军番号后，该师也恢复了师级建制。在淮海战役第一阶段中，在徐州八义集地区被歼灭。

"同志们！我们要巩固突破口，保证后续部队加入战斗，消灭敌人！"响亮的声音在夜空中格外清晰。3连只剩下几十个人了，连长身负重伤，仍像钉子一样坚守在阵地上，巩固了突破口。

关键时刻，2连由侧翼插上去，支援3连，将敌人的"敢死队"击退。

1营在突破口上与敌人的争夺愈演愈烈，他们以北门东侧的10余座房屋作依托，连续打垮了敌人9次反扑。

敌人越来越多，反扑也越来越凶猛。一个波次退下去，一个波次又涌上来了。炮弹、手榴弹、炸药的爆炸声和枪声、呐喊声连成一片。

> 周志坚，1955年被授予中将军衔。

周志坚 ————————————▼—

湖北大悟人。土地革命战争时期，任红四方面军营政治委员、团长、师长等职务。抗日战争时期，任新四军鄂豫挺进支队团长，平汉支队支队长，新四军第5师13旅旅长等职。解放战争时期，任中原军区第2纵队副司令员，胶东军区新编第5师师长，华东野战军第13纵队司令员，第三野战军第31军军长等职。

11日凌晨2时，38师报告纵队，突破口被敌封锁，1营与团指挥所联系中断，处境危急。

13纵司令员周志坚命令38师：立即组织火力，重新打开突破口。搞好步炮协同，一举突破，速与突入之1营部队取得联系。

接到命令后，144团立即组织2、3营发起第2次攻击。在炮火支援下，7连、8连、4连相继突入集中，打退敌人的连续反扑，突破口失而复得。我军趁势向纵深发展攻击，与敌人展开了逐街、逐屋争夺。

敌人拼得很凶，密集的火力封锁了我军前进的道路。2营营长于双林牺牲。部队前进受阻。

趁我军在突破口处防守空虚，北门楼西侧敌人火力点上的枪声又响了，敌人再次封锁了突破口。前进受阻，后路被截的我军部队腹背受敌，伤亡很大。

1营营长王营经把剩下的几十个人组织起来，坚守既得阵地。子弹打光了，就用刺刀拼，一直坚持到中午攻击部队到来。

同日，39师115团2营向南门发起攻击，刚攻占了南门外几栋房屋，即遭到敌人反击，双方僵持不下。

北门突破后失而复得，得而复失。此时，黄百韬兵团西逃的部队越来越逼近，情况万分紧急。

13纵司令员周志坚的心抽紧了。指挥部的空气似凝固了一般。

被封锁在围墙内的部队能不能顶住？能坚持多久？的确是个巨大的问号。

"如不尽快打下曹八集，将对整个战役的发展起到不利影响。大局明摆着。"政委廖海光冷静地说：

"对！不管部队付出多大代价，必须迅速把曹八集拿下来！"

周志坚下了最后的决心。

正在这时，38师报告，第112团已赶到作战位置。

周志坚立即命令38师师长徐华山："令112团迅速从曹八集北门投入战斗，无论如何，也要重新打开口子！"

此时，部队已经连续十几个小时没有休息，没有吃饭了。天空，敌机在狂轰滥炸，地面，敌火炮在拦阻射击。

12时，112团团长指挥部队发起第3次攻击。3连当即从11团突破口右侧突破，迅速肃清了围墙上的残敌。2连连长王成斌带领全连冲入突破口，消灭了当面敌人，并与被困在围墙内的部队会合，继续向左侧发展，攻下两个地堡，夺占了敌人的山炮阵地。

别看敌第44师打得很顽强，但刘声鹤心里并不乐观，他知道，没有援军，光靠他这3,000多人拼，终究会拼光的。

指挥所内，刘声鹤和他的政工室主任谭冀平等，个个唉声叹气。

刘声鹤有气无力地说："我现在就可以死了，但是我死了，这口气哪个来鼓呢？"

谭冀平说："为什么现在就死？要拼到底，拼到最后再死。"

"我们要和共军拼，起码要捞够本。"

"拼掉一个就够本，拼掉两个就赚一个。"

"宁可拼光，不要留一颗子弹和一枝好枪给共军。"

"对！"刘声鹤立即下命令："各单位将重火器在弹药打完后自动加以破坏。"

别看，刘声鹤的牛皮还真不是吹的。正当我112团1营、2营和114团的部队向纵深大胆穿插分割时，敌集中1个团的兵力疯狂反扑，妄图再次夺占突破口。刘声鹤还命令阵地守卫部队，从死亡士兵身上搜集零星子弹，把并不多的弹药全用到主阵地上，另外将3具火焰喷射器搬上了阵地，企图作垂死挣扎。

11日下午1时，我突击部队集中了10多挺轻重机枪，向敌人猛烈扫射。这时，敌军的炮弹早已打光，阵地上只有枪声、手榴弹的爆炸声响成一片。我军炮兵大显神威，敌师指挥所周围到处是炮弹的炸点。在我雷霆万钧的打击下，敌人终于被击溃，抵抗瞬间瓦解，无线电台与话报机也被炮火击毁，指挥系统全部瓦解。

刘声鹤见大势已去，将手表和派克金笔用石头砸碎，大声喊叫："弟兄们！你们快逃命吧！这就是我师长的葬身之所。"喊毕，举枪自杀。

向东南逃窜的溃军，也被我军截歼于野外。

至此，敌第100军第44师被我彻底解决，黄百韬西逃的退路就此被截断。

> 国民党军第2兵团司令官邱清泉。

2. 徐东阻击战

黄百韬兵团被围后，蒋介石严令刘峙尽量减少徐州方向的守备部队，彻底集中兵力向东推进，要杜聿明指挥邱清泉的第2兵团和李弥的第13兵团，于11月13日到达碾庄圩，以解黄百韬之围。

按照刘峙、杜聿明商定的救援计划，杜聿明指挥邱清泉兵团（欠第77军，附独立骑兵旅）、李弥兵团由团山地区展开。邱清泉兵团星夜向徐州东南张楼附近集结，李弥兵团集结于徐州以东贺村附近。

为保障野战军主力歼灭黄百韬兵团，第10纵队司令员宋时轮、政治委员刘培善受命统一指挥第10、第7、第11纵队，在徐州以东侯集至大许家之间沿陇海铁路两侧地

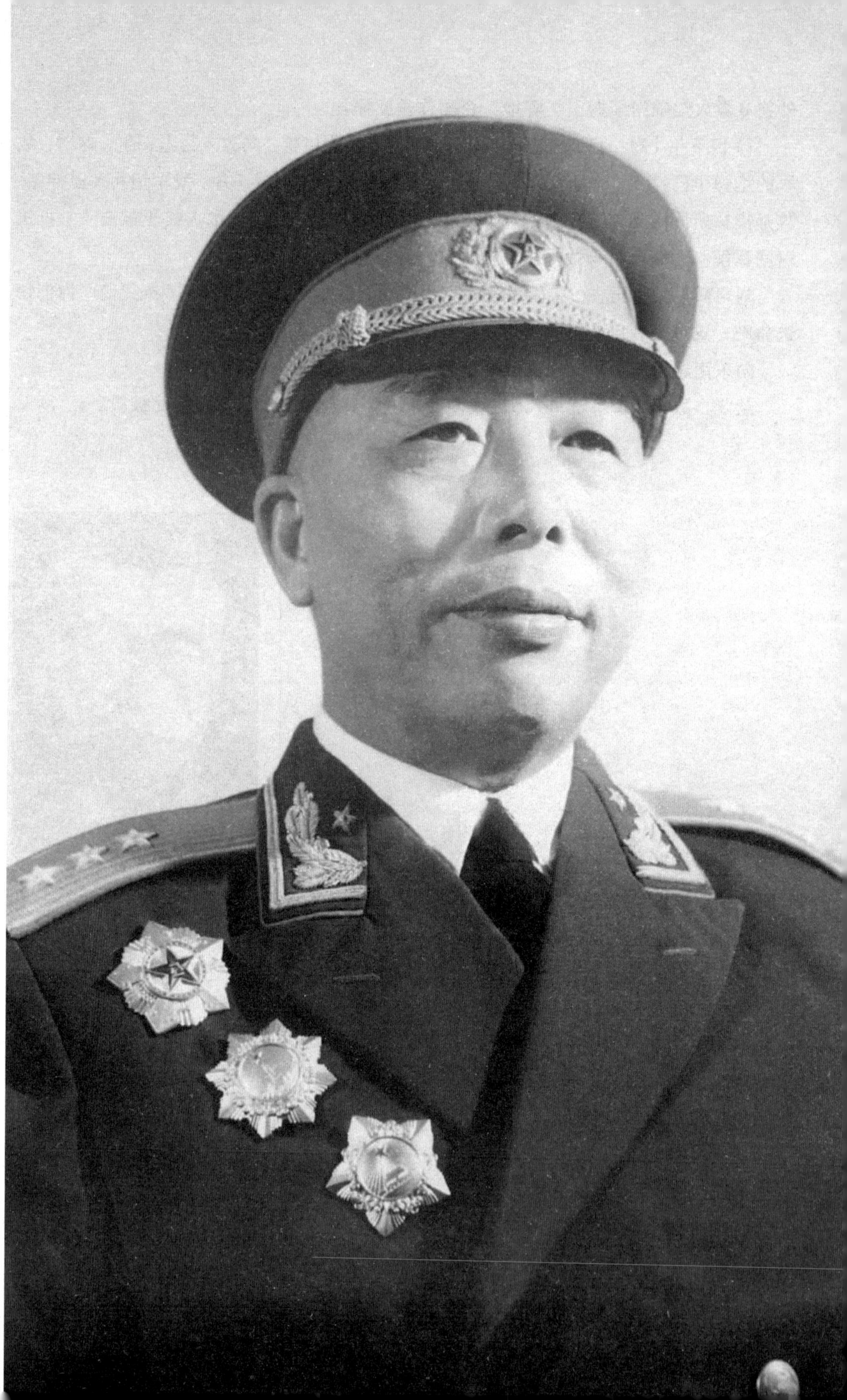

区组织防御，抗击邱清泉、李弥兵团东进；苏北兵团司令员韦国清、政治委员吉洛（姬鹏飞）指挥第2、第12，中原野战军第11纵队，在徐州东南一带攻击邱、李兵团侧背，辅助宋、刘集团正面防御。

向徐东方向进攻的敌第2、第13兵团此时有5个军12个师的兵力，我人民解放军正面防御部队有3个纵队8个师的兵力。

又是一场恶仗！

指挥这场正面堵击战的华野第10纵队司令员宋时轮，时年41岁，这位1926年入黄埔军校、1929年参加红军老战士，幼年丧母，由姐姐抚养成人。土地革命战争时期，历任湖南萍醴游击队队长、湘东南第二政治委员、红军学校第四分校校长、红35军参谋长、独立第3师师长、红21军参谋长兼61师师长、红军大学第二大队大队长、红十五军团作战科长。1936年任红30军、红28军军长。参加了长征。抗日战争时期，历任八路军第120师716团团长、雁北支队支队长兼政治委员、八路军第4纵队司令员。解放战争初期，任津浦前线司令部参谋长、新北平"军事调处执行部"中共代表团执行处处长、山东野战军司令部参谋长、渤海军区副司令员。别看他光着脑袋，青筋怒突，敞怀露胸，腰间一把盒子枪，枪把挂流苏，性格暴烈，出口粗鲁，动不动就挥拳怒吼，不仅下级怕他，上级也怕他。老兄极能喝酒，有百杯不倒、千杯不醉之慨，自称为"酒将军"。人不可貌相，别以为这是个粗鲁之人，其实细心得很呢，当他操起流利的英语同你谈兵论阵时，你不得不正眼看这位黄埔高才生了。

与宋时轮对阵的国民党军第2兵团司令员邱清泉也不是等闲之辈。此公时年46岁，是宋时轮的黄埔校友，只是比宋还早两期。1934年，蒋介石为选派一批青年军官去法国学习军事，举行了"留法资格考试"，邱清泉以第一名的成绩留学法国，先后就学于工兵专门学校和柏林陆军大学。1938年10月，邱任新编第22师师长，12月16日，参加了昆仑关战役。1943年，邱升任陆军第5军军长。1944年10月，率部参加了中国远征军滇东反攻战。1946年6月，邱奉命率第5军

< 淮海战役时，任华野10纵队司令员的宋时轮。1955年被授予上将军衔。

∧ 我军在定陶战役中缴获的敌坦克。

定陶战役

　　1946年8月下旬，国民党军30万人，由徐州、郑州等地分东、西两路进攻晋冀鲁豫解放区，企图以优势兵力钳击人民解放军于定陶、曹县地区。9月3日至8日，晋冀鲁豫军区以一部阻击东路之敌，集中主力5万余人歼灭西路冒进的敌整编第3师及整编第47师大部。此役，共歼灭国民党军1.7万余人，缴获大量军用物资，敌势顿挫。

进驻华中，在苏中战役、定陶战役、巨野战役、豫东战役中，都是我军的对手。是年10月16日，邱正式就任国民党军王牌之一的第2兵团司令长官，手下有12万之众。乃公在国民党军中，素以狂妄自大著称，目空一切，唯我独尊。

宋时轮和邱清泉对阵，这已不是第一次了。在刚刚结束的济南战役中，邱奉命率部增援，宋时轮指挥华野10纵于河南杞县桃林岗阻击邱兵团，激战7昼夜，邱清泉兵团未进一寸，还损失了5,000人。

历史好像给他们俩开了个玩笑，故意考验他们的耐性。这不，刚过了5个多月，就又摆出了邱清泉增援，宋时轮阻援的局面。

会讲英国话的湖南人，会讲德国话的浙江人，老同学并老仇人，针尖对麦芒，钢牙遇铁豆，锣鼓刚开，好戏可就在后头呢。

宋时轮明白，胜仗是打出来的，不是吼出来的，他可没有张飞张益德的能耐，能在长坂坡一声大吼就退敌几万。

临时作战会议上，宋时轮光头发光，敞着怀直奔主题：

"我们同国民党军打了20多年的仗，现在进行最后决战了。蒋介石眼看黄百韬兵团被围，着令徐州'剿总'派邱、李兵团拼死东援。根据中央军委和毛主席指示，华野前委以8个纵队在徐州东面和东南面打援。任务不轻咧。"

政委刘培善接过话头，说："消灭黄百韬兵团要用两个拳头，一个在碾庄圩地区，一个在我们这里，少了哪个都是不行的。打援这个拳头关系到全局。"

会场立时活跃起来。大家既兴奋又紧张的心情被宋时轮、刘培善看在了眼里。

刘培善说："的确，打阻击，尤其是对付像邱清泉、李弥兵团这样具有现代化装备的国民党军主力兵团，困难是很大的。一定要对指战员做深入细致的思想工作，提高对这次阻击战意义的认识，克服可能存在的不正确思想情绪。"

宋时轮说："关键是要以最快的速度抢占有利地形，抢修工事，准备以阵地防御与运动防御相结合，坚决堵住敌人，保障我主力兵团全歼黄百韬兵团。"

一场为期11天的堵击战由此拉开了序幕。

11月11日，我军开始按预定计划向阵地推进。

10纵28师首先抢占徐州以东胡山、大庙山、前柳庄、寺山口、侯

< 胡炳云，1955年被授予少将军衔。
> 淮海战役中，我军用六〇迫击炮向敌轰击。

胡炳云

四川南充人。土地革命战争时期，任红一军团第2师4团副团长等职。抗日战争时期，任八路军第115师685团营长，新四军第3师19团团长，第7旅副旅长等职。解放战争时期，任苏中军区第2旅旅长，军区参谋长，华中野战军第7纵队副司令员兼参谋长，华东军区第11纵队司令员，第三野战军29军军长等职。

庄一线。在长达10多公里的战线上，除了几座不大的山头像孤独的流浪者在游弋外，全都是无险可守的开阔地。明摆着：易攻难守。

"多一分钟准备，就多一份胜利！"

"坚守阵地，寸土不让！"

铁镐飞舞，铁锹挥动，在冬日的旷野上，战士们挥汗如雨。一条条堑壕在汗雨中向前延伸，一个个掩体在汗雨中迎向敌人。

华野第11纵队在司令员胡炳云率领下，以31旅为先头部队，兼程西进，抢占并展开于范家湖至榆山一线，构筑阵地；32旅控制鼓山、寨山和黑山制高点，抢修工事，阻击阵地宽达6公里。

11日，华野7纵19师进占李楼、黄龙山、薛山、殷山、邓庄地区有利阵地，侦察分队前出至苑山、侯集附近和魏集、出头山（也称猪头山）、肖家集等地。

至此，以11纵、7纵、10纵为顺序，从南到北排开，布下了阻击邱、李兵团的阻击阵地。

从11月12日晚开始,邱清泉、李弥兵团集中5个军12个师的兵力,配属火炮100余门、坦克100余辆、飞机20余架,由徐州沿陇海铁路两侧向预定作战地域行动。

这次,蒋介石对邱清泉他这个浙江老乡、黄埔得意门生采取了胡萝卜加大棒的做法:既委重任,寄以厚望,又挥舞鞭子,就像驭手时不时挥动鞭子,让奋力前行的马匹时不时感受到鞭影后的血痕。

蒋介石给邱清泉的电报说:

党国存亡,在此一举。吾弟应发扬黄埔精神,为国家尽忠,为民族尽孝,不惜一切牺牲,将当面敌人击溃,以解黄兵团之围,否则军法从事。

12日,敌5个师向东推进,先头两个团的兵力,以6辆坦克车为引导,向我第4纵队寺山口阵地猛攻。迎战的是10纵28师84团,坚守在正面的是2营。敌人以整连、整营、整团的兵力疯狂地向我阵地扑来,一次次被我击退。

坚守在南山坡的"苗树柏班"，接连打退了敌人4次攻击，伤亡加重，弹药减少。疯狂的敌人鬼哭狼叫着冲上来，班长苗树柏端起刺刀大声喊道："同志们，没有弹药，我们用刺刀、枪托、石头，坚决把敌人挡在寺山口外！"他一边喊，一边第一个冲入敌群。战士们挥着铁锹小镐，举着石头，端着刺刀冲向敌人。敌人在我顽强的冲击下，又败退下去了。

战斗整整进行了一天。

13日9时，敌人开始了全线进攻。敌人以空、步、战、炮协同攻击。天上，空军以轻重炸弹及燃烧弹轮番轰炸，地面，山炮、野炮、重炮一起轰鸣，一时乌烟弥漫天空，大地为之震动，步兵随后向前猛冲。

我第10纵队固守的团山、马山一线阵地和村庄成了一片火海。

83团阵地前沿，密密麻麻的敌人向我冲来。

近些，再近些！

打！

等到敌人接近我阵地50米左右时，反冲击的第一枪打响了。刹时间，排子枪、轻重机枪、手榴弹、迫近炮弹，一起射向敌群。敌人被我压下去了，死伤过半。没有等我军有更多的休息机会，敌人出动更多的兵力，再次向我阵地进攻，我军阵地几度出现险情。

"人在阵地在，誓与阵地共存亡！"

敌人的进攻再一次被击退了。

进攻10纵28师82团马庄、姚庄、大庙阵地的是敌第5军第200师一部，23辆坦克骄傲地向我阵地进逼，坦克后是弯腰急进的士兵。

敌人已逼近我军前沿。

冲！一声令下，全团指战员一起跳出工事冲入敌群。敌我交织，火光四迸，两小时激战，敌人丢下瘫痪了的4辆坦克和遍地尸体，灰溜溜地溃退了。

第11纵队守卫的邓家楼阵地是敌人的主要突击方向。

13日拂晓，东方天际刚刚泛出鱼肚白色，敌人的重炮便向我阵地一带倾泻下来，炮击刚刚停止，敌机又轮番进行低空轰炸、扫射。紧接着，敌人70军96师一个加强团的兵力，在坦克掩护下，向我阵地发动连续攻击。

> 20世纪40年代的蒋介石。身居南京的他十分关注徐蚌会战的战局，派参谋总长顾祝同前去督战。

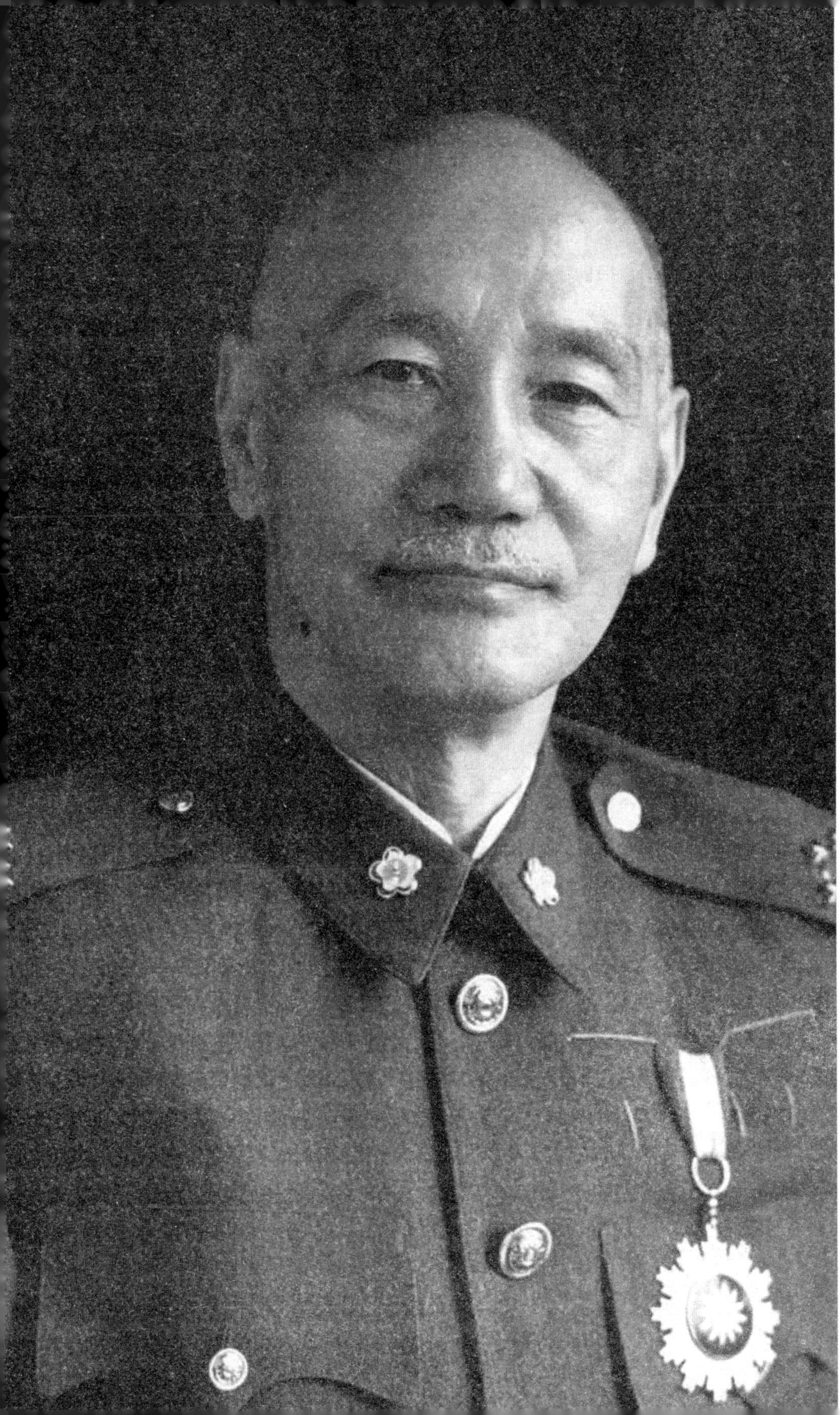

从清晨到黄昏，我31旅42团1个加强营，依托仓促构筑的简单工事，顽强战斗，击退了敌人一次又一次进攻。

傍晚，更加密集的炮火持续轰向我阵地，邓家楼笼罩在一片浓烟火海之中。满以为可以轻取我阵地的敌人，轻率地向我冲来，不料，兜头泼向他们的是雨点般的手榴弹和步、机枪火力。

同日，我第7纵队19师坚守的邓庄、殷山阵地，遭到敌第5军第200师攻击。敌军受到了顽强阻击。

14日的战斗更加激烈。

佛晓，第10纵队司令员宋时轮将电话直接打给了坚守在解台子阵地的第10纵队28师82团1营营长宋家烈："宋家烈同志，你们当面敌人是第8军，你们这个阵地十分重要，你们的任务是艰巨的，也是光荣的。你们要人在阵地在，坚决与敌人寸土必争，只要还有一个人，只要还有一口气，就不能丢了阵地！"

"请首长放心，只要有我们1营在，解台子阵地就丢不掉。我们的口号是：人与阵地共存亡，坚决堵住第8军！"

上午8时，敌人向我发起了攻击，阵地前后都是爆炸的敌人炮弹，天上有敌机在盘旋扫射。敌人麇集了数倍于我的人员向我冲来，1营阵地前，交织着密集的火网。敌人的10余次冲击被我打退，阵地前丢下了敌人千余具尸体。后来被授予"华东人民一级战斗英雄"光荣称号的戴先运带领一个加强排，始终坚守在解台子的小高地上，先后7次将突出阵地的敌人逐了出去。"爆炸大王"盖希运，机智勇敢，灵活机动，带领爆破队先后炸毁了敌人4辆坦克。

是日，敌第5军200师、8军42师、9军166师在20辆坦克和飞机、大炮的掩护下，分3路向我第10纵队坚守的前后场、冯庄、太平庄阵地攻击，遭我奋勇阻击。据守铁路两侧野外阵地的87团，击溃敌1个团连续1天的进攻。坚守前场阵地的87团7连，与敌人反复争夺，一直把敌人堵挡在阵地前。7纵坚守的薛山、大石山阵地，也在同敌人反复争夺。11纵91团面对敌人70多门火炮的疯狂轰击，顶住了敌第5军200师、70军96师的连续攻击，顽强据守住了马山、中山、张庄、丁家等阵地。坚守在狼山阵地上的92团1个加强营，面对敌5军45师和70军119师从3个方向的合击，勇敢坚守，发起5次反击，从上午10时战斗至下午4时。该营2连最后仅剩下1个班的人员，仍屹立在阵地上。

3. 杜聿明的上中下三策

这几日，亲自指挥邱、李兵团的徐州"剿总"副司令长官兼前进指挥部主任杜聿明不断被乐观、悲观、希望、失望交织的情绪搅扰着。他暗自谋划：解放军火力有限，又没有空军、炮兵、战车配合，只要打过两天后，伤亡必然加重，全线崩溃即成定局。以国民党军一天推进少者三四公里、多者六七公里计算，从攻击位置到碾庄圩不到 40 公里的距离，计一周内可以打到碾庄圩附近，解黄百韬之围。邱清泉洋洋得意地电告黄百韬："能于 12 日内与兄部会师，共歼顽匪。"其实，到 13 日，邱、李兵团也就向前推进了 2~4 公里。

听了杜聿明的汇报，刘峙很高兴。

蒋介石可没有杜聿明、邱清泉那样乐观，他见邱、李兵团东援行动进展缓慢，于 13 日和 14 日连续电令刘峙、杜聿明："倾全力动员，星夜挺进，务于本夜到达碾庄。"

随后的战事却让杜聿明乐观不起来了。步兵进展缓慢，空军和陆军的矛盾加剧。14 日，国民党空军按预定计划轰炸后，疲惫已极的步兵却未能跟上趟按预定计划实施攻击。空军于是指责邱清泉兵团按兵未动。等到邱清泉准备好了再要求空军协助攻击时，负气的空军又不出动飞机轰炸，遭到邱清泉的指责。互相指责叫骂，闹得一塌糊涂。

14 日，刘峙亲自到前沿指挥所观摩，看出陆军、空军不协调的情况，深感丧气。于是，同邱清泉商议，将第 2 兵团第 70 军星夜调至潘塘镇附近集结，从右翼向解放军的左翼实行迂回包围，以打开正面攻不动的局面。

这一天，空军向蒋介石告状，说邱清泉保持兵力按兵不动。蒋介石立即发电，斥责邱清泉，并派顾祝同、郭汝瑰等至徐州督战。

15 日，顾祝同一见到杜聿明，就质问杜："敌人不过两三个纵队，为什么我们两个兵团还打不动？"看来，顾祝同糊涂得可以，仗已经打到这个份上了，还不知道交战的对手有多少人。是因为情报不准确还是别的原因，不得而知。

杜聿明对近日战况和空军、陆军之间的矛盾进行了简单分析后说："打仗不是纸上谈兵，画一个箭头就可以到达目的地的，况且敌人已经先我占领阵地，兵力也陆续增加，战斗非常顽强，每一村落据点，都得经过反复争夺，才可攻占。"此时，连杜聿明也没有搞清面对敌手的兵力数。

刘峙说："看来，只有放弃徐州，以全力解黄百韬之围了。"

怎样才能既可以保徐州的安全，又可以解黄百韬之围，大家都拿不出具体办法来。

杜聿明拿出上、中、下三策请顾祝同裁决，杜聿明说："我认为这一战役的胜败关键在于黄百韬坚守的程度如何，如黄能像潘裕昆守德惠、陈明仁守四平街那样地坚守，以这几日的攻击进度看，是可以解围的，这是上策；如黄百韬坚守不住，徐州尚能保全，这是中策；如放弃徐州，丧失补给基地——机场，又不能一举击溃共军以解黄百韬之围，势必弄得全军覆没，这就成了下策。"

杜聿明这一席话，除了预示着刘峙集团覆灭的命运外，全是废话。

顾祝同、郭汝瑰听杜聿明这样一说，瞠目结舌，半天说不出话来。邱清泉、李弥指挥是不力，你杜聿明也是"盲人骑瞎马，夜半临深池"啊。

杜聿明虽然和顾祝同、郭汝瑰一样，没有料到我军会用一半以上兵力担任阻击打援，准备在淮海大地吃掉刘峙集团，但他看到，解放军声势浩大，以迅雷不及掩耳的战略战术将黄百韬兵团包围在碾庄圩地区，又大胆深入渗透到碾庄圩、徐州之间，不顾国民党军绝对优势的空军、炮兵的轰击及坦克的冲击，勇猛战斗，反复争夺。看来，来者不善，善者不来。杜聿明心里发虚，根本不敢轻举妄动。不过，杜聿明救黄百韬的心还没有完全死掉。

国民党军新 1 军军长潘裕昆

湖南浏阳人。国民党陆军中将。黄埔军校第四期毕业。北伐战争后，曾任国民党军第 1 军 22 师连长，第三军团总部参谋，第 14 师营长，师司令部副官主任等职。抗日战争爆发后，先后任第 14 师 80 团团长，副旅长，中国驻印军第 50 师师长等职。解放战争时期，任新 1 军军长兼长春警备司令等职。1948 年，在辽沈战役中，所部被歼。1949 年后移居香港。

西柏坡，毛泽东、周恩来、朱德他们也正密切关注着徐东战场发展的形势。仅仅局限于在碾庄圩全歼黄百韬兵团，还是一步死棋。如何在保证全歼黄兵团的同时，攻击邱、李兵团进而将其歼灭，才是活棋，才能达到在长江以北全歼刘峙集团的目的。

深谋远虑的毛泽东在黄百韬兵团被围后，即对徐州到碾庄圩之间的战斗作了认真筹划。中央军委于 11 月 13 日、14 日，4 次电示粟裕、陈士榘、张震，指出：

在黄百韬兵团将近歼灭之际，要诱使邱、李兵团向东深入而徐图歼灭。战法是：集中兵力首先歼灭黄百韬的第 25、第 44、第 100 军，留下黄百韬的兵团部和第 64 军作诱饵，以吸引邱、李兵团继续向东推进。应令宋时轮、刘培善指挥的攻击集团稍向东撤，让邱清泉放胆向东深入大许家、曹八集。到时，令韦国清、吉洛集团乘机切断邱兵团后路，完成对该兵团的包围。然后，以韦国清、吉洛和谭震林、王建安两部向邱、李东西合围，趁势猛击，歼其一部，构成徐州与邱清泉、李弥之间的阻绝阵地。

为抓住邱、李兵团，中央军委下了很大决心，甚至不惜推迟总攻碾庄圩的时间。16日3时，中央军委致电华野：

现在已到令7纵、10纵、苏11纵等部向后撤退，致敌东进之时机，而且似宜推迟一两天总攻，才能诱敌深入。

24时，中央军委又电示淮海前战总前委：

请粟考虑韦吉各纵及3纵，于明（筱）日向南撤退一部，正面7纵、10纵、苏11纵，亦同时于明（筱）晚向东撤退一大步，待巧（18日）晚谭王向碾庄总攻时，同时大举向邱、李攻击似较妥善。

为实现中央军委在歼灭黄百韬兵团之际，诱使邱、李兵团向东深入，断其后路，而后歼灭的作战意图，华东野战军先后几次调整攻击黄兵团，阻击邱、李兵团的部署。

15日，华东野战军下达命令：

第6、第13纵队继续肃清碾庄圩西南残敌。

第4、第8、第9纵队暂停攻击黄百韬兵团部及第64军。

第7、第10纵队继续坚持阵地阻击，第11纵队稍向后退，诱使邱、李兵团向东深入。

韦国清、吉洛的4个纵队（第2、第3、第12、鲁中南纵队）向徐州以东及东南攻击侯集、赵南圩、六铺一线，以扩大邱、李与徐州的距离。

16日14时，令韦、吉的4个纵队自当晚2时停止攻击，并稍向后收缩，使邱、李兵团大胆东进，准备17日晚继续攻击，务达截断邱、李退路的目的。

17日13时，令谭、王于当晚发动总攻，最后歼灭黄百韬兵团。令徐东阻击的第11纵队向鼓山、狼山、中山之敌反击；第7、第10纵队则稍向后撤，诱敌沿铁路两侧继续东进至鼓山、黄集、岗山集一线。令韦、吉集团在邱、李兵团侧后楔入，截断邱、李兵团向西的退路。

4. 镜花水月的"潘塘大捷"

15日，按杜聿明的计划，邱清泉、李弥兵团7个师，在20辆坦克及飞机、大炮的掩护下，分3路向我第10、第7纵队正面进攻；16日，以第74军由徐州东南潘塘镇经双沟、单集方向向土山镇我军阵地侧背迂回攻击,企图逼迫我正面阻击部队后撤。

敌74军刚开始行动,即在张楼、陈庄附近遭到我韦吉集团的迎头痛击,在张集、陈集、潘塘镇地区转攻为守。杜聿明又增派第70军第74师、骑兵第1旅及12军一部,阻击韦吉集团从徐州东南的楔入。

敌我双方都想用迂回战术抄对方的后路。11月16日凌晨3时,两支毫无思想准备的队伍在潘塘镇不期而遇了。

我军投入了苏北兵团的2纵、12纵和1纵、鲁中南纵队以及中野第11纵队。

邱清泉急了。潘塘西距徐州18公里,距徐州机场仅8公里,是徐州的咽喉。此时,津浦线徐埠段已被我切断,机场已成为徐州的交通补给线。潘塘失守,机场不保,后路一旦被抄,救援不成,又丢失要地,那可是死路一条啊,这个责任他可负不起。邱清泉慌张地赶到徐州近郊的团山后方指挥所,彻夜不眠,亲自用电话调动部队。他一面命令74军占领有利阵地,相机发起攻击,一面赶紧调集重兵加入潘塘地区作战,命令第70军第96师迅速撤下狼山,立即用汽车运到潘塘附近,命令第12军第112师尽快向第74军阵地靠拢,命令70军32师从柳集向当面共军发起攻击,以保障第12军和74军的接邻。同时,请求徐州"剿总"派飞机支援潘塘方面作战。

< 滕海清,淮海战役期间任华野第2纵队司令员。1955年被授予中将军衔。

与敌第74军最早遭遇的是由滕海清、康志强率领的华野苏北兵团第2纵队。

此时，第2纵队士气极其高昂，他们刚刚于14日迫敌第一"绥靖"区副司令兼第107军军长孙良诚率军部和260师近6,000多人投诚。

16日11时，敌第74军使用两个军的兵力，在密集的炮火和坦克的掩护下，向我第2纵队阵地发起疯狂进攻，房屋全部被摧毁，村内墙倒屋塌，烟火弥漫。面对敌人猛烈的炮火，我单薄的防御工事多被炸毁，战斗进行得相当艰苦，伤亡重大，但是，敌人还是每每被击退。经过一天一夜激战，遭受到沉重打击的第74军龟缩到潘塘周围。

17日晚，苏北兵团再次向敌人发起进攻。2纵6师18团配属纵队警卫营攻后蒋楼，突破后，迅速向纵深发展，歼敌1个团的大部，俘敌近千人。但是，由于残敌没有肃清，撤出战斗较迟，以致18日晨，该团遭到敌12架飞机和步兵、坦克配合的反击，一度队形混乱，伤亡增大，俘敌也大都逃散。此时，2纵已楔入敌阵地近4公里，前出部队已呈三面受敌之态势。纵队即令各团撤回原阵地扼守。

鉴于在柳集、潘塘之间不足5公里的正面上，敌人集中了5个师又1个旅的兵力，无隙可乘，纵队决心调整部署，缩小攻击正面，向东转移。

> 康志强，1955年被授予中将军衔。

康志强

江西兴国人。土地革命战争时期，任红一军团第2师4团连政治指导员，1师1团政治委员，红一军团政治部组织科科长，随营学校政治大队大队长等职。抗日战争时期，任八路军115师344旅689团政治委员，新编第1旅政治部主任，344旅政治委员，新四军第4师9旅政治委员等职。解放战争时期，任华东野战军第2纵队政治委员，第三野战军21军政治委员，华东军区海军政治部主任。

粟裕、陈士榘、张震下令：韦、吉的4个纵队停止攻击，宋时轮、刘培善的3个纵队均向大许家南北移动，以促成刘峙、杜聿明的错觉，吸引邱、李兵团继续东进。

刘峙、杜聿明果然上钩了，他们错误地判断，我军"有全面溃窜可能"。"决以彻底扑灭匪军于运河西岸地区之目的，向宿迁、韩庄河间运河之线实行追击。"

11月16日，刘峙、杜聿明下令：

邱清泉、李弥兵团"除迅速击破各该当面之匪，向睢宁、不老河间运河之线实行追击外，并预先以有力一部与孙元良兵团部队协力捕捉三堡、潘塘以南地区之匪而歼灭之"。

孙元良"以有力一部向南追击，进出夹沟，掩护东进兵团右侧背"，"尔后准备以1个军向柳泉附近运河南岸地区追击，收复贾汪"。

第一绥靖区"以有力部队进出泗阳，阻匪东窜"。

黄百韬"即以有力部队向外出击，搜集匪情，抑留匪以待攻击兵团到达，夹击匪军，以竟全功"。

11月17日，邱清泉、李弥兵团进至大许家以西一线。

正打得热闹，解放军突然不知去向，邱清泉他们也没往深想一想，解放军为什么会撤退？就报告了刘峙、杜聿明，刘峙、杜聿明立马将消息报告南京。

"潘塘镇大捷！"

"徐东共军全线崩溃！"

消息不胫而走。

刘峙在给蒋介石的电报中，不惜添油加醋，说什么国军是在极不利的态势下，遵总统钧旨，东援碾庄，血战潘塘镇的。该役共打垮共军5个主力纵队的猖狂进攻，一举歼敌两万之众，致使徐东共军全线崩溃。已以迅雷不及掩耳之势，强攻至大许家一线，距黄兵团已不足10公里。累计已消灭刘、陈匪部10万以上，共军阵地伏尸遍野，血流成河云云。

其实，蒋介石并不真信刘峙的"大捷"之类的吹牛之说，他从另外的渠道得来的消息是，两军对垒，呈胶着状。从局部战局看，顶多打了个平手。从全面看，是共军试图诱邱、李兵团深入而图分割歼灭。黄兵团被围，共军大部则侧击徐州，徐州已成孤城一座，运输供给断绝，不仅黄兵团危在旦夕，邱、李、孙兵团也都危在旦夕。

气可鼓不可泄，此时，就是把刘峙军法从事，也无济于事了。无奈之下，蒋介石还是下令：

∧ 时任国民党中央宣传部部长的张道藩在劳军大会上讲话。

授予邱清泉将军青天白日勋章一枚；

授予黄百韬将军二等云麾勋章一枚；

刘峙所部，每人赏银元三块。

着中宣部部长张道藩速率各界慰问团并新闻界人士，乘专机飞往徐州犒赏我有功将士。

徐州"剿总"煞有介事地在大街上通街鸣放鞭炮庆祝。

蚌埠、太原、南京、上海、北平、广州等城市都欢庆这一胜利。

祝捷、嘉勉热闹得是紧，可邱清泉一点也高兴不起来。连日来，蒋介石接二连三发来电报，一会儿是"吾弟""吾弟"如何，一会儿又是军法从事，一会儿又严限总司令以下各高级军官亲临第一线指挥督战。邱清泉听着浑身起鸡皮疙瘩，满腹牢骚，无处发泄，又风传南京比徐州更加惊慌混乱，各部院准备向西南迁移。邱清泉更是按捺不住心中的憋闷，对着参谋长李汉萍说："今天来个'军法从事'，明天来个'军法从事'，我们在前线拼命，南京路隔千把里，倒自相惊扰起来，准备逃走了，真是滑天下之大稽！这种仗还有什么可打？老头子为什么自己又不来呢？如果他自己坐镇徐州，谁又敢不替他卖命？当然徐州现在是危险的，那也可以坐在飞机场指挥嘛！"

牢骚归牢骚，校长的亲启电却不能置之不理。这不，邱清泉又于18日到第5军第45师方面督战，指挥该师向孙庄攻击。

11日下达作战命令之前，李汉萍曾向邱清泉建议，组织若干个督战队，各队配重机枪，分别据守在徐州通向第一线的各重要路口，严督官员只准前进，不准后退，凡是从前线来的官兵，无论什么情况，回到徐州时，必须有特别通行证才能通过，否则就以临阵脱逃论处，就地正法。

邱清泉很赞同，但又怕激起逆反心理，未作决定。

现在，邱清泉自己要指挥攻击孙庄了，不能再缓，他令第45师师长郭吉谦组织一个"敢死队"，放在攻击部队先头突击。组织"敢死队"，先是以金钱重赏及"连升三级"引诱官兵报名，后改为挑选指定的办法。

邱清泉、郭吉谦满以为一战即胜，没想到，甫一交手，就不明不白地败了下来。

他们面对的是胡炳云、张藩所率领的华野第11纵队。

不管敢死队如何勇猛，终究是有去无回。败兵如潮水般地后退，孙庄又回到了解放军手中。夜幕降临，邱清泉垂头丧气地回到了林佟山。

自11月12日至22日，邱清泉、李弥两个兵团的5个军12个师16万人，在飞机、大炮、坦克支援下，连续猛攻11天，伤亡1万余人，损失坦克、战车34辆，消耗炮弹12万余发，结果怎样？结果是，在南北不足25公里的正面，东西不满15公里的纵深阵地，前进了不足20公里。这其中还包括我主动放弃的阵地在内。黄百韬被歼时，他也只有眼巴巴地看着的份了。

就在国民党沉浸在所谓"徐东大捷"等镜花水月之中时，华东野战军已完成了歼灭黄百韬兵团的最后部署。

战争宽银幕

❶ 我军战士冲向敌占高地。
❷ 我军工兵部队在敌火力下扫雷、架桥,为步兵开辟前进的道路。
❸ 我军某部战斗小组向敌占高地发起冲击。
❹ 我军向敌碉堡发起冲击。

[亲历者的回忆]

滕海清
（时任华东野战军第2纵队司令员）

这次战斗（11月16日，国民党军第74军向解放军进攻，遭顽强抗击）使邱清泉慌了手脚。

他知道当前遇到的对手，并不是地方部队，而是解放军的几个纵队。潘塘西距徐州18公里，距徐州机场8公里，是徐州的咽喉和敏感地区。

当时，津浦线徐蚌段已被我切断，机场成为徐州的唯一交通补给线。邱清泉担心如潘塘失守，机场不保，就有救援不成有丢失要地的双重责任。他慌张回到徐州近郊的团山后方指挥所，彻夜不眠，亲自用电话调动部队，先令70军32师由霸王山火速运赶到柳集，以保障12军和74军的接合部；后又恐不足，17日下午，他放弃援黄（指黄百韬）的东进阵地，将70军96师，调回到潘塘后面集结。

——摘自：滕海清《转战淮海的日日夜夜》

周志坚

（时任华东野战军第13纵队司令员）

　　曹八集战斗，是我纵队在抢渡运河、不老河后的一次有重要意义的战斗。

　　这一仗攻占曹八集，切断陇海路，与兄弟部队协同分割了黄百韬与李弥兵团的联系，为华野主力围歼黄百韬兵团和阻击邱、李兵团东援，创造了条件。

　　——摘自：周志坚《勇猛前进　奋战淮海》

第九章

先打弱敌

★★★★★

∧ 在我军的强大攻势下，国民党军第44军一部向我军投诚并交出大批武器。

总前委统筹指挥，军委授权临机处置。黄百韬苟延残喘，所谓突围，已成画饼。仗越打越精。敌第100军、第44军先后被歼，第25军和第64军伤亡过半。聂凤智和皮定均暗暗较劲，争先恐后。越是接近摊牌的时候，越是紧张的时刻。看来，黄百韬的日子真的是不多了。

1. 成立总前委

　　黄百韬告急。邱清泉、李弥告急。刘汝明也告急。此时的刘峙、杜聿明他们，真是按下葫芦浮起瓢，顾了这头顾不了那头。
　　正在华野进一步调整围歼黄百韬兵团的部署，准备干净利落地歼灭于碾庄圩地区，钳子越夹越紧的时候，11月13日，中原野战军突然包围了宿县城，16日攻克宿县。
　　西柏坡。毛泽东和中央军委其他领导一直密切地注视着淮海战区的战局发展。
　　周恩来说："随着中原野战军及中原军区部队加入淮海作战，战局发展非常迅速啊。算来，我两大野战军连同地方军总兵力已经达到了60万人。"
　　毛泽东说："仗是越打越大了，战役规模、战区范围都在扩大，看来，必须有个坚强的班子统筹兼顾集中指挥。"
　　"是啊，还有后勤支前任务更加浩大繁重了。"朱德接过话头说。
　　毛泽东按下烟头，说："成立总前委，统筹淮海战役前线的一切。我看，由伯承、陈毅、小平、粟裕、谭震林5人组成，小平任前委书记，怎么样？"
　　几位书记几乎想到了一块，事情很快就定了下来。
　　11月16日18时，毛泽东致电刘伯承、陈毅、邓小平，并粟裕、陈士榘、张震、谭震林、王建安、韦国清、吉洛（姬鹏飞），华东局、中原局、豫皖苏分局、苏北工委、华北局：

　　中原、华东两军，必须准备在现地区作战3个月至5个月（包括休整时间在内），吃饭的人数连同俘虏在内，将近80万人左右，必须由你们会同华东局、苏北工委、中原局、豫皖苏分局、冀鲁豫区党委统筹解决。此战胜利，不但长江以北局势大定，即全国局势亦可基本上解决。望从这个观点出发，统筹一切。统筹的领导，由刘、陈、邓、

粟、谭五同志组成一个总前委，可能时，开5人会议讨论重要问题，经常由刘、陈、邓三人为常委，临机处置一切，小平同志为总前委书记。

  两大野战军的拳头握得更紧了。

  山东兵团谭震林政委、王建安副司令员14日晚接受了统一指挥第4、第6、第8、第9、第13等5个纵队和特种兵一部，完成围歼黄百韬兵团的任务后，连夜即率兵团指挥部移至茸山庄。顾不上休息，谭震林、王建安即同参谋长李迎希、政治部主任谢有法等开会，研究下一步攻击计划。

  兵团参谋处长金冶首先对黄百韬兵团所辖几个军的详细情况进行了汇报：

  "黄百韬放在北面的第25军、东面的第64军比较强，放在西侧的第100军和南侧的第44军比较弱，也就是说，两强两弱。"

  听完汇报后，谭震林强调：

  "华野首长指示我们，要采取'先打弱敌，后打强敌，攻其首脑，乱其部署'的战法歼击黄兵团。兵团的决心是，集中兵力、火力，先歼敌第100军和第44军。炮火要集中使用，准备攻击。各纵要针对敌人设防的特点，利用夜间进行近迫作业，隐蔽接近敌人，插入敌人占领的各村之间，力争逐个歼灭敌人。"

> 陈锐霆，1955年被授予少将军衔。

< 人民解放军炮兵部队开赴淮海前线。

陈锐霆

山东即墨人。抗日战争时期，任新四军独立旅旅长，新四军军部参谋处处长，中国人民抗日军政大学第四分校副校长，新四军第4师兼淮北军区副参谋长，新四军司令部参谋处处长兼联络处处长。解放战争时期，任新四军兼山东军区参谋处处长兼炮兵司令员、第三野战军特种兵纵队司令员、代政治委员。

此时，4纵驻扎在义合庄，8纵驻扎在唐水湖，9纵驻扎在李庄，6纵驻扎在过满山，13纵驻扎在张河湾。

华野特种兵纵队司令员陈锐霆根据谭震林、王建安的命令，迅速主持制定了"合攻碾庄圩炮兵火力运用计划"，颁发所属部队。炮兵的火力部署是：

以特纵炮1团两个连美榴8门、8纵炮兵团山炮16门编为第一炮兵群，支援8纵主攻师向碾庄圩东南部突击；

以炮3团两个连日榴6门，9纵炮兵团山炮16门，山东兵团炮团1个连野炮3门、日榴1门，编为第二炮兵群，支援9纵主攻师向碾庄圩南半部实施突击；

以山东兵团炮团1营两个连美榴8门、3营3个连野炮9门、炮3团的1个连野炮3门，4纵山炮营山炮8门，编为第三炮兵群，支援4纵主攻师向碾庄圩西半部突击。

各炮兵群以榴炮编为远战炮兵小群，担负压制敌炮和对敌纵深目标射击的任务；

以野炮和山炮编为近战炮兵小群，摧毁敌前沿主要火力点和地堡，直接支援步兵冲击。

炮1团两个连在碾庄圩以西支援13纵作战。

特种兵纵队前指位于碾庄圩东南的西宋庄。

2. 鱼死网破之争

我军的战壕像雨后伸展的枝条，向敌阵地延伸，一直延伸到敌军的阵地前沿。

暂时沉寂下来的碾庄圩，笼罩在一片混乱和垂死挣扎前的恐怖和焦躁不安之中。

黄百韬和他的幕僚们，各军军师长们、团营连长们，甚至普通士兵心里都清楚，出去的可能性几乎等于零。

第7兵团的残余官兵像被大网网住的鱼，正在收网前夕四处乱撞。

粮食吃紧！弹药吃紧！兵团部里，各部队请求拨粮拨弹的电报纷至沓来。黄百韬都懒得再看一看这些电报了。偶尔有那么几架飞机空投下来的物资，杯水车薪，狼多肉少，无济于事啊！

黄百韬就像一个被洪水四面围困的人，一天几次登上房顶，骑在屋脊上呆呆西望，幻想着缓兵的到来。

15日下午，黄百韬强撑着召开电话会议，有气无力地告诫各军军长说："你们必须进一步加强工事，准备独立作战，以尽军人天职。有些人眼睛中只看着我黄百韬是青天白日勋章获得者，他们是不会全力支援的。我们也绝不会给别人看笑话。"

南京、徐州也没有忘记适时地给还在苟延残喘的黄百韬打气。15日，顾祝同、刘峙令空军谎报战绩：邱清泉兵团已进抵大许家。黄百韬听后，也是似信非信地摇摇头。

17日，顾祝同亲自飞抵碾庄圩上空，用空地联络电台同黄百韬通话，绕来绕去，点到正题：

"邱、李两兵团在陇海路两侧被阻截，无法前进，你们如能突围出去，去与邱清泉、李弥会合也好。"

黄百韬只有苦笑，心里说，突围、突围，要是能突出去，还用得着等到今天吗？嘴上却说："我总得对得起总长，牺牲到底就是了。"

顾祝同走后，黄百韬对第25军军长陈士章说："反正都是个完，突围做什么？送狼狈样子给邱清泉看着快意吗？不如在此地一个挨一个地打下去，最后不过一个死，也对得起党国和总统、总长，叫黄埔同学看看，也好鼓励他们以后不要勾心斗角地只图私利。万一党国转危为安，也是我们的贡献。"

不是鱼死，就是网破。黄百韬是吃了秤砣，铁了心的。

> 皮定均，1955年被授予中将军衔。

皮定均

安徽金寨人。土地革命战争时期，任红4军第12师35团营政治指导员，红军大学上级指挥科副科长，步兵学校第1营营长，教导师第2团团长等职。抗日战争时期，任八路军129师特务团团长，太行军区第5、第7军分区司令员，豫西抗日独立支队司令员。解放战争时期，任中原军区第1旅旅长，华东野战军第6纵队副司令员，第三野战军24军副军长、军长。

陈时夫

湖北阳新人。土地革命战争时期，任共青团陕北省委书记，陕甘宁省委组织部部长等职。抗日战争时期，任中共特委组织部部长，苏北指挥部第2纵队政治部主任，第1师2旅政治部主任，中共苏中第二地委书记，第一地委书记。解放战争时期，任苏中军区政治部主任，中共苏中区委员会副书记，华东野战军第6纵队副政治委员，第1纵队副政治委员，第三野战军20军政治委员。

华野14日晚召开的作战会议，6纵出席会议的是副司令员皮定均和副政委陈时夫。那时，纵队司令员王必成、政委江渭清正在忙于攻歼彭庄守敌的紧张准备之中。

电话铃响了，是粟裕打来的。

"王必成吗？打彭庄的准备怎么样了？有把握吗？"

"一切准备就绪，我们决心今晚就发起攻击！"

"好！祝你们成功！"

彭庄在碾庄圩西，距碾庄圩3公里，该庄由4个居民点组成，四周穿插着大大小小的水塘。据守在这里的是敌100军军部、直属炮兵营、工兵营、特务营、第63师师部及3个步兵团。居民点内外地堡密布，再加上堑壕、鹿砦等防御设施，形成了犬牙交错、纵横贯通、以野战地堡群为骨干的野战阵地。敌人企图以此固守顽抗。

∧ 在围歼黄百韬兵团的战斗中，华野炮兵某部正将榴弹炮推往阵地布防。

"三面攻击，一面截止，力求全歼，不使漏网！"
"10分钟火力急袭！"

19时50分，随着一声令下，野司配属的炮火和纵队属炮火同时怒吼了。彭庄东北角敌炮兵被我压制，还没有来得及装填炮弹就先哑了。突破口工事大部分被摧毁。

20时，按预定部署，18师由西南及西北，16师由东及东南，同时发起攻击。17师在彭庄、黄滩之间，一面截击可能向黄滩突围之敌，阻击可能从黄滩来援之敌，一面向黄滩进行近迫作业。

负隅顽抗的敌人以阵地为依托，进行连续反冲击。乘我立足未稳之际，敌人以密集的炮火轰击。

你中有我，我中有你，敌我呈胶着状态。

逐堡、逐屋的反复争夺，到22时许，进展仍很缓慢。

时间就是胜利！

加强攻击！坚决歼敌！不能让敌人逃到碾庄圩！

15日凌晨2时，我军开始了又一波次的攻击。我以两个团直插彭庄中央。两个团，如同两把锋利的尖刀，直插敌人的心脏，敌人的防御体系被割裂。首脑被击中，全局皆乱。这正是蛇打七寸的功效。战场局势急剧地变化着，力量的天平明显向我军倾斜。

敌人动摇了。

我军一鼓作气，以风卷残云之势，将敌分成无数小块，枪击声、爆破声连成一片。敌人被一块一块地吃掉了。

"你们已经被包围，逃出去是没有希望的。你们的救援部队早就被我们挡住了。只有放下武器才是惟一的出路，我们解放军优待俘虏！"

同枪炮声交替响亮的，是阵前的喊话声。

不少敌人纷纷放下武器。

9时，敌第100军军长周志道被我打伤，率小部敌人向黄滩方向逃窜。敌少将副军长杨诗云和少将参谋长崔广森被俘。第100军被全歼。

据国民党第7兵团司令部机要秘书李世杰后来回忆，周志道逃回碾庄圩后住进了医院，黄百韬还亲自去看他。周志道面色苍白，毫无血色。黄安慰几句，让副官处送去牛肉罐头10公斤、骆驼牌香烟数10盒。

这对用马肉果腹的敌人来说，是上等的犒劳品了。不过，此时的黄百韬，除此而外，还能做什么呢？

敌第44军的状况比第100军好不到哪里去。

这是个相当倒霉的军。它原属李延年的第九"绥靖"区序列，驻在海州地区。当国民党决定放弃海州时，最初准备由海上撤退，11月初，大部分非战斗人员和笨重的行李已由连云港海运走了，11月6日，徐州"剿总"令其向西撤退，后归第7兵团指挥。就这样，这个倒霉蛋卷进了淮海战场。

第44军辖150师、162师，军直属的有炮兵营、重迫击炮连、特务营、工兵营、辎重营、通信兵营、野战医院，约1.5万余人。配属有小炮11门、重迫击炮4门、重机枪90挺、轻机枪500挺、步枪5,000余枝、冲锋枪400余枝、六〇炮90门、各种手枪约200余枝、八二迫击炮50门。

退到碾庄圩后，第44军部署在碾庄圩南及西南面。

12日晚，在碾庄车站指挥战斗的中将军长王泽浚被榴弹破片炸伤左腿。13日早晨，王泽浚退出车站，正在碾庄圩内第25军医院裹伤，被黄百韬找到，要王立即收容。王泽浚将收容的残余部队，到前、后黄滩地区占领阵地。前、后黄滩地处碾庄圩西面大约1.3公里处，工事很坚固。王泽浚作了如下部署：以第484团（连直属部队不到两个营）守备前黄滩，第485团（约两个营）及军属特务营、工兵营、炮兵营和第162师直属部队共约4个营，守备后黄滩，以449团（两个营）及第150师直属部队（约两个连）守备小李庄。

在我军的连续攻击下，敌人伤亡惨重。

16日晚，小李庄被我军攻破，敌第150师师长赵璧光率第449团残存的1个营退守后黄滩。

第二天天一亮，眼前的情景令敌人大惊失色，我军连夜挖掘的坑道、堑壕已经布满敌人阵地前面，两军相隔不过数10米。

17日晚，华野6纵所有大小火炮一齐开火，对准前、后黄滩，开始了猛烈的急袭。敌人阵地上顿时硝烟弥漫、烟尘飞扬、碎土横飞、火光四溅。不久，敌人工事大部分被摧毁。炮火准备刚停，已接近前沿的步兵迅速发起冲击。敌人的西北角被一举突破。紧接着，南面和西面的部队也相继突破敌阵地，两个团的兵力由西向东，以迅雷不及掩耳之势，插入敌核心阵地。我军坦克直指敌军指挥所，炮弹呼啸着飞鸣，在敌掩蔽部上落下，掀起巨大的热浪。

顷刻间，敌掩蔽部指挥所被轰毁。军长王泽浚几乎被活埋在里面。通信联络系统全部遭到破坏，联络中断。满身满脸灰土、烟尘的王泽浚只身逃到附近的第485团指挥所。第485团团长康即戎连

> 身处西柏坡的毛泽东，密切关注着淮海战局的发展。

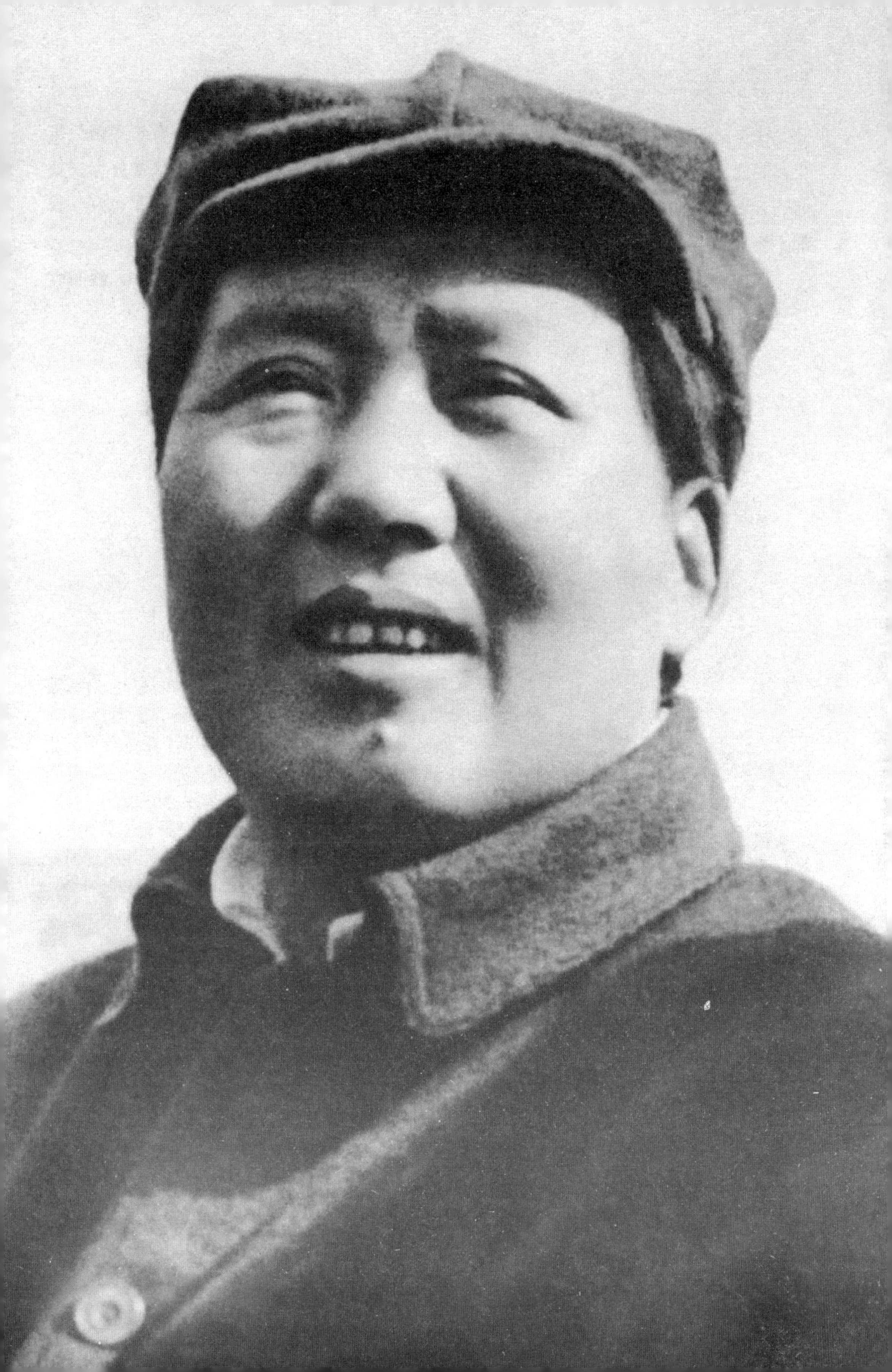

个鬼影子也不见，王泽浚只好跑到炮兵阵地上。

我军从四面八方向敌人阵地逼近，炮兵已经失去作用。王泽浚身边只有一名炮兵排长，他让王泽浚想办法离去。王泽浚对他说："我就在此地，你不要管我。最好你去找你的连长，叫他自己拿主意，突围逃命也好，在此继续抵抗也好，投降共军也好，我都不管。"

那位排长马上跑去找他的连长，不一会儿就回来了，对王泽浚说："共军已经解除了我们的武装，要我们去集合，你最好不要暴露，也同我们去吧。"

< 王必成，1955年被授予中将军衔。

王必成 ——————————————▶

湖北麻城人。土地革命战争时期，任红30军第88师263团营政治委员，第89师265团副团长、267团团长、副师长等职。抗日战争时期，任新四军苏北指挥部第2纵队司令员，第1师2旅旅长，第16旅旅长，苏浙军区第1纵队司令员等职。解放战争时期，任华中野战军第6纵队司令员，华东野战军第6纵队司令员，第三野战军第24军军长，第7兵团副司令员等职。

没等那位排长说完，解放军干部、战士就出现在了他们面前。

"你是什么人？"

"我是一个排长。"王泽浚回答。

天已大亮，被临时安排在工事内看守着的王泽浚再次被带到我军一位连长面前。他早已了解了王泽浚的身份，故意问："你究竟是什么人？"

王泽浚自知无法蒙混过关了，他穿的士兵棉大衣并没有掩盖住里面的黄色毛织将官服和中将的肩章、钦章。

"我是第44军中将军长王泽浚。"王泽浚垂头丧气地说。

至此,第44军军部及162师全部被歼,无一漏网。

没几天时间,敌第100军副军长和第44军军长王泽浚就先后被带到了我6纵指挥所。当他们见到王必成、江渭清、皮定均这些敌手时,不知作何感想。

从15日夜到18日,经过3天激战,敌第100军和第44军被全歼,敌第25军和第64军也伤亡过半。

3. 不是比赛胜似比赛

4纵攻击碾庄圩以北的大牙庄,6纵攻击圩西的前、后黄滩,取得成功。9纵司令员聂凤智心里痒痒的。35岁的聂凤智可是心高气傲得很呢,这位16岁参加红军,20岁入党,22岁就担任红军团长,参加过长征的老战士,什么时候服过输啊。看着别人风风火火地取胜,他心也急,眼也馋,于是,就接通了第6纵队的电话。

接电话的是6纵副司令员皮定均。别看皮定均比聂凤智小一岁,眼下又低一级,可资历一点也不比聂凤智低。中原军区"皮旅"可是大名鼎鼎的啊。

皮定均一听电话是聂凤智打来的,心里一乐:这小子坐不住了。不等聂凤智说什么,皮定钧便眉飞色舞地、兴高采烈地、喋喋不休地说开了,什么防守阎阁的第150师赵璧光师长已率残部2,000余人向6纵投诚啦,什么在攻克前、后黄滩战斗中,敌第44军军部悉数被歼啦,什么俘敌第44军中将军长王泽浚以下将校军官多人啦,什么王泽浚瘸着一条腿,满脸灰土啦。直说得聂凤智心里酸酸的,他不无嫉妒地对皮定均说:"这块大肥肉我们没有吃上,倒掉进阁下的嘴里去了!"

电话那头,皮定均哈哈大笑,不无揶揄地说:"老兄攻得太猛,黄百韬对你们有意见,就把这块肉送给我们了。"

比赛嘛!叫号嘛!落后者必然灰头土脸。不过,重要的不是别的,而是老老实实承认失利,搞清楚攻击失利的原因。

华野9纵第25师由碾庄圩南方、西南方攻击,由第73团担任主攻,第74团助攻,第75团为第2梯队。

傍晚时分，师长萧镜海和副师长黄径琛又一次来到前沿。从东北方望去，碾庄圩历历在目。星星点点的居民点被两道土墙围护着，墙外围绕着一圈宽阔的水壕。树木被砍光了，居民住的房子大部分也被拆了。圩南正中的水壕上，横跨着一座石桥。这是由正面进入碾庄圩的惟一通道。若隐若现的地堡几乎是贴着地面露出神秘的射击孔。3道鹿砦、铁丝网、纵横交错的堑壕连接着地堡。甚至美国人给的载重汽车也是工事的组成部分。此时的碾庄圩，活脱一个不真实的坟场。久经沙场，无数次啃硬骨头硬骨头的他们，此时，也为敌人防御工事的坚固暗暗称道。打不是瘪包、软蛋的对手，过瘾！

太阳早已落山了，夜幕重挂天际，四野更觉凄冷。圩子内外，闪现着一堆堆火光。

黄径琛自言自语地说："饥寒交迫，为他们的'党国'卖命，真也不容易。烤烤火暖暖身子，准备挨打吧！"

萧镜海接过话头，幽默地说："看来，黄百韬是死有葬身之地了。算来，他也是我们在山东作战的老对头、老熟人了。应该参加参加他的葬礼！只是没想到黄百韬选了这么个地方。"

11月17日17时，攻击开始了。急风暴雨般的炮火向敌人阵地倾泻。连续齐放，地动山摇，敌人的火力遭我压制，一时沉默。

"冲啊！"

"上！"

第73团2营4连、6连和74团1营2连同时发起攻击。

敌人也不示弱，顽强地抵抗着。

敌人火力太猛，我攻击队伍前进困难。眼看着敌人的弹雨钢水般泼来，指挥员们杀红了眼，拉上预备队，准备再战。

凌晨三四点钟，73团4连冒着炮雨向石桥冲去。当他们逼近石桥时，从石桥两侧暗堡里发射出的交叉火力，同敌人的炮兵火力，就像一道火墙，封锁着他们的通路，近在咫尺的石桥就是上不去。从火力的猛烈程度看，足足有1个加强连的兵力。仔细看，石桥被敌人从里端挖断了差不多有3米多长的一段，即便上了桥，也很难跳过去。怎么办？

准备接替4连攻击的5连连长，跑到政治处主任王济生面前说："主任，我们先不夺桥，蹚水过壕行不行？"

这恰巧同王济生想到了一块，便向2营营长说："你们立即派人侦察壕沟，看能不能涉水！"

话音刚落，背后响起了一个短促的声音：

"报告首长，我去！"

是5连战士李方欣。他，十八九岁的样子，矮矮的、瘦瘦的，脸上泛着羞赧的红晕，

> 黄径琛，1955年被授予少将军衔。

黄径琛 ————————————◀—

江西宁都人。土地革命战争时期，任红军学校第3团军事教员等职。抗日战争时期，任中国人民抗日军政大学队长兼军事教员，抗大第一分校营长、军事总教员，抗大第一分校直属大队大队长、第1支队参谋长，胶东军区司令部作战科科长、参谋处处长。解放战争时期，任山东军区第6师参谋长，华东野战军第9纵队25师副师长，第三野战军33军副参谋长，淞沪警备司令部参谋处处长。

小铁塔般立在地上，显得干练、坚定。此时，夜色开始慢慢消退。

5连连长用眼神征询在场的其他指挥员的意见，他们的眼睛都发亮。

"好吧，小李同志。我们等着你的好消息。"

李方欣利落地脱去棉裤，几把撩掉棉衣，顺手抓起几个手榴弹别在腰带上，便与团部两个侦察员一起，消失在晨曦的薄黑中。

一切都暂时沉寂了。大家都在焦急地等待着。指挥员、战士们的目光，一起射向他消失的壕沟。晨霜打在枪杆上、刺刀上、衣服上，似雪非雪。

从敌人的暗堡中，不时有喷吐的火力射向壕沟中。两个侦察员先后倒地。大家的心都抽紧了。

一个小时过去了。腕上手表在不紧不慢地走着。

突然，前面闪现出一个人影，只见他弓着腰，左折右拐地向前沿指挥所跑来。

"是小李！"有人惊喜地叫了一声。

"是他，是他！"

近了，近了，没多久，李方欣跌跌撞撞跑了过来，他浑身是水，手里抓了一把东西送给王主任："报告首长，水壕能过去，这，就是对岸的草。"他嘴唇青紫，浑身发抖，牙齿格地上下敲打。话都说不出来了。

"别着急，来，暖和暖和，慢慢说。"营长脱下自己的大衣，披在李方欣的身上。

萧镜海 ▼

山西寿阳人。1937年参加八路军，1938年加入中国共产党。抗日战争时期，任八路军胶东军区第5支队64团副营长，第5旅15团营长，第14团参谋长，第15团代团长兼代政治委员，胶东军区南海军分区副司令员。解放战争时期，任胶东军区警备第5旅参谋处长、参谋长，华东野战军第9纵队25师副师长，第三野战军27军79师师长。

随着小李的讲述，壕沟的深度、地形、敌火力配置等细部情况在指挥员脑海中进一步清晰起来。

正当5连准备马上组织涉水进攻时，，上级命令：攻击暂时停止。

此时，是11月18日清晨，全线攻击有大的突破。

和皮定均通完电话后，聂凤智一方面为兄弟单位的战绩而高兴，对能够早日吃掉黄百韬兵团充满信心。几个纵队共同打仗，不是比赛，也是比赛，落后了，别人不耻笑，自己脸上也挂不住啊！

毛泽东在《实践论》中怎么说来着：一切结论都产生在调查的末尾，而不是产生在调查的开头。

尽快找到失利的原因！聂凤智决定到第25师走一圈。

聂凤智一到第25师，只见几个师领导正伏在地图上比划着。

看来，上下级想到一块儿去了。聂凤智心里轻松了许多。

"别光是你们几个比划啊，找些一线的同志来，一块寻找问题的症结。"聂凤智说。

各路指挥战斗的营团干部急匆匆地赶到了师指挥所。

师长萧镜海用手指着73团1营4连攻击失利的两个桥头堡说："我们的主要教训是，准备工作还不够周密，有轻敌思想。比如对这个桥头堡，我们在战前就侦察得不仔细，让这两个暗堡给了我们很大杀伤。"

政委接着说："还有护圩水壕的情况也没有摸清楚。我们前伸的交通壕距水壕还有100来米，这么长的距离，突击队在敌人火力下势必长时间暴露，伤亡必定增大，步、炮脱节，给了敌人以可乘之机。"

73团2营营长董万华说："我曾跟在2营的1个突击连后观战，2营吃亏在哪里，我看得最清楚。我认为，突击分队一定不能从桥上通过，那里是敌人火力封锁最严密的地方。我亲眼看到，我们成班成排地被打倒在桥上。我细心地数过，在100米的正面上，敌人就架设了20几挺轻重机枪，一齐开火时，像是开了锅。我们一定要用火力把敌人压住，宁可误伤几个人，也不能让敌人火力复活！"

副师长黄径琛是分工指挥炮兵的，他说："炮火也有问题，没能把敌人的火力点全部摧毁，使突击队碰了钉子……"

"这当然是突击不成功的一个重要原因，但重要的是战术问题。单纯的夺桥思想，使我们吃了大亏。必须在周密侦察、充分准备的前提下，采取多种战术手段作战，以徒涉、爆破、突击为主，以抢桥、架桥为辅。"

政委说："黄百韬兵团是敌人现存的有数的机动兵团之一，从南京到徐州'剿总'都很器重它，但是，它在敌人的战斗序列里，不能算是头等王牌。作为我们的对手，我们的确有把握消灭它，也有充分的理由认为它是弱敌。问题在于，面对这样的敌人，光有夺取胜利的决心和信心是不够的，光靠勇敢也是不够的。这次，我们在具体战斗动员时，只是一般地指出'要把弱敌当强敌打'，而对于部队在济南战役后不断滋生的轻敌情绪会怎样影响战斗的发展，则是预见不足的。结果呢，在攻击准备上，只有那么一手，没有设想一手不成，第二手、第三手是什么？"

听到这里，静静地听着的聂凤智站起来，说："同志们讲得好，一个轻敌思想、一个侦察问题、一个战法单调问题，都点到了穴。我要特别表扬73团1营营长董万海同志，他打仗勇敢，肯用脑子。还有那位战士李方欣。仗是一步一步打的，敌人也是一口一口吃掉的。企图一口吃成一个胖子是不现实的。毛主席反复教导我们，在战略上要藐视敌人，在战术上要重视敌人。告诉大家有了这样扎实的准备，才更有把握完全、彻底、干净地消灭黄百韬兵团。"

讲到这里，聂凤智扫视了一下指挥所里的人员，说："我看，措施有这样几条，第一条，继续近迫作业，把交通壕延伸到敌圩外水壕的边上去；第二条，通过外壕时以徒涉为主，并准备浮桥、梯子，后续部队可以从桥上通过，但要等扫清障碍和暗堡火力点之后；第三条，搞好步、炮协同，炮火要切实压制敌人，突击分队在炮火延伸的同时，紧接着炮弹的硝烟，冲上围子，用手榴弹攻，让敌人根本没有还手的时间。"

展开火线上的军事民主，注重研究村落攻坚战术，总攻前的各部队，呈现出另一番气象。

73团政治处主任王济生，亲自领着涉壕侦察取得重要收获的战士李方欣到各连介绍情况。

交通壕里，掩蔽部里，到处是展开讨论的官兵们。

怎样搭浮桥？怎样避开敌人的火力进行徒涉？如何涉水防寒？在涉水之后如何保持战斗力？步、炮之间如何密切协同？营的火力应靠近前沿，以封锁敌人几乎紧贴地面的工事。

这是另一个意义上的攻坚战。汗水湿透了棉衣，泥浆糊得满手满脸，谁也没有半点倦意。

从北向南攻击的华野4纵面对的是敌第25军和第64军。

在4纵的凌厉攻势面前,进展较快。前些日子,经过一昼夜时间,连克秦家楼等3个据点,歼守敌第25军1个团的大部,后又经过8个小时逐堡逐屋的激烈争夺,攻占大兴庄,消灭守军第64军1个团的大部。

大兴庄战斗结束后,纵队司令员陶勇带领司令部人员,赶到大兴庄,和参加战斗的干部、战士总结村落攻坚战的经验。

陶勇明白,对自己所带的这支以善打快速运动、迅猛突击的运动战著称的部队来说,从运动战中突然转入村落攻坚战,的确是新的课题。这就如同一个惯于长跑运动员,要他跑完万米后立即停下来跳高一样,难度可想而知。新式攻坚、爆破这些课目,也是新近才学的啊。

战争年代,没时间搞更多的繁文缛节,干部、战士围在他们的司令员周围,兴致勃勃地讲述着每一场战斗的过程,讲到战友们因为不熟悉新的战法而倒在敌人枪炮下时,他们难过得说不出话来。

陶勇认真地倾听着,他的心情同大家一起在起伏跌宕。

听了官兵们的话后,陶勇指出:"攻坚战斗必须做好充分准备。主要是,用近迫作业接近敌人,用六〇炮、迫击炮、炸药包破坏敌人的障碍物;机枪必须分配具体扫射目标;纵队炮兵黄昏进入阵地,进行半小时的破坏射击;各分队之间协同;集中兵力、火力,连续攻击;逐点歼灭敌人。"

听着司令员如数家珍地讲述着战斗细节,指战员们的敬意从心底油然升起。作为一个纵队级指挥员,对战斗的每一个环节、每一个细节都能了然于胸。在这样的指挥员指挥下打仗,放心!

对指战员们的心情,陶勇从他们的脸上可以看出,真是心有灵犀啊!陶勇接着说:"要把纵队勇猛顽强、机动迅速、不怕伤亡的战斗作风,同设法尽量减少伤亡的传统作风以及机动灵活的战术结合起来。这样,下一步的战斗会越打越顺手,以较小的代价取得更大的胜利。"

越接近摊牌的时刻,越是最紧张的时刻。在我军的战略棋局上,离黄百韬这个子儿被淘汰的时间并不多了。

▽ 在围攻黄百韬兵团的战斗中,我军炮军观测所在观测守敌目标。

战争宽银幕

❶ 我军跨过大桥，追击敌残部。

❷ 我军通过冰冷的河水进入进攻阵地。
❸ 我军某团召开干部会议,研究战役的打法。
❹ 我军某部涉水过河,向前挺进。
❺ 我军向守敌发起冲锋。

[亲历者的回忆]

聂凤智
（时任华东野战军第9纵队司令员）

……我们清醒地认识到，攻击碾庄圩，将面临一场恶战。

碾庄圩是一个面积不到1平方公里的平原大村寨。圩子四面环水作为外壕，内筑有两道土围子，原李弥部第9军已构筑了不少工事。

黄百韬决心死守待援后，又加强了工事，树木基本砍光，房子大都拆掉修了工事，连美国人给的载重汽车，也成了修工事的特殊材料，人员基本已转入地下，要拿下这样的堡垒，没有相当充分的准备是不行的。

为了减少接敌运动中的伤亡，部队加紧向敌方实施迫近挖壕作业，要求将交通壕挖到敌外壕边上。

——摘自：聂凤智《记华野9纵参加淮海战役始末》

赵璧光
(时任国民党第7兵团第44军第150师师长)

  从15日至17日,解放军白昼近迫作业,采取渗透战术,每日黄昏前即开始攻击,猛冲猛打,通宵达旦,一刻不停,短兵相接,喊杀之声,不绝于耳,阵地报失,噩耗频传。

  在16、17两日,部队弹尽粮绝,虽然前一天曾空投粮弹,但早已用光,即使将被击毙击伤之马骡烹食,但粥少僧多,无济于事。

  16日下午解放军坦克车掩护冲锋。当时黄百韬还在骗人,说什么邱清泉兵团增援兵到,以安定军心。一时官兵还以为是真,夜间解放军坦克车攻入,第449团某连连长袁占武还去向坦克车联系,敌友莫辨,窘相由此可见一斑。

  ——摘自:赵璧光《第44军第150师失败经过》

强攻碾庄圩

∧ 济南战役中，华野9纵队25师73团荣获"济南第一团"荣誉称号。

1948年11月19日晚，总攻碾庄圩的战斗开始了。大炮轰鸣，大地颤抖，烟尘滚滚，杀声阵阵。这是血与火的厮杀，是刺刀见红的时刻。面对面，硬碰硬，目光直逼目光！25军被歼！64军被歼！顽抗到底的黄百韬突围未成，中弹毙命。只有他在临死前说过的"三不解"，为他的灭亡写下了小小的注脚。

1. 重拳出击

  时针指向1948年11月19日晚，夜幕掩映的碾庄圩四周的我军阵地上，被总攻前的激动气氛笼罩着。

  无数炮管在缓缓上升，阵地上，操作手均匀的呼吸、装填炮弹的响声格外清晰。步兵已经做好了一切冲击前的准备，隐蔽在一条条蛇形的交通壕内，目光直逼碾庄圩。

  华野8纵、9纵在东南和正南，4纵在正北，6纵在西，配属着6辆坦克。

  炮口、枪口，一齐指向了蜷缩在碾庄圩的黄百韬第7兵团兵团部、第25军军部及其直属战斗部队。

  如同急欲出炉的钢水，战斗的豪情在指战员胸中沸腾、激荡。

  "紧要关头，党员、干部要挺身而出，成为胜利的旗帜！"

  "勇猛杀敌当英雄，执行政策立双功！"

  "争当突破第一名，在围攻中立大功！"

  "彻底消灭第25军，打掉'皖南事变'刽子手顾祝同的打手，为在'皖南事变'中牺牲的同志报仇。"

  "振奋精神，以总攻的胜利向总前委献礼！"

  战斗动员会，指战员们的战斗决心如同磨刀石磨砺着永不卷刃的锋刃。

  我主攻部队是8纵23师第67团和在济南战役中荣获"济南第一团"荣誉称号的9纵第25师第73团。

  67团的主攻方向上，第一道围墙内有敌第25军第40师1个营的兵力在困守。

  "开炮！"随着一声令下，东、西、南、北，炮兵从全线猛烈向敌人射击，巨响震天，无数条火龙撕破夜空，飞向碾庄圩，碾庄圩及其附近一带，完全淹没在浓烟烈火中，天上地下一片火红。

散兵坑

亦称"单人掩体"，供单兵射击和掩蔽用的露天工事。有卧射、跪射和立射三种，其深度分别为0.25米、0.60米、1.1米。由坑、胸墙、崖径和武器座组成。在敌火威胁的情况下应先构筑成卧射的，而后视情况逐步加深；还可以用单人掩体爆破器瞬即构筑成跪射的。构筑散兵坑时，应善于利用和改造弹坑、土堤、田埂和干沟。

在45分钟的齐射中，仅8纵的4个炮群的57门大炮，就发射了4,600多发的炮弹。

敌人的暗堡、鹿砦、散兵坑、壕沟，在劈面而来的炮弹急袭下，纷纷土崩瓦解。

"打得好！"设在铁路路基下掩体里的步炮协同指挥部里，一片欢呼。

司令员陈锐霆的电话直达指挥部："打得不错啊！好好总结经验，以利再战。"

阵地上，炮兵战士们忘记了寒冷，干脆光着臂膀操作。

午夜10点，炮火延伸。隐蔽在离敌人前沿阵地只有60米处的8纵23师67团尖刀连9连，在副营长李浩带领下，分3个箭头向碾庄圩东南角扑去。

凛冽的北风猛烈地吹拂着淮海平原，给邦邦硬的冻土和冰冷的钢枪增添了更多的凌烈。

壕水冷冰冰地挡住了突击队员的去路。

时间紧迫，不容犹豫。

"扑通！"跳进壕沟的战士顷刻间被壕水浸没到腰际，刺骨的冰水向勇士们袭来，湿透的棉衣像冰砣紧贴全身。

看着先跳下去的战友步履维艰，有的同志干脆脱掉棉衣，光着背，赤着脚，跳进冰冷的壕沟。

在陡直的壕壁、围墙上，爬上去的战士摔下来了，又爬上去，又摔下来了。

被我军炮火震懵了的敌人，此时如恶梦刚醒，机枪、步枪、手榴弹一齐向正在攀援和涉水的我军战士打来。

> 总攻开始后，我军炮兵向碾庄圩守敌猛轰。

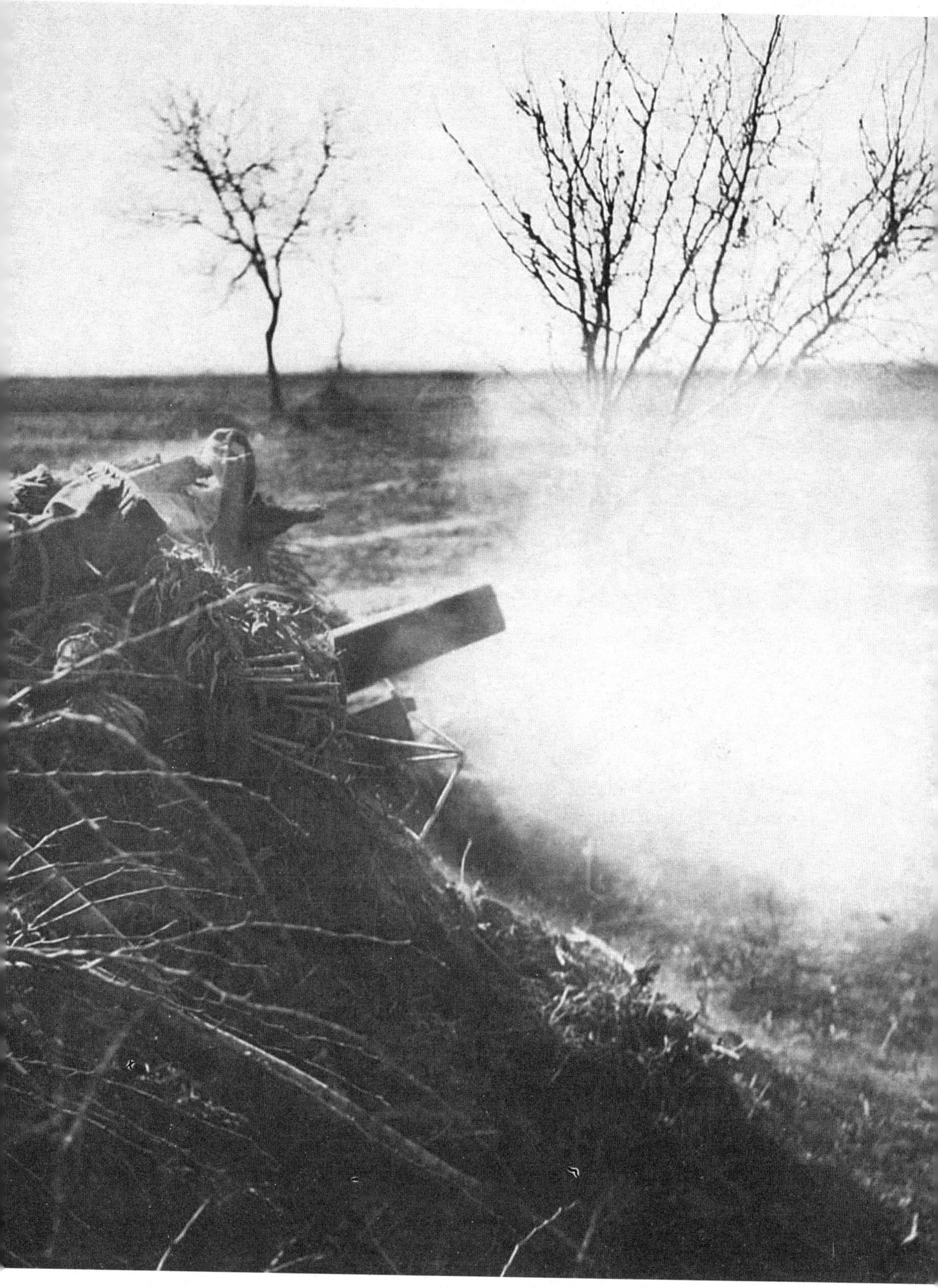

∧ 我军战士冒着严寒，渡过碾庄圩5丈宽的深壕，向敌发起总攻。

"压住它！"
战士们一边压制敌人的火力，一边改变单兵攀援的办法，改为叠"罗汉"向上爬。
"冲过水壕，翻过围墙就是胜利！"他们心中只有这一个信念了。
"排长，你负伤了！"
排长孙向银头部负伤，鲜血直流。
"别管我！上！"
半小时，短短的半小时，生死搏斗的半小时，第一道围墙的突破口终于被9连的勇士撕开了。夜空中升起了红色信号弹。
67团、68团、69团等后续部队随后跟进。

尚存的工事内，敌人的炮火、步兵火力、火焰喷射器一齐向我袭来，像一道新的火墙阻挡着我军进攻的步伐。

"蓬"一声，一名战士被火焰烧着，火团在地上急速滚动，火焰一灭，战士又冲上去了。

搏斗继续进行，不是短兵相接的短兵相接。在地堡密布、壕沟纵横的敌阵地上，到处是敌人倒伏的尸体和呻吟的伤兵，1个营的守敌全部被解决。

突击连和随后跟进的后续部队迅速占领了几所院落，站稳了脚跟。

在9纵25师73团前沿指挥所里，所有人的目光都射向了出发地一线上的突击队。只见他们纷纷脱去棉衣、棉裤，浑身涂抹着油脂，检点着可携带的武器弹药。有

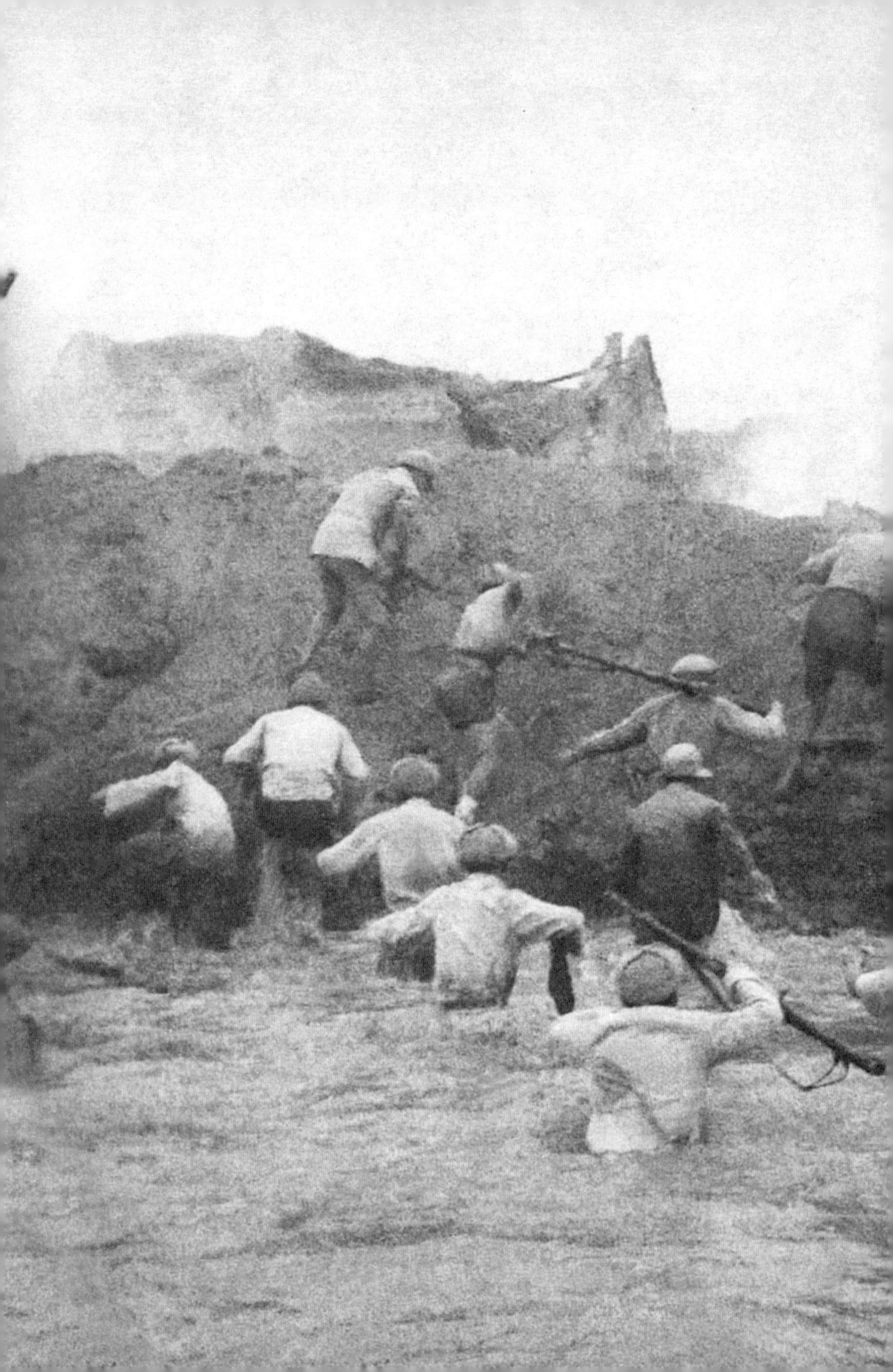

< 我军8纵23师67团9连突击队，涉过水深三尺多的壕沟，冲进碾庄圩。

的同志向准备奔跑的运动员一样，躬着腰，跳动着，随时准备一声令下，飞出堑壕。

炮火延伸射击。73团2连突击排在1营副营长杜常德率领下，与左右邻兄弟部队同时发起进攻，像一把锋利的尖刀，猛然插向水壕边，从碾庄圩正南面的石桥一侧开始突击。1排长张清华率领突击队刚刚冲到水壕跟前，踏上用梯子和芦苇搭的浮桥，浮桥便倾斜下去。共产党员王少银、赵学光立即跳下水壕，肩扛浮桥，让突击部队继续前进。敌人疯狂地向突击队袭来，我军战士纷纷倒下，浮桥沉入了水中。

"同志们，徒步涉水！水壕挡不住我们！"张清华高喊着，跳进齐胸的壕水中。全排战士跟着扑了上去。

同8纵突击队一样，他们叠起"罗汉"攀上陡直的壕壁。张清华和2班长陈阿四发现近旁有一棵小树，猛然抓住，一跃而上。刚一登岸，顶头一挺敌人的轻机枪正向突击排猛烈射击。张清华低头躲过，等到敌人换梭子的时候，一个纵步上去抓住敌人火烫的枪管，翻上断墙。陈阿四与身背20个手榴弹的战士张天佳也随后赶到。敌我相见，红眼相对。立时，手榴弹在扑来的敌群中颗颗爆炸。

正在厮杀的紧要关头，指导员于建国率后续部队赶来，打退了敌人，巩固了突破口。

与此同时，1连在石桥西侧也摧毁了敌人的桥头暗堡，冲击碾庄圩南口。74团1营在营长孙光美率领下，在西南角偷渡，与发现他们动向的敌人展开激战，强攻成功。2连连长范金鳌率突击排涉水过壕，仅用了15分钟，就在西南角敌人防御的薄弱部位突破第一道土围。

几乎在同时，8纵突击队突击成功的信号在他们右侧上空升起，两个主攻团就像两只拳头，会合了。

2. 打乱敌人的阵脚

敌人的第一道围墙被我军突破后，战斗迅速向纵深发展。冲在最前面的突击队猛烈发展。在混乱的汽车群后面，还隐藏着第二道土围墙。沿墙一线，到处是枪眼，抬脚是地堡，工事密布。敌人出动了"青年突击队"，赤膊上阵，哇哇叫着向我拼命反扑。

8纵突击连立即以兵力、火力支援9纵"济南第一团"的突击方向，向那里的守敌压了过去。

"上刺刀！"指挥员一声令下，明晃晃的刺刀迎向敌阵。战斗处于胶着状态，我军已经打退了敌人5次反扑，敌人的反扑还是很凶。

多少颗心在胜负的分水岭上仍悬着。

9纵25师师指挥所里，师长萧镜海接到了73团团长张慕韩的报告：

"争夺得很凶啊，一屋一房都需要反复争夺。敌人顽抗得很，只能一个一个地解决。战士们的棉衣都湿透了，又重又冷，请求后方尽快送棉衣上来……"

"我们要比敌人更猛、更凶！"

突然，听筒里传来了9纵司令员聂凤智的声音。

"你们是刺刀上见过'红'的部队，敌人是挡不住的！你们打到哪里，一定要钉到哪里。你们很快就要跟黄百韬'见面'了，必须拿出你们的'铁锤子'来，把当面这道围墙砸烂！要像打济南城那样，连续猛砸，不给敌人一分一秒的喘息时间！73团是毛主席提过名的'济南第一团'，这块金牌上绝不能抹灰！"

聂凤智的话，像鼓槌，重重敲在了萧镜海、张慕韩他们的心上。是啊，73团是炮火中锤炼成长的英雄部队，从转战鲁南山、驰奔胶济线，它一直战斗在最前列。这是支英雄辈出的部队，是战功累累的部队，也是用荣誉的锦旗烘托着的部队。在这支英雄的团队中，涌现出了"孟良崮黄岩山战斗模范连"、"潍县战斗模范连"、"胶县城第一连"、"周村战斗模范连"、"钢八连"、"高密城第一连"等许许多多英雄集体。在济南战役中，该团首先登城，以"军政全胜"的英雄事迹，被中央军委授予"济南第一团"的光荣称号。济南战役后，在毛泽东的特别指示下，9纵、13纵以及所属的"济南第一团"、"济南第二团"得到了迅速补充，9纵人数增加到3万余人。"济南第一团"由大量的老解放区子弟兵加强了起来，以兵员充足、粮弹齐备、组织健全、斗志旺盛的全新姿态，经受着大决战的战火洗礼。

是暖流，是鼓舞，是鞭策，更是力量。

"报告首长，我代表全团指战员向首长表示，我们决心以压倒敌人的气势冲击向前，夺取全胜，决不给英雄团队的旗帜抹灰。"张慕韩在电话中斩钉截铁地说。

在敌第二道围墙南门外会合的8纵23师67团和9纵25师73团，在短暂的时间内共同研究了兵力、火器的配合使用。

"突破第二道围墙，活捉黄百韬！"战士们猛烈呼喊着，互相鼓动着，有的脱去了棉衣，扯断了残破的裤管，擦去了刺刀上的血迹和泥沙，向敌阵冲去。烟火中，但见刀光闪闪，人影跃动。

敌人煽起了"最后五分钟"的凶焰，抵抗更加顽强、凶狠。

"抵近射击，打它的死角！"

"把咱们的新式武器用上！"

这里所说的新式武器，是8纵参谋长陈宏和67团指战员研究出来的，就是用炮弹打炸药。

说时迟，那时快，炮弹打出的炸药包飞上墙头，在巨大的爆炸声和炸药掀起的巨浪中，根本无法躲避的敌人立即毙命，像枯萎的叶子一样落进壕沟。

"打得好！"战士们被事后华野首长称赞为"一大创造"的打法鼓舞着。

> 陈宏，1955年被授予少将军衔。

陈 宏 —————————————▲—

安徽金寨人。土地革命战争时期，任红30军政治部宣传队队长、青年科科长。抗日战争时期，任八路军山东纵队第4支队连指导员、营教导员，第1旅3团政治委员，鲁中军区第11团团长。解放战争时期，任鲁中军区警备旅副旅长、第9师副师长，华东野战军第8纵队9师师长、纵队参谋长，第三野战军26军参谋长。

正在这时，聂凤智接到25师师长萧镜海的电话。

"报告司令员，8纵有1个小分队，要求从73团的突破口里加入战斗。"

"同意他们加入战斗，请他们向右翼发展进攻，两支部队不要搅在一起，那样容易打乱仗。"

8纵这个小分队的加入，保障了9纵73团右翼的安全，进攻速度明显加快。

四面遭到我军打击的敌人，一时增援不上。趁敌人火力稍弱的当口，73团的爆破组飞奔上去，炸开了围墙，第二道围墙被73团5连（归1营指挥）突破了。

时针指向了1948年11月20日凌晨2时40分。算来，激战已经经过了4个小时。

第一、第二道土围子相距只有100多米。第二道围子一经突破，敌人的阵脚就彻底乱了。

南门突破后，"济南第一团"首当其冲，向圩里冲击，74团和8纵67团等部队紧随其后。

当后续部队涌向南门的石桥时，石桥被敌人的炮火炸塌了。

光阴似金，分秒必争，时间就是胜利。

在现场指挥的8纵参谋长陈宏立即命令负责架桥的67团7连，用壕里的障碍物加固桥面，后续部队源源通过。

3. 黄百韬要跑

"黄百韬要逃跑了！"一个意外的消息传到了9纵司令员聂凤智耳中。

原来，黄百韬兵团部与其64军军部在电台上用粤语通话，说是一号（指黄）要到大院上去，要求派人保驾。消息被9纵随军记者孔东平在我军侦听的无线电台上听到。孔东平是广东人，破译粤语自然不在话下。

"命令炮兵，立即实施拦阻射击。"聂凤智下令。

也许是黄百韬命不该此时绝，炮兵没有打中。

敌人的炮兵阵地被我突击队解决，战斗向纵深发展。

困兽犹斗。我军越接近黄百韬的兵团部，垂死挣扎的敌人的抵抗越是顽强。又是逐屋逐点的争夺，又是血脉喷张的白刃格斗。战斗一直持续到11月20日清晨5时50分，攻打敌兵团部和第25军军部的各部队会师了。

黄百韬却抢先一步逃跑了！他来不及乘坐的一辆崭新的吉普车静静地停在那里，车上有一副象牙麻将、一具紫铜火锅。

当8纵特务团团长董玉湘进入黄百韬的住处时，发现黄百韬睡的毛毯上遗弃下一枝手枪和一瓶安眠药。

这个用来作兵团部的大油房，一片狼藉。

黄百韬跑得太匆忙了，只随身带了几个人，兵团部的一摊子统统当了俘虏，连两箱机要密码也没来得及销毁，密码被专人送到华野司令部，在以后我军作战中，对破译工作还起了作用。这是后话。

至此，敌第7兵团只剩下第64军建制还比较完整，被我军压缩在大、小院上和费庄等东北一隅。第25军军长陈士章逃到尤家湖率残余部队继续顽抗。此时，敌军占据的村庄不过5个。

此时，敌徐州东援的邱清泉、李弥兵团已逐渐迫近。

连日来，黄百韬在碾庄圩能做的事，除了负隅顽抗，翘首盼望邱、李兵团的援军到来，剩下的就是向徐州"剿总"和南京国防部拍告急电报了。可是，电报都成了单相思，都石沉大海，杳无音信。战局凶险，度日如年啊。

那就按他的蒋校长的指示，鼓起"最后五分钟"的勇气，拼了老本算了。19日，就在我军准备最后强攻时，黄百韬强打精神，通令各单位整修掩蔽部。上午10时，一架飞机被击中起火，一位空军少校乘降落伞落在碾庄，给黄百韬送来了对空电台，算是给黄百韬一点点安慰。传言很多，说邱清泉的第2兵团已进抵大许家，距碾庄圩不过15公里，预计明、后日即可会师。这一剂兴奋剂的作用还没有发效多久，我军的炮火就发言了。

20日清晨，第7兵团司部机要秘书李世杰从掩蔽部爬出来，只见断垣残壁，房屋都成了废墟，草棚着火，汽车破碎，人尸马骇，累累皆是。粮食早有限制，每餐均以马肉果腹。那夜，心惊肉跳的黄百韬给各军发一电报，大意是：今夜敌向碾庄圩发动攻势，战斗至为惨烈，现碾庄圩已成火海，统计落弹不下2万余发，通信设备均被摧毁，兵团部已无法指挥。这，近乎哀鸣了。

△ 我军某部2连冲进黄百韬在碾庄圩的司令部。

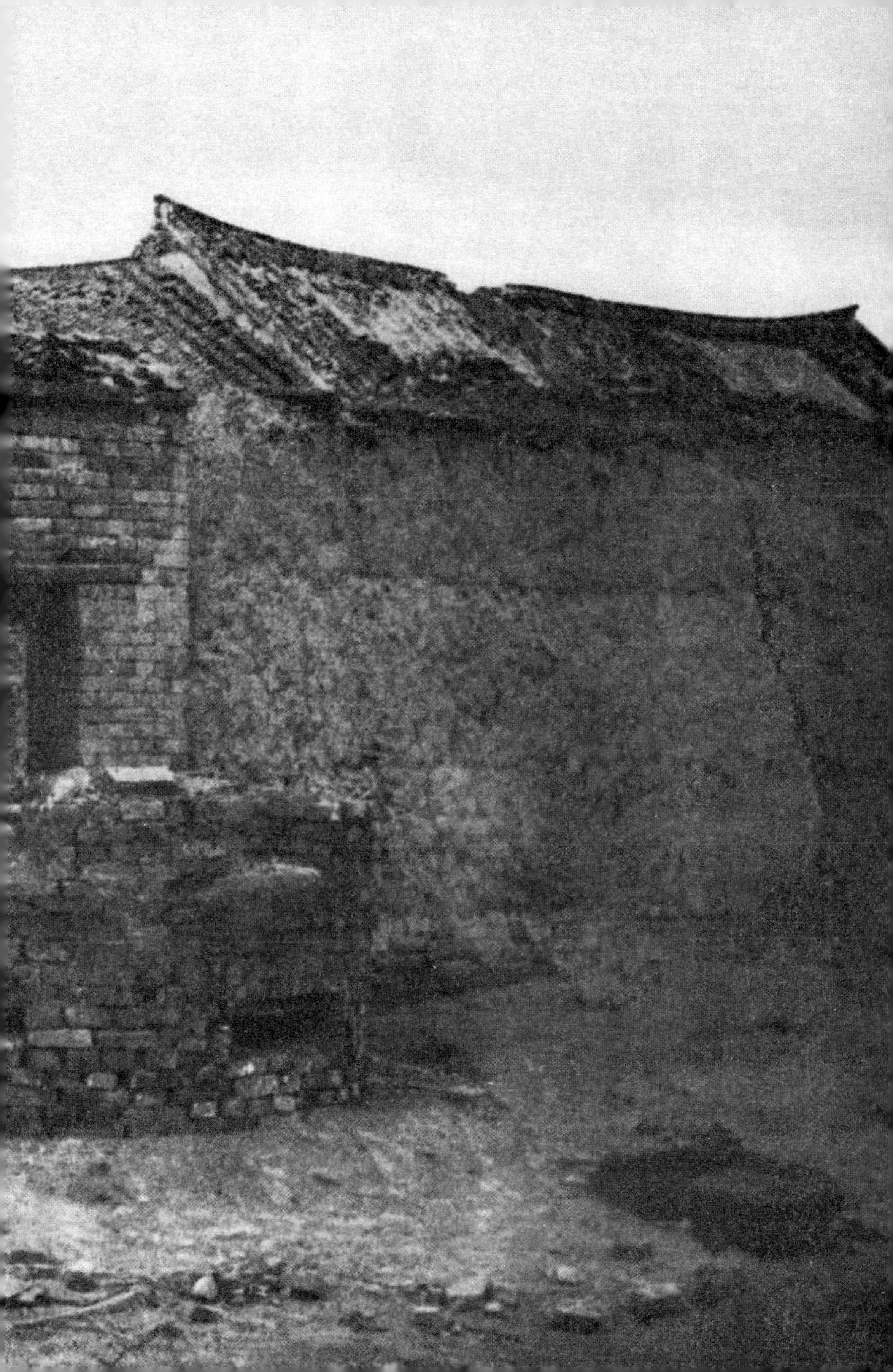

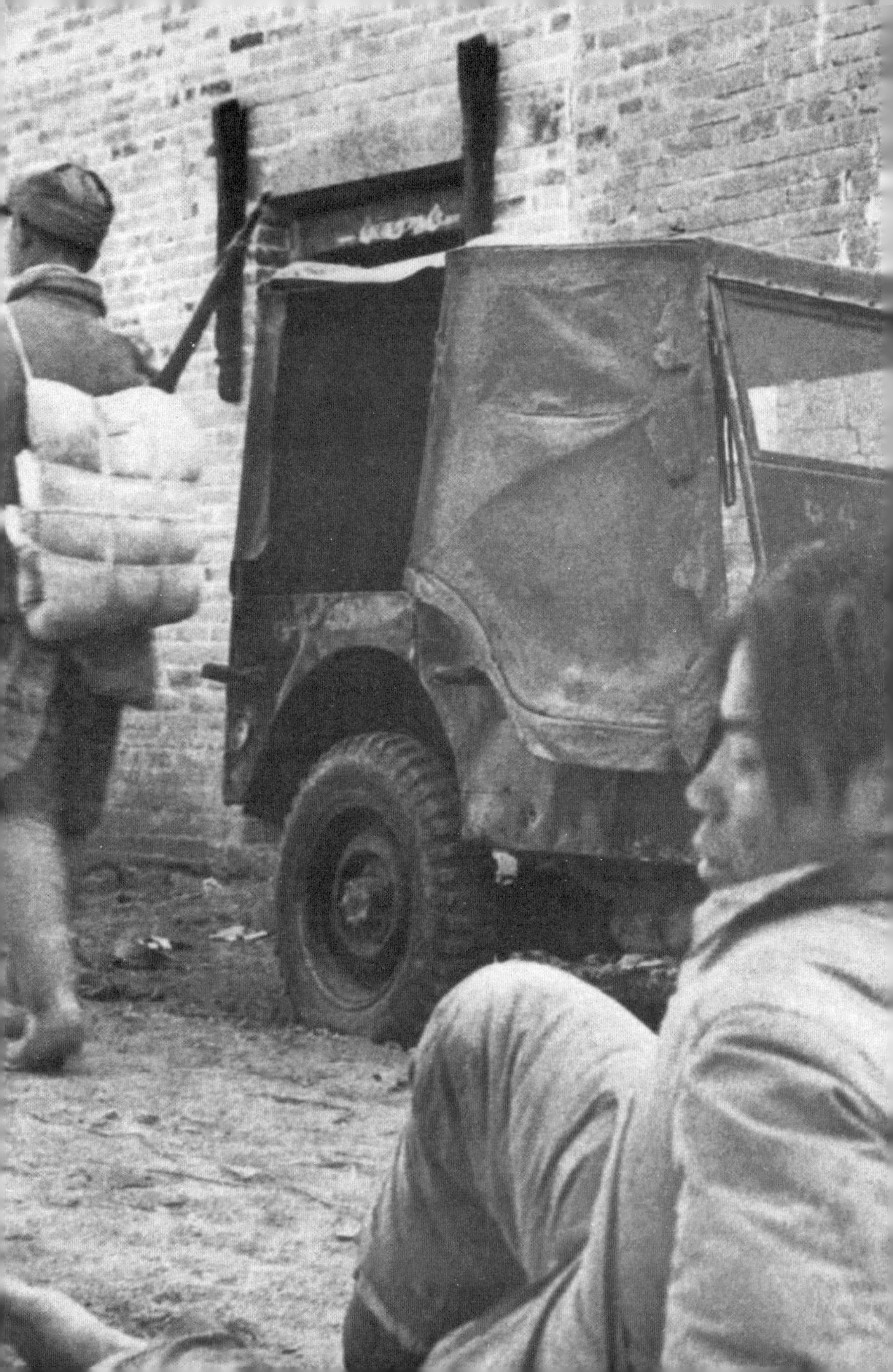

我军突进碾庄圩后，黄百韬命令第25军军长陈士章率残部出碾庄圩东口转南突围。可是，第25军还没来得及突围，就全部被歼，只有军长陈士章化装逃跑。

21日早晨4点钟，第7兵团第二处（情报处）处长廖铁军手持黄百韬给第64军军长刘镇湘的亲笔信，急急跑进第64军指挥所。信中，黄百韬命令刘镇湘率残部向碾庄圩西北方向突围。刘镇湘看完信后说："突围出去，重武器都丢光了，出去又有什么用？"副军长韦德、参谋长黄觉二人力主突围，认为出去就有办法，刘镇湘坚决不同意。黎明时分，刘镇湘打开皮箱，穿上国民党将官大礼服，挂上勋章，穿上皮靴，做出一副立志成仁的样子。突围的事也就跑到爪哇国去了。

也就是在这时，黄百韬带着兵团参谋长魏翱、兵团第三处处长谭岳、第25军副军长杨延宴等从碾庄圩逃进了大院上第64军指挥所。黄百韬面如土色，坐了好久说不出一句话来。

打起精神的黄百韬对已成定局的失败仍不死心，决定率残部顽抗。当日，黄百韬急电徐州"剿总"，说碾庄圩已经失守，第7兵团第63军、第44军、第100

＜被我军缴获的黄百韬的专用吉普车，车前为负伤的敌士兵。

军已全部被歼灭,只剩下第25军残部和第64军主力据守在大院上、尤家湖、小费庄等几个村庄,危在旦夕,请求援军火速施援。否则,只有"来生再见了!"

刘峙、杜聿明得知这一噩耗,垂头丧气,恐慌不安。

此时,邱清泉、李弥兵团的一线部队,正在解放军的连续阻击下,伤亡过半,救援无望。

无奈,刘峙急忙召集已经开始东调的第72军军长余锦源和战车团团长赵志华到"剿总",商讨救援黄百韬的办法。

∧ 我军战士将缴获的枪支集中起来。

战车团团长赵志华手拍胸膛,大吹其牛:"我可以亲率战车誓解黄百韬之围,如果步兵跟不上,战车可以单独打到碾庄圩。"

72军军长余锦源也满口打保票:"我部可以一连打下几个村庄解黄百韬之围。"

刘峙十分激动,鼓励他们说:"全靠你们两位健将解黄百韬之围了。"

可惜,牛皮毕竟不是吹的,一天之后,第72军虽有空军、炮兵、战车配合,但损失极大,没能进到大许家一步,他只能从心里望望远在15公里之外的黄百韬,叫苦连天,说不能再攻了。

4. 黄百韬的最后败亡

此时，华野4纵的主要任务是如何尽快肃清残敌了。胜利已经是板上钉钉的事，陶勇、郭化若想得更多的是，更多点智慧，更多点技巧，以减少伤亡，多歼灭敌人。

仗打得太艰苦了，指战员们拼得太勇猛了。就说大牙庄战斗吧，第12师先头部队突击排长李公然，带领全排，硬是以全排大都伤亡的代价，率先突破前沿，连续打退了几倍于自己的敌人的疯狂反扑，自己在同敌人的白刃搏斗中接连拼死15个敌人，身负7处重伤，至死不后退，巩固了突破口，保障了后续部队及时投入战斗，全歼守敌3,000余人。

多么勇敢、坚强、可钦佩的战士啊！

必须把战士们的英勇顽强的战斗作风同机智灵活的战术结合起来。粟裕代司令员的指示又一次在陶勇耳边响起。

如何扫清碾庄圩北面敌人的残余据点，全歼敌第25军残部？

在纵队党委会议上，陶勇提出了一个颇为独特的方案：

先肃清其他村落的残敌，把尤家湖之敌留作本纵的"补充旅"。为什么要这样做呢？据守尤家湖之敌人数最多，但处于孤立地位，既没有退路，也没有援军，粮食、弹药都很缺乏。别看他们天天修筑工事，但在我军重兵包围和火力严密封锁下，战斗力必然大大下降。我们乘胜利之余威，取之较易，俘获必多。

政委郭化若首先支持这一方案："好饭先放一放，冷一冷，再吃。吊吊彼此的胃口也好嘛！有意思，有意思！"他也轻松地笑着，一边赞叹着、欣赏着。

"就这么办！"大家异口同声。

退守尤家湖的是敌第25军第40师残部，已经不到5,000人了。这可是第25军最后的根脉了。别看它现在被打得七零八落，但作为黄百韬赖以起家的基本部队，战斗力还是很强的，有那么一股困兽犹斗的劲头。

尤家湖的四周有高达2米的防水堤圩，村外又有很宽的壕沟，地形开阔。庄子四周，敌人筑起了8个大小不等的独立支撑点，以集团堡群为骨干，分别驻守着1个加强排到1个营的兵力，作为前沿阵地。在村内的主阵地上，敌人构筑了高低3层、能相互配合的明、暗堡群。

周围的敌残余工事基本扫清。

> 我军认真执行优待俘虏政策,被敌军遗弃的伤员受到我军担架队的照顾。

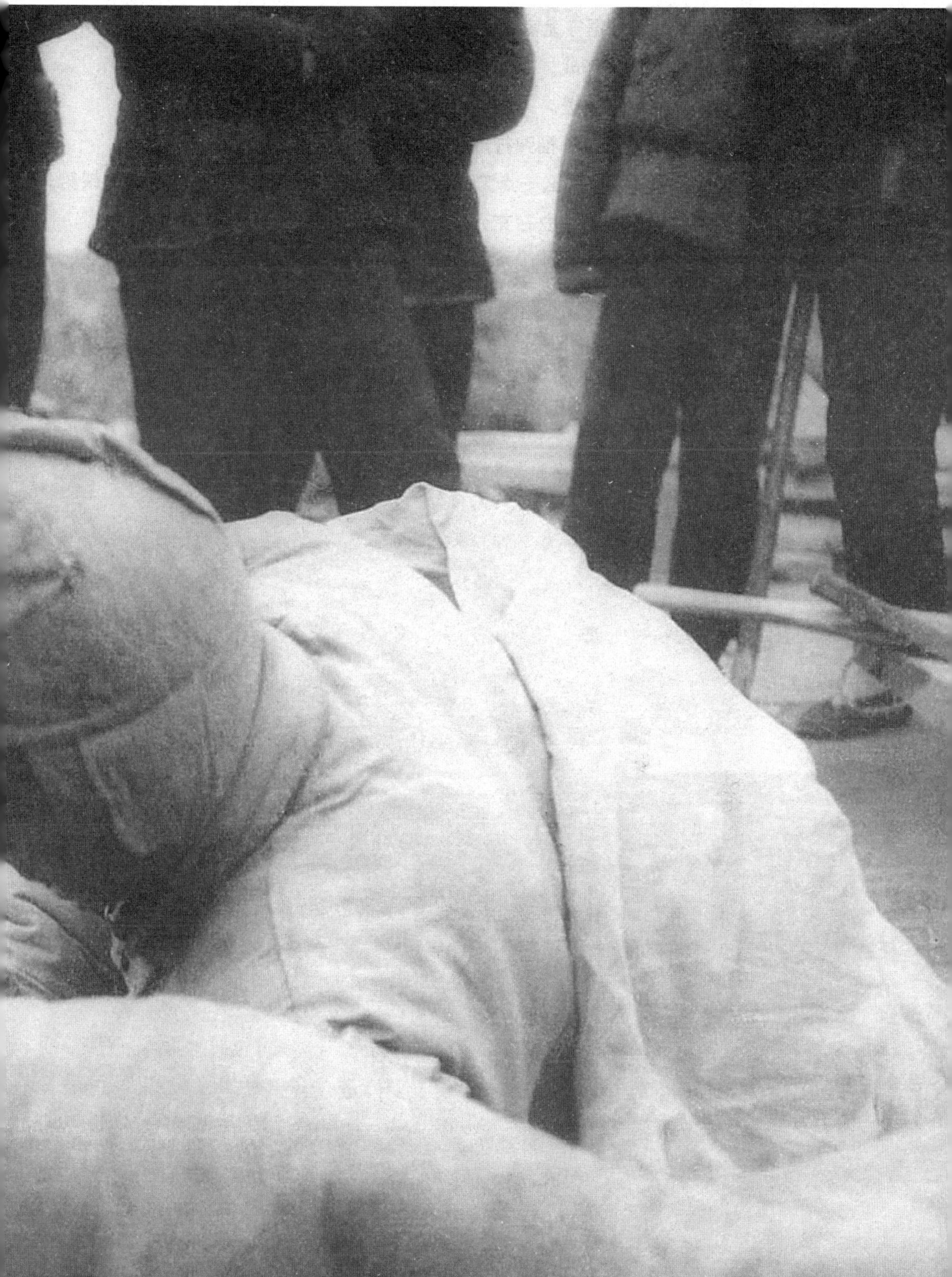

11月21日傍晚，围歼据守尤家湖之敌的战斗打响了。

各级首长亲临前沿指挥作战。

华野首长调来3辆坦克支援。

火炮、机枪、爆破器材、手榴弹拧成了一股绳。

气氛与以往大异其趣，有那么一点刀起头落的味道，有那么一种吞吐自如的架势。

一切取胜的条件和信心都建立在充分准备的基础之上。

大炮轰鸣，坦克掩护，第11师以风卷残云之势，首先突入尤家湖。仗打得痛快淋

▽ 淮海战役中，被我军缴获的国民党军第7兵团司令官黄百韬的胸章和照片。

漓，仅仅用了3个小时，4,600余名守敌即被我杀伤和俘虏。9纵以伤亡400余人的代价端掉了第25军最后一个窝子。战后统计表明，敌我消耗比例为10∶1。

不出所料，不出所料。陶勇都为自己方案的绝妙而沾沾自喜了起来。

在我4纵向尤家湖之敌发起进攻的同时，对敌第64军的总攻也同时展开。

负责攻打第64军的是我华野8纵和9纵。8纵负责攻击三里庄、小院上；9纵第26师3个团全部展开，76团与78团合力攻打大院上，77团配合8纵攻小院上。

黄昏，伴着冬日缓缓降落的太阳，我军无数炮火开始了猛烈的轰击，这是震撼大地的交响，交响中，也有在碾庄圩缴获的国民党军重迫击炮的声音。大炮的杀伤力是没有区别的，要是有区别的话，不知道敌人尝到自己炮火的袭击，同解放军的有什么两样？

一座座明、暗地堡灰飞烟灭，一个个嗷嗷叫着的敌人伏尸冻土地，爆豆般的枪声，伴着沉静有顿挫的炮击声，砸烂的手榴弹、爆破器材爆炸声，吵成一片。已经辨不清东南西北的敌人仍在顽强地抵抗着。

黄百韬责令师、团长亲自在前沿督战。

第64军军长刘镇湘提出，要"发扬范家集精神,同共军决一死战"。

对敌人极力宣扬的所谓"范家集精神"，我华野9纵司令员聂凤智他们是非常清楚的。那是1947年10月上旬，华野9纵在胶河保卫战中，围攻敌第64军于范家集，9纵连攻3日，给敌以重创，后因敌人数路来援，9纵首长权衡利弊，为了另外寻找战机，主动撤出了战斗，敌第64军因此也未被全歼，还沾了点小便宜。从此，国民党军队中的一些将领就大肆吹嘘得出了什么"经验"，说什么"不要惧怕共军围攻，只要硬顶数日，待援军一到，共军不打自撤"，等等。

到如今，已经四面楚歌、焦头烂额的第64军，依然做着死顶待援以解其围的美梦。殊不知，邱清泉、李弥兵团虽然距碾庄圩只有一二十公里，却只好干瞪着眼睛看着黄百韬被吃掉，自己没有伸出哪怕一个手指头去援助的可能了。

中毒太深，昏迷也就太深，惊醒也就太迟。那么，不明不白做鬼也就是咎由自取的事了。

争夺依然在反复,就像醉汉一样,越是被酒精浸泡得时间长,其胆大妄为的精神越是难以抑制。

敌人连毒气弹也用上了。

敌伤亡惨重。我军也伤亡很大。这是一场硬拼硬的、面对面的、目光直逼目光的较量!

敌人再硬也硬不过我们,1个连缩成1个排,1个班只剩下1名战士,立即加入别的班。

通宵达旦的鏖战一直持续到22日上午10时,大院上终于被我军攻克,黄百韬和第64军军长刘镇湘率残部逃到小费庄。

< 国民党陆军上将鹿钟麟。

国民党政府兵役部部长鹿钟麟 ─ ─ ─ ─ ▶

直隶(今河北)定州人。国民党陆军上将。1924年参加"北京政变",曾任国民军第1军第1师师长,北京警备司令、京畿警卫总司令。奉冯玉祥之命逐溥仪出宫。北伐战争时期,任国民革命军第2集团军东路军、北路军总司令。后任南京军事委员会委员,军政部代部长,河北省主席,兵役部部长,国民党中央执行委员等职。

自觉难保的黄百韬对刘镇湘说:"不要管我了,你带队伍突围吧!我年老了,而且多病,做俘虏我走不动,而且难为情。我牺牲以后,使别人还知道有忠心耿耿的国民党人,或者使那些醉生梦死的人醒悟过来,国民党或者还有希望。你年龄还轻,尚有可为,希望你能突围出去,再为党国做点事。"

老谋深算的黄百韬真是一半清醒一半糊涂,此时还谈什么突围,真是正月十五贴门神,为时晚矣。22日下午16时,我4纵、9纵向小费庄、吴庄发起攻击。不久,最后困守的敌第156师第468团2个营在我围困打击下,被迫由其副师长李振中率全部放下武器。17时,残敌见大势已去,分散突围,黄百韬亲自指挥第156师残部从吴庄向西北突围,企图逃到碾庄圩西北20公里处的塔山与李弥兵团会合,当即遭到我军炮火轰击及步兵阻击。

夜幕即将降临,惊慌失措的黄百韬和第25军副军长杨延宴等少数几个人逃至一茅屋附近。他举目四望,到处都是解放军的追击声、喊杀声、枪炮声,他脚下的土地也随着他的心房在颤抖。

他似乎还心有不甘。12万人马那,就这样完了?该结束了,一切都已经结束。

枪声响了!子弹穿过头颅。倒地!金光闪闪的中将肩牌黯然失色,连同他以后被追赠的上将金牌。

第7兵团参谋长魏翱,第64军军长刘镇湘、副军长韦德,第156师师长陈庆斌等将校军官10多人被俘,杨延宴逃脱。

枪炮声沉寂下来了。夜幕下,壕沟和散兵坑里,影影绰绰地躺满了敌人的死尸,有的还抱着武器。大批俘虏灰头鼠脸,在战士们响亮的吆喝下,默默地移动着缓慢的步子。新缴获的美式十轮大卡车鸣着喇叭,一辆顶着一辆,漫天尘土被夜色掩盖。我军的步兵行列身挂美式枪械,雄赳赳气昂昂地行进着。

5. 黄百韬其人

现在,让我们花点时间,再仔细认识认识黄百韬这位对手吧。

黄百韬原籍广东,1900年9月生于天津,1916年从直隶高等工业学校中学部毕业,后给北洋军阀江苏督军李纯当传令兵连长,很得李纯欢心,便把心爱的婢女给黄为妻。在妻子的求情下,李纯推荐黄百韬入金陵军官教育团第五期。李纯死后,黄百韬在江苏省防部队当排长、连长,后在奉系军阀张宗昌攻占江苏时被俘。张宗昌当过金陵军官教育团团长,与黄百韬有师生关系,黄百韬就投降了张宗昌。在张宗昌部,黄先后任营长、团副、参谋、团长,后在第6军军长徐源泉手下当旅长。

1928年,张宗昌被蒋介石消灭。黄百韬随徐源泉投靠了蒋介石,升任师长。不久被保送进陆大特别班第三期。保送陆大,是蒋介石解除杂牌军将校兵权的惯常办法。在陆大,黄百韬与冯玉祥、鹿钟麟相识。抗战初期,冯玉祥任第六战区司令长官,黄百韬任参谋处长,又当过鹿钟麟的参谋长。后来,黄百韬任军事委员会中将高参。

国民党军事委员会每年都要进行年终论文评奖，黄百韬的论文获过奖，因此得到当时的参谋总长何应钦的赏识。

1941年，黄百韬任三战区参谋长，三战区的司令长官为顾祝同。年初，黄百韬协助顾祝同制造了震惊中外的"皖南事变"，使新四军9,000多将士饮恨江南，叶挺被俘，项英被害。尽管如此，黄百韬同顾祝同的关系并不好，因为长官部的高级幕僚大都是顾祝同的亲信故旧，平时无法无天、贪污腐败，黄力加整顿，顾祝同很反感。只是由于黄百韬是何应钦指派的，做事任劳任怨，事事小心守法，顾祝同实在找不出冠冕堂皇的理由来撤换他。到了1944年2月，第三战区第25军军长位置出缺，急于驱黄的顾祝同，推荐黄百韬当了25军军长。

日本投降后，第25军被整编为第25师，黄百韬任师长，率部进入上海，准备接收。上海这块肥肉，蒋介石是不会轻易让给别人的，星夜空运浙江人汤恩伯的陆军第三方面军到上海。黄百韬只在静安寺路上占了一幢小洋房，准备迎接顾祝同的办公室主任卢旭。这洋房原为一美国流氓所有，日寇占据上海后，流氓逃走，现在他又大摇大摆地回来了。一见洋房被占，大发其火，状告到了宋子文那里。宋子文一听，火冒三丈，把黄百韬叫到自己的住所大骂一通，扬言要查办他。幸亏何应钦出面，才得以过关，不了了之。从此以后，黄百韬更是勤勉有加，不敢有半点大意和懈怠。

从1946年3月到1948年秋，黄百韬率整编第25师这支顾祝同所属的主力部队，疯狂地向我解放区进攻。他先后参加了苏北战役、南麻战役、大别山战役、盐南战役、孟良崮战役、胶东"扫荡战"、豫东战役等，死心塌地、竭尽全力。自蒋介石挑起内战以来，在华东战场上，无论在卖命的忠诚程度上，还是在战斗成果上，黄百韬都是首屈一指的，由于他的骁勇善战，渐渐博得了蒋介石的欢心。

不过，在黄百韬的生涯中，也是一波三折。

1947年5月，孟良崮一役，国民党王牌军整编第74师被歼，师长张灵甫被击毙。黄百韬以整编第25师师长之职，指挥整编第74师作战。张灵甫骄傲狂妄，不听黄百韬的指挥，张在孟良崮被

> 抗战胜利后，蒋介石与黄百韬合影。

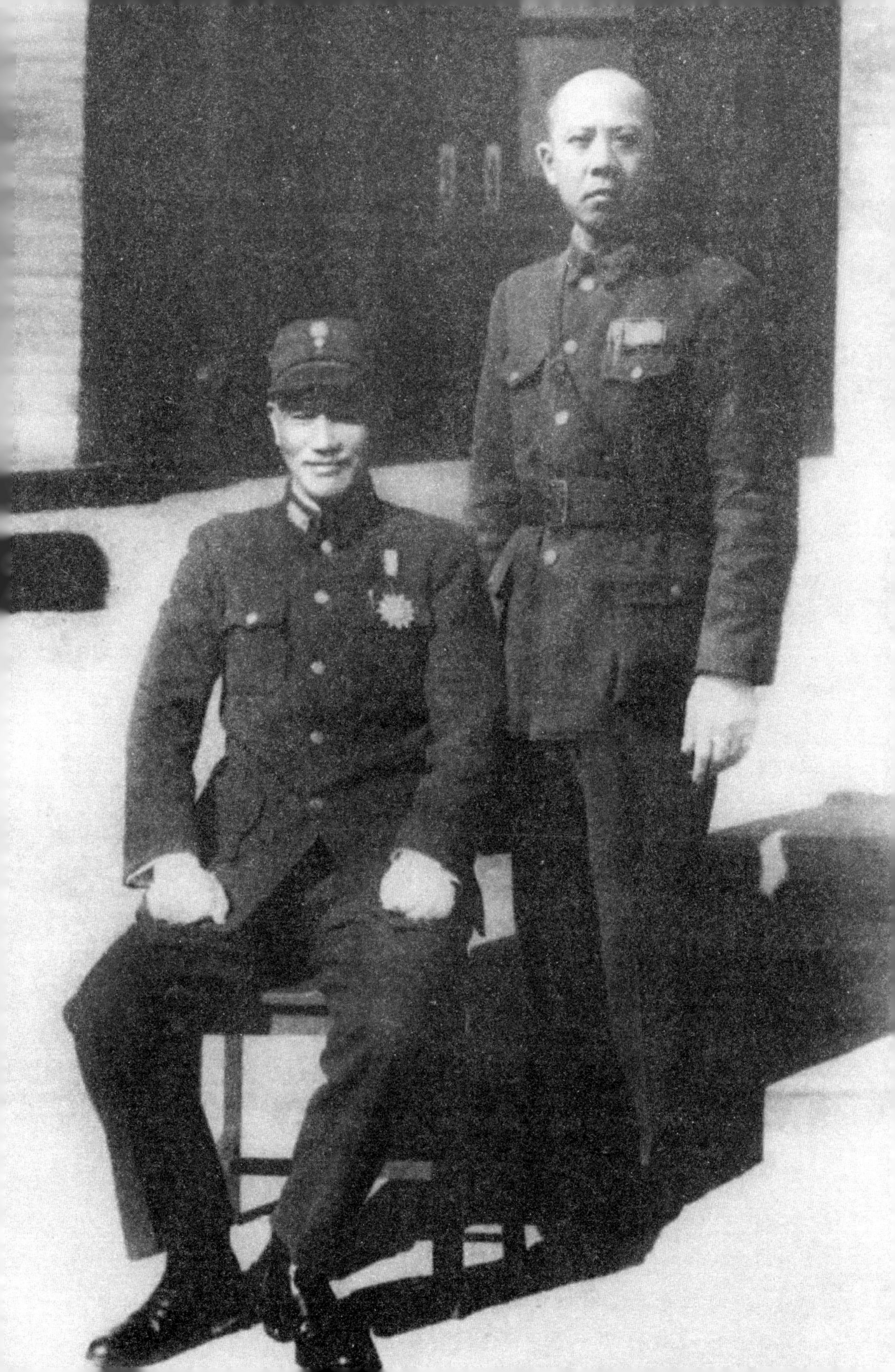

围时，黄百韬并没有积极援救。这下，黄埔系可就炸开锅了。蒋介石对黄百韬不肯下死力救张灵甫的表现极为愤怒，准备拿黄开刀，以泄心头之愤。多年来出任过参谋长职务，善于察言观色，夹着尾巴做人的黄百韬，自知难逃其咎，就来了个以退为进。顾祝同也觉得脸面不好，私下示意黄百韬大胆陈述张灵甫违抗命令的情形。在蒋介石主持的军事会议上，黄百韬首先为应付全部指挥责任的汤恩伯脱清干系，把全部责任由自己一人全部承担了下来，说与汤恩伯无关。又谎报伤亡人数达1.6万多名。在长达两小时的发言中，黄百韬娓娓道来，声情并茂，听者为之动容。汤恩伯也极力为黄百韬洗刷。结果，黄百韬以撤职留任的处分，免了一次灾难。

1947年7月进攻解放区的南麻战斗中，黄百韬率部去援救胡琏的整编第11师，拼命作战，团营长死伤过半，士兵战死不下万人。胡琏在陈诚面前说黄百韬作战不力，贻误战机。又是顾祝同暗示专门去查办的战地侦察组的李觉，让他斡旋解释，证明黄百韬的确有功无罪，才告无事。

黄百韬从此更加小心翼翼，不敢有丝毫的懈怠。在豫东战役中，他率部死战8昼夜，自己亲自率领战车冲锋，救出了整编第72师。

黄百韬刚愎自恃，有极强的自制力。处境困苦时，从不灰心，不屈服，常说："能战则战，不能战则死。"他生性残酷，冷酷无情，常说："对俘虏能利用的就补充缺额，不能补就杀，以免累手累脚。"

灭亡前的黄百韬更是人性尽失，下令对已失陷的阵地，不论是谁的，都集中各军炮火，进行毁灭性轰击，还振振有词："这样可以为作战不力、失守阵地者戒。"对碾庄圩的老百姓，他更是不管死活，一个也不放出去，说是怕走漏消息，任凭病饿而死。

把生命当儿戏的黄百韬，自己的命运也就注定要成为戏剧的反角之一。

黄百韬毙命后，蒋介石追赠他陆军上将军衔，抚恤其妻儿10万元金券。对黄百韬至死效命于自己的"忠贞"，蒋介石感叹不已，悲哀地说："黄埔精神不死！"

白崇禧解释蒋介石的话说："黄埔精神不死，黄埔精神——不死——也。换言之，黄埔学生的精神是不肯为蒋死，而为蒋死者非黄埔出身之人。"

黄百韬并非黄埔出身。

后来，黄的副官樊荣奉命从扬州坐小船到碾庄，将黄百韬的尸体挖出，用小船运扬州转南京，葬于南京太平门外，明徐达墓东北方笔架山临时"国葬"场。

最具讽刺意味的是，黄百韬被消灭后，蒋介石仍在宣传"徐州大捷"，并派国民党中宣部部长张道藩为慰劳团团长，率领包括中外记者在内的数十人到徐州"劳军"，带给徐州大批勋章、奖章及银元等慰问品。还到邱清泉的第2兵团参观了战俘武器及所谓战绩展览。

当时，一位记者以怀疑的口吻问徐州"剿总"副司令长官、徐州前进指挥部主任杜聿明："这样的大捷，黄百韬将军到哪里去了？"

杜聿明回答说："黄百韬回家休息去了。"

黄百韬覆没，蒋介石痛在心头，刘峙等高级将领也各怀心事，为推脱责任，不惜互相攻讦，着实热闹了一番。

蒋介石严词斥责前线将领执行命令不坚决、指挥不当，说什么"查此次徐州会战，我东进兵团行动迟缓，未能彻底奉行命令，致陷友军于覆灭，实有失军人武德"，刘峙、杜聿明、李弥"均不能辞其咎"。

刘峙本来对蒋介石驳回自己提出的作战方针和派杜聿明全权指挥架空自己耿耿于怀，此时心里更是不服，暗暗嘀咕：说得比唱得都好听，能救出黄百韬谁不想救。20日那天，你老头子不是派第三厅厅长郭汝瑰和空军副总司令王叔铭来徐州同我们商量如何突破解放军大许家阻援阵地的办法，我说了三条意见，一是请总统亲自来徐州指挥，二是速空运两个军来，三是请总统下决心全力东进，不管徐州。你老头子不是也没来嘛。

实际指挥徐州方面作战的杜聿明说得更直截了当，是"蒋介石改变政策，黄百韬被歼。

倒是黄百韬死到临头还有点反思意识，他在临死前对第25军副军长杨廷宴说："我有三不解：（一）我为什么那么傻，要在新安镇等待第44军两天；（二）我在新安镇等待两天之久，为什么不知道在运河上架设军桥；（三）李弥兵团既然以后要向东进攻来援救我，为什么不在曹八集附近掩护我西撤。"

事后诸葛亮，一切都为之晚矣。事实是，刘峙集团的一条臂膀被彻底斩断了，蒋介石的所谓徐州会战计划也被釜底抽薪了。难怪不那么聪明的刘峙都哀叹："黄百韬兵团覆没，所谓徐州会战的命运已经决定了。"

战争宽银幕

❶ 我军救护人员冒着敌人激烈的炮火抢救伤员。

❷ 我军指挥员在观察敌情。
❸ 我军某部正在向前挺进。
❹ 我军某部突击队正用云梯登城作战。
❺ 战役打响前，我参战部队整装待发。

[亲历者的回忆]

张 震
（时任华东野战军副参谋长）

我们的部队不论在任何时候，任何情况，处处以大局为重，为了全局不惜牺牲局部，主动配合，密切协同，勇于挑重担，不怕啃骨头，把方便让给别人，把困难留给自己。

这种胸怀全局的高贵品德，正是我党我军的光荣传统，是我们能够战胜国内外强大敌人的重要原因。

这同国民党军队那种保存自己的实力，见死不救，在行动上"你来我不来，腰来腿不来"的搞法，恰成鲜明的对照。

——摘自：张震《华东野战军在淮海战役中的作战行动》

周开成
(时任国民党第 13 兵团第 8 军少将副军长)

在碾庄圩黄伯韬兵团 5 个军被解放军有计划地吃光,救援黄兵团的第 2 和 13 兵团伤亡官兵约三分之一,损失粮弹不计其数的情况下,徐州却开始了一场宣扬"徐东大捷"的大闹剧。

南京派来了几十人的慰问总团来徐州劳军,张贴标语,大放鞭炮,大敲锣鼓,并带有大批的勋章、奖章、锦旗和白银。

发奖那天,我没有去。李弥替我带回了青天白日勋章一枚,锦旗一面,挂在我的办公室。看了真叫人啼笑皆非,我赶紧叫副官处长刘定国摘下。

——摘自:周开成《淮海战役中的第 8 军》

《聚歼天津卫》　《解放大上海》　《合围碾庄圩》　《进军蓉城》
《保卫延安》　　《血拼兰州》　　《喋血四平》　　《剑指济南府》
《鏖战孟良崮》　《席卷长江》　　《攻克石家庄》　《总攻陈官庄》
《围困太原城》　《登陆海南》　　《兵发塞外》　　《重压双堆集》

1. 部分图片由解放军画报社供稿

摄影作者(按姓氏笔画排列)：

于天为	于庆礼	于成志	于坚	于志	于学源	马金刚	马昭运	马硕甫	化民	孔东平	毛履郑
王大众	王文琪	王长根	王仲元	王纪荣	王甫林	王纯德	王国际	王奇	王学源	王林	王述兴
王青山	王春山	王振宇	王晓羊	王鼎	王毅	邓龙翔	邓守智	丕永	冉松龄	史云光	史立成
田丰	田建之	田建功	田明	白振武	石嘉瑞	艾莹	边震遐	任德志	刘士珍	刘长忠	刘东鳌
刘叶	刘庆瑞	刘寿华	刘保璋	刘峰	刘德胜	华国良	吕厚民	吕相友	孙天元	孙庆友	孙候
安靖	成山	朱兆丰	朱赤	朱德文	江树积	江贵成	纪志成	许安宁	齐观山	何金浩	余坚
吴群	宋大可	张平	张宏	张国璋	张举	张炳新	张祖道	张崇岫	张鸿斌	张谦宜	张超
张颖川	张熙	张醒生	张麟	时盘棋	李丁	李九龄	李久胜	李书良	李夫培	李文秀	李长永
李凤	李克忠	李国斌	李学增	李家震	李晞	李海林	李基禄	李清	李维堂	李雪三	李景星
李琛	李锋	李瑞峰	杜心	杜荣春	杜海振	杨绍仁	杨绍夫	杨玲	杨荣敏	杨振亚	杨振河
杨晓华	沙飞	肖迟	肖里	肖孟	肖瑛	苏卫东	苏中义	苏正平	苏河清	苏绍文	谷芬
邹健东	陆仁生	陆文骏	陆明	陈一凡	陈书帛	陈世劲	陈希文	陈志强	陈福北	周有贵	周洋
周鸿	周锋	周德奎	孟庆彪	孟昭瑞	季音	屈中奕	林杨	林塞	罗培	苗景阳	郑景康
金锋	姚继鸣	姚维鸣	姜立山	祝玲	胡宝玉	胡勋	赵化	赵良	赵奇	赵明志	赵彦璋
郝长庚	郝世保	郝建国	钟声	凌风	唐志江	唐洪	夏志彬	夏枫	夏苓	徐光	徐肖冰
徐英	徐振声	流萤	耿忠	袁汝逊	袁克忠	袁绍柯	袁苓	贾健	贾瑞祥	郭中和	郭良
郭明孝	钱嗣杰	陶天治	高凡	高礼双	高帆	高宏	高国权	高洪叶	高粮	崔文章	崔祥忱
常春	康矛召	曹兴华	曹宠	曹冠群	盛继润	章洁	野雨	隋其福	雪印	博明	景涛
程立	程铁	童小鹏	董青	董海	蒋先德	谢礼廊	雁兵	韩荣志	鲁岩	楚衣田	照耀
路云	熊雪夫	蔡远	蔡尚雄	裴植	潘沼	黎民	黎明	冀连波	冀明	魏福顺	

(部分照片作者无记载：故未署名)

2. 部分图片由getty images 供稿